# 귀신새 우는 소리

류재이
이지유
유상
박소해
무경
외래

# 귀신새 우는 소리

## 차례

류재이 — 금녀 6

이지유 — 여우의 미소 64

유상 — 달리 갈음, 다리가름 120

박소해 — 폭포 아래서 164

무경 — 웃는 머리 216

외래 — 반쪽이가 온다 268

# 금녀

류재이

2022년 〈검은 눈물〉로 계간 미스터리 신인상을 받았다. 2023년 앤솔러지 《드라이버에 40번 찔린 시체에 관하여》에 〈40선: 영혼을 죽이는 선〉을, 2025년 《계간 미스터리》 봄호에 초단편 공모전 우수작 〈죄명 변경〉, 여름호에 〈나는 맥주를 좋아하지 않아〉를 게재했다. 인간의 내면, 그중에서도 어두운 면에 관심이 많다. 그러한 관심은 검찰수사관이라는 직업으로 이어졌고, 미스터리 소설을 쓰는 원동력이 되고 있다.

## 전설 | 금돼지와 원

강원도 철원군 김화읍에 전해 내려오는 설화로, 마을 사람들을 괴롭히는 금돼지를 고을 원이 기지로 물리친다.

만수는 문가에 바짝 붙어 잠든 딸, 금녀를 물끄러미 내려다보았다. 그는 금녀의 몸 위로 두툼한 이불을 던졌다.
"흡!"
 이불째로 금녀를 들어 올리려 했지만, 금녀는 꼼짝도 하지 않았다. 걸쇠를 열고 문을 열어젖히자 오래도록 기름칠 되지 않은 문이 삐거덕, 앙칼진 소리를 냈다. 누런 이불의 움직임을 살펴보던 만수는, 무언가 결심이라도 한 듯 냅다 이불을 끌어안고 문지방 너머로 던지다시피 굴렸다. 좁은 마루 위로 이불이 좌르륵 펴지면서 금녀는 그대로 바닥으로 고꾸라졌다. 만수는 금녀의 양쪽 겨드랑이를 잡아 싸리문 밖으로 질질 끌고 나갔다. 거리는 고요했다. 보름달이 뜬 밤이었다. 환하게 뜬 달을 보며 만수는 고개를 끄덕였다. 일순 시선을 느껴 금녀를 내려봤지만, 금녀는 깊은 잠에 빠진 듯 눈을 감은 상태 그대로 미동도 하지 않았다.

거리 한가운데에 금녀를 눕힌 만수는 금녀의 두 발이 허옇게 드러난 것을 알아채고는 방 안으로 들어가 해진 버선 한 켤레를 들고 나왔다. 그는 금녀의 한쪽 발을 들어 올리며 숨죽여 웃었다. 금녀의 두 발에 버선을 단단히 신긴 만수는 그제야 추위를 느꼈는지 어깨를 움츠리고 과장된 몸짓으로 방 안으로 달려 들어갔다.

만수가 방문을 걸어 잠그는 소리를 끝으로 사방은 다시 적막해졌다. 죽은 듯 누워 있던 금녀의 눈썹이 파르르 떨렸다. 자신이 지독한 악몽을 꾸고 있다고 생각하며—남편에게 버림받은 날부터 매일 밤 악몽을 꾸었으니까—그녀는 혀를 깨물었다. 강렬한 통증에 얼굴이 구겨졌다. 꿈이 아니었다. 눈시울이 뜨거워졌다.

금녀를 비추던 보름달이 달무리 속에 자취를 감추더니 곧이어 바람이 거세게 불기 시작했다. 지진이라도 난 듯 땅이 흔들렸지만 추위에 몸이 굳은 금녀는 그조차 느끼지 못하고 있었다.

금녀의 머릿속은 온통 '왜? 도대체 왜?'라는 물음으로 뒤덮였다. 그녀는 언제나 마음을 다했지만 돌아오는 것은 못마땅함 뿐이었다. 남편에 이어 아버지까지.

'뒤늦게 시집간 딸이 내쫓겼으니 속상한 마음에 이러시는 걸까. 그렇다 한들 보름달이 뜨는 밤에 길가에 내버리시다니. 그것이 무엇을 의미하는지 아시면서.'

그때, 한줄기 강렬한 빛이 세상을 가르더니 우르르, 천둥소리가 하늘을 뒤덮었다. 금녀의 두 귀에 뜨거운 숨결이 닿았다. 화들짝 놀란 금녀가 두 눈을 뜨려 했지만 추위에 얼어붙은 눈물 때문인지 잘 떠지지 않았다. 누군가가 금녀를 가볍게 들어 올렸다. 금녀의 몸이 반복적으로 오르내렸다. 부드러운 털에 감싸인 몸이 서서히 녹아내렸다. 잠이 오는 것인지, 의식이 사라지는 것인지 알 수 없었다. 금녀는 저항조차 하지 않았다. 그저 이 순간이 자기 삶의 마지막이길 간절히 바라는 마음뿐이었다.

"참으로 박색이구먼."

"머리가 아직 꺼먼 걸 보면 우리보다는 젊은 것 같은데 어째 여기로 왔을까요."

"아, 보면 몰라. 그분도 눈이 있었지."

"우리보다 힘은 좀 쓰겠구먼."

수군대는 소리에 금녀가 눈을 떴다. 여자 네 명이 머리를 맞대고 그녀를 내려다보고 있었다.

"깼는가?"

"여기, 목 먼저 좀 축여요."

얼굴이 넙데데하고 다부진 체격을 한 여자 하나가 금녀를 안아 올리며 사기그릇에 뜬 물을 입에 갖다 대었다. 금녀는 그 안에 든 물을 한 번에 쭉 마셨다. 전신을 타고 퍼지는 물의 기운 덕분인지 몽롱했던 의식이 또렷해지면서 금녀의 두 눈에 색다른 풍경이 들어왔다. 낮인지 밤인지 알 수 없는 푸른 빛, 아름답고 기이하게 생긴 꽃들에서 뿜어져 나오는 향기, 기척도 없이 우아한 날갯짓을 하며 이 나무, 저 나무 옮겨 다니는 눈부시게 화려한 색의 새들과 주렁주렁 열린 진귀한 과일들, 김이 모락모락 나는 연못, 그 위에 핀 연꽃…….

"……여기가 말로만 듣던 신선의 땅인가요?"

제 죽음을 확신한 금녀가 떨리는 목소리로 물었다. 그 물음에 여자들이 눈짓을 주고받더니 웃음을 터뜨렸다.

"그런 셈이지라, 천상에 가까우니께."

사내같이 짧은 머리를 한 여자가 자세를 고쳐 앉으며 말했다. 그러고는 노르스름하게 윤기 나는 배 한 알을 옷 소매에

쓱 닦은 뒤 한 입 크게 베어 물었다. 하얗게 센 긴 머리를 한 얄팍한 얼굴의 여자는 금녀의 흐트러진 머리를 정리해 주며 물었다.

"이곳은 동굴 안이오. 지난 시간을 기억하오?"

금녀는 추운 밤 아버지에게 내동댕이쳐지며 버림받던 순간을 떠올렸다. 가슴이 저릿했다. 모른 척 눈 감을 수밖에 없던 시간 동안 느꼈던 아픔에 다시 눈시울이 뜨거워졌다. 그리고 나타난 의문의 존재를 떠올렸다. 부드러운 털, 산 내음. 엄마의 뱃속으로 돌아간 듯한 흔들림 속 안락하고 포근하던 느낌.

"누군가 절 이곳으로 데리고 왔어요."

금녀에게 물을 줬던 여자가 고개를 한 번 끄덕이고는 말을 이었다.

"우리도 그렇소. 그분이시지."

"그분이요?"

화들짝 놀란 금녀가 곧바로 되물었다. 내내 조용히 미소만 짓고 있던 여자가 금녀에게 김이 모락모락 나는 그릇을 말없이 내밀었다.

"옳지, 미치가 역시 잘 아는구나. 오랜 시간 잠에 빠져 있었으니 필시 배가 고플 터. 그분에 대해선 차차 알게 될 것이니, 이거 먼저 한 그릇 잡수시게."

그릇을 건네받은 긴 머리의 여자가 한 숟갈 떠 후후 불어 식히더니 금녀의 입에 가져다 대었다. 고소하면서 쌉쌀한 냄새가 났다.

"버섯이랑 약초를 넣고 끓인 죽이오. 먹고 나면 기운이 날 것이오."

여인들의 정체를 알 수 없었지만, 금녀는 덥석 받아먹었다. 그녀들의 환대에 목이 메었다.

"나쁜 기억이거든 모두 다 잊고 이제 편히 지내시게."

뜨거운 줄도 모르고 금녀는 계속해서 입을 벌렸다. 한 숟갈, 한 숟갈 씹어 넘길 때마다 금녀는 드문드문 떠오르는 지난날의 기억을 애써 눌러 담았다.

"겁낼 것 없소. 어떤 소문을 들었는지는 모르겠지만, 그런 데는 아니니께. 그거 다 먹고 나면 요것도 좀 맛보소. 배가 아주 달지라."

금녀는 궁금한 게 많았지만 어쩐지 이곳이 마음에 들었다. 여인들은 금녀가 죽을 싹싹 비울 때까지 그녀 곁에 머물렀다.

"아직 소식 없더냐?"

옆으로 비스듬히 누워 담뱃대를 뻐끔대던 황 현감이 막 마을 순찰을 하고 온 이방에게 물었다.

"예, 사또. 오작사령에게 확인하니 오늘도 발견된 시체는 없었다 하옵니다. 한데 괴상한 소문을 들었습니다요."

지루한 표정을 짓던 황 현감이 자세를 고쳐 앉으며 눈을 빛냈다. 이방이 현감을 향해 바싹 고개를 들이밀며 속삭였다.

"투전판에 박 첨지가 다시 나타나기 시작했는데, 고리로 돈을 빌려 참여한다고 합니다. 근데 불같은 성미는 어디 가고 어인 일이지 돈을 잃어도 계속 싱글벙글하더랍니다. 이에 수상함을 느낀 꾼 하나가 계속 술을 퍼먹였더니, 글쎄 보름달 뜨는 밤에 딸을 밖으로 내다 버렸다 하지 않겠습니까."

"부인을? 아니, 아니지. 내쫓은 지가 언젠데. 그 여인을?"

"예. 워낙 횡설수설해서 정확하지는 않지만 분명 그렇게 들었다 했습니다."

황 현감이 잠시 눈동자를 굴리며 생각에 잠기더니 다시 물었다.

"그래, 실제로 여인은 없더냐?"

잔뜩 숙였던 몸을 일으키며 이방은 고개를 끄덕였다.

"장인…… 아니, 박 첨지가 딸을 버린 이유가 무엇이라고 생각하느냐?"

"소박맞은 딸이 탐탁지 않았던 게 제일이지 않을까 하옵니다. 그자는 장인이랍시고 사또 이름까지 팔아먹던 자입니다. 기고만장, 흥청망청하던 것이 죄다 소용없게 되어버리자, 그 성질을 못 이겼던 게지요."

담뱃대 봉오리를 물고 있던 황 현감이 부연 연기를 길게 내뿜었다. 방 안에 담배 연기가 가득 찼다. 그가 담뱃갑에 새겨진 작은 새 한 마리를 물끄러미 바라만 보고 있으니, 눈치 빠른 이방이 얼른 입을 놀렸다.

"홍매를 봤다는 사람은 아직까진 없었습니다. 또한 오랑캐인지 짐승인지 모를 놈이 기거한다는 곳을 살펴봤지만 빈 동굴일 뿐 허사였습니다. 시체든 뭐든 계속해서 찾아보겠사옵니다, 사또."

한숨을 길게 내쉬며 황 현감이 "뭐 하나 제대로 되는 일이 없구나" 하고 혼잣말했다. 그러다 이방을 흘끔 쳐다보고는 목소리를 가다듬었다.

"내 오늘 같은 날은 기분이 영 답답해 안 되겠구나. 김 의원이 조촐한 잔치를 연다니 거길 좀 다녀와야겠다."

"예, 사또. 오늘이 김 의원 생일이라 들었사옵니다. 김 의원은 부검에도 자주 참여하는 자이니, 이참에 생일 선물을 내리셔도 될 듯합니다."

"생일 선물이라. 그래, 뭐가 좋겠더냐?"

"……금가시 중 몇 개를 내리면 어떠시겠습니까?"

"금가시를? 그러다 들키기라도 하면 어쩌려고 그러느냐."

"의중을 떠보는 것이지요. 김 의원이 알고 있다면 금가시를 받고서 가만있지는 못할 것이옵니다. 분명 사또를 찾아와 진실을 확인하려 들겠지요."

"금가시의 존재를 모른다면? 그저 금을 선물 받은 것인 줄 알면 어이하느냐?"

"그렇다면 금가시에 대한 소문이 퍼져나갈 걱정은 하지 않으셔도 되는 것이지요."

이방이 비릿한 미소를 지어 보이자 황 현감의 입꼬리도 올라갔다.

"그래. 듣고 보니 그러하구나. 금가시 서너 개를 가지고 가면 될 테지?"

"예. 그리고 마침 박 첨지가 보름밤에 딸을 버렸다고 하니, 그 여인의 시체가 머지않아 나타날 것입니다. 그러면 그때 다시 일을 진행하시지요."

◈◈◈

 금녀는 동굴 생활에 점차 익숙해졌다. 여인들은 각자 맡은 역할이 있었다. 제일 나이가 많은 차산이 금녀가 일손이 필요한 사람을 번갈아 도울 수 있도록 했다.

 막금을 따라 약초를 캐러 갔을 때 금녀는 막금의 짧은 머리를 보며 물었다.

 "막금, 머리는 왜 그렇게 짧은 것이오?"

 막금은 흙 묻은 손으로 앞머리와 뒷머리를 매만지며 대답했다.

 "내게 긴 머리는 거추장스러울 뿐이니께. 이곳에 들어오고 나서 싹둑 잘랐지라. 왜, 보기 흉하오?"

 금녀는 고개를 저으면서도 "꼭 사내 같소"라고 말했다. 그러자 막금은 짧은 머리카락을 강아지처럼 털며 웃었다.

 '홍매'에 대한 이야기를 들은 건 계금을 따라 빨래를 하러 갔을 때였다. 빨래는 굴을 나와 일각 정도를 걸어 내려가면 나오는 계곡에서 했다. 굴속에 있는 연못은 고인 물이라 빨래하기에 적합하지 않았다.

 "여기는 저쪽 동굴과 더 가깝네."

 계금이 빨랫감에 물을 묻힌 뒤 속삭였다. 그녀는 평소 말하는 것도 거침없고 목소리도 커 그녀가 말할 때면 동굴 안이 쩌렁쩌렁 울리곤 했는데, 어쩐 일인지 이곳에서는 등 뒤를 살피며 목소리를 낮췄다.

"또 다른 동굴도 있는 것이오? 저기에 그분이 있소?"

금녀가 목소리를 내자 계금은 손사래 치며 검지를 코와 입으로 가져다 대었다.

"쉿, 목소리 낮추시오! 지금쯤 중요한 일이 벌어지고 있을지 모르니."

"중요한 일이라니?"

계금은 금녀 쪽으로 몸을 붙여 귀엣말했다.

"저쪽 동굴은 그분이 사랑을 나누는 곳이오."

금녀의 놀란 표정을 살피던 계금이 웃음을 터뜨렸다.

"우리 생각에 그분은 자식을 낳길 바라는 것 같소. 오직 그것만이 목적이신 듯 보이오. 저기에는 그분 말고도 젊은 여인이 기거하고 있소. 그 여인도 보름달이 뜨던 밤 잡혀 왔지. 우리는 아이를 낳기에는 늙지 않았소. 아, 물론 자네는 그렇지도 않은 것 같소만."

마지막 말을 하며 계금은 의아한 표정으로 금녀를 잠시 바라보았다.

"저쪽에는 홍매라는 여인이 있다는구먼. 이름은 나도 차산을 통해 들었네. 차산은 한 달에 한 번씩 저쪽 동굴로 가서 여인의 상태를 살피거든. 지금까지 저쪽으로 왔던 여인 중 그 누구도 회임에 성공한 여인은 없었소. 홍매라는 여인이 회임하면 굴의 경사이지."

금녀는 홍매라는 이름이 낯설지 않았다. 빨랫감에 두방망이질하던 계금이 손을 멈추고 낮은 음성으로 말했다.

"이쪽에 있는 우리는 모두 저쪽을 위해 존재하는 것 같소. 그들의 시중을 들고 있으니까. 하지만 자네가 생각하기에 이상할지 몰라도 우리는 다시 마을로 돌아갈 생각이 없다네. 시중을 든다 해도 이곳에서의 삶이 마음 편하기 때문이지. 그건 단순히 풍족한 먹거리 때문만은 결코 아니네."

금녀는 말없이 고개를 끄덕였지만, 계금에게 홍매라는 여인에 대해 들은 뒤로 남편 생각이 머릿속에서 떠나질 않았다.

공석이었던 고을 현감 자리에 젊은 사내가 부임한다 했을 때 마을 사람들과 달리 금녀는 별다른 관심이 없었다. 아니, 관심을 가질 여유조차 없었다. 제 아비를 모시기 위해 온종일 남의 집 밭에서 일하거나 길쌈, 삯바느질 등을 하느라 바빴다. 그렇지만 금녀는 제 아비에게 불만 따위 없었다. 으레 자식으로서 마땅히 해야 할 도리라고 생각했기 때문이었다.

불만이 있는 것은 되려 아비 만수였다. 태어날 때부터 못

생긴 얼굴 탓에 그럴듯한 집안과 혼담이 오가기는커녕 흔한 남정네의 눈길조차 받아본 적 없는 딸이 하찮고 무능해 보였다. 주막에서 자신의 딸이 안줏거리로 종종 올라오는 것도 수치스럽고 화가 났다. 그런 만수에게 솔깃한 제안을 한 것은 투전판에서 함께 어울리던 관아 나졸 엄석이었다.

"이봐 만수, 원님이 혼처를 찾고 있다던데."

엄석의 의도를 만수는 단박에 알아차렸다.

"괴소문 때문에 아내를 들이기 어려운 줄 아는데?"

투전목 다섯 장을 살피며 만수가 짐짓 관심 없는 척 대답했다.

"그러니까 자네에게 말하는 거 아니겠나."

만수가 시선을 엄석에게 맞췄다. 둘은 잠시 말없이 서로를 바라보다 이내 껄껄 웃었다.

"자네 말은, 괴물이 원님의 아내를 잡아가니 어쩌니 하니 딸년을 원님에게 시집보내란 말이로구먼? 딸년을 제물로 바치라는 거요, 뭐요?"

"내 그냥 들은 사실을 말하는 것뿐이오. 원님은 젊은 사내답게 의욕이 넘친다네. 마을 여인들이 자꾸만 사라지는 원인과 흉흉한 소문의 출처를 꼭 찾아내고야 말겠다는 심산이오. 지난번 원님도 부인을 잃었으니, 혼처를 쉽게 찾을 수 없는 건 불 보듯 뻔한 일 아니겠나. 하여 문제가 생겨도 탈이 안 날 여인을 찾아보라는 이방의 지시가 있었소. 자네 딸은 혼기가 훨씬 지난 것은 물론이오 하도 박색이라 앞으로도 시집가기는 틀린 것 같으니, 목숨을 내놔야 하겠지만 잠시라도 원님 부인이 되게 하는 건 어떻소. 돈이 어디서 나는지는 몰라도 원님 씀씀이가 헤프다고 소문이 자자하던데 자네한테 떡고물이라도 떨어지지 않겠소?"

난전꾼 하나가 둘의 대화를 잠자코 듣더니 "어서 빨리 치기나 하시오" 하며 투전목을 바닥에 탕탕 두드렸다. 이미 한 고을을 다스리는 자의 장인이 된 것만 같은 기분에 만수는 에라이 모르겠다, 투전목 두 장을 내던지며 외쳤다.

"그래, 내 말년에 딸년 덕 좀 보겠구먼!"

황 현감은 금녀와 조용히 혼례를 치르고 싶어 했으나 소문은 삽시간에 마을 전체에 퍼졌다. 금녀는 마을 사람들이 수군거리는 소리를 모두 들었으나 자신에게도 남편이 생겼다는 기쁨이 먼저였다. 혼례식에서 만수가 환하게 웃으며 그녀를 꼭 껴안았을 때는 눈물이 터지기까지 했다.

금녀는 제 아비에게 했던 것처럼 아침이면 신갈나무 잎을 구해 남편의 미투리에 정성스럽게 깔았다. 남편이 길을 걸을 때 조금이라도 편하게 하기 위해서였다. 마뜩잖은 듯 눈살을 찌푸리는 황 현감의 표정에도 금녀는 고개를 숙였다. 남정네의 그런 표정들은 익숙한 것이었다. 그녀는 온 마음을 다해 남편을 섬겼다. 세상에 제 아비가 한 명이듯 지아비도 평생 그녀에게 한 명일 사람이었으니까.

그렇기에 황 현감이 자신의 발목에 명주실을 감았을 때도 그녀는 묵묵히 남편의 뜻에 따랐다. 명주실이 무슨 용도인지조차 묻지 않았다. 부부가 되었지만 그와 합방은커녕 말 한마디 걸 수 없는 날이 늘어갔다. 황 현감은 명주실이 그녀의 발목에 잘 감겨 있는지만 확인하고 사라져 버리기 일쑤였다. 밤마다 그가 어딜 가는지 알 수 없었지만 그 역시 금녀에게는 익숙한 일이었다. 술에 취한 아버지를 늦도록 기다리는 일은 그녀가 평생에 걸쳐서 해온 일이었기에.

그의 입에서 '홍매'라는 이름이 흘러나온 건 그녀가 별안간 쫓겨나던 날이었다.

이른 새벽, 황 현감이 안채 문을 벌컥 열고 들어왔다. 그의 얼굴은 시뻘겋게 달아올라 있었다. 그는 말까지 더듬으며 금녀에게 다짜고짜 소리쳤다.

"다…… 당신이 왜 여기 있는 것이오! 어째서 당신이 아니냔 말이외다. 보름달이 다시 떴는데 이렇게 편안히 자고만 있으면 어쩌자는 것이오. 내…… 내 아내는 당신이지 않소! 분명, 그자는 수령의 부인을 데리고 간다고 하지 않았소? 정녕 당신은 아무것도 모른단 말이오? 마을 사람 모두가 다 알고 있는 것을 어찌 당신만 모른단 말이오! 당신 대신 홍매가 사라졌소. 옥구슬 같은 목소리에 학 같은 몸짓을 지닌 그 어린 것이! 아아, 썩 꺼지시오. 꼴도 보기 싫소!"

분을 이기지 못한 황 현감이 아연실색한 금녀의 두 발을 잡고 냅다 끌어당겼다. 금녀가 소리조차 내지 못하며 문지방까지 끌려 나오는데 그가 금녀의 발목을 쥐고 명주실을 홱 잡아당겨 끊어버렸다.

"이딴 게 이제 다 무슨 소용이라고!"

금녀는 그렇게 남편에게 버림받았다.

금녀는 발목을 바라보았다. 두 가닥의 실이 감겨 있었다. 한 가닥은 명주실이고 다른 한 가닥은 무명실이었다. 명주실은 끊겨 있고 무명실은 굴 밖까지 보일 듯 말 듯 이어져 있었다. 그녀는 때 타고 낡아 해진 실들을 어루만졌다. 무명실을 따라 나가면 마을로 돌아갈 수 있을 터였다.

"무슨 생각을 그리 하시나."

여인들이 잠자리에 들 시간이었다. 밖을 내다보며 앉아 있는 금녀의 뒷모습에 차산이 다가와 말을 걸었다. 금녀는 속곳을 내려 발목의 실을 감췄다.

"잠이 안 와서요."

"이곳을 거쳐 간 몇몇 여인들도 그랬지."

금녀의 표정을 살피던 차산이 알겠다는 듯 말을 이었다.

"마을에 두고 온 가족이라도 있소?"

금녀는 '가족'이라는 단어를 듣는 순간 자신도 모르게 코끝이 시큰해지는 것을 느꼈다. 자신의 전부이던 사람들. 금녀는 그들 생각이 머릿속에서 떠나질 않았다.

"미련이 남았구려."

금녀는 스스로가 한심하게 느껴졌다. 매몰차고 잔인하게 자신을 버린 사람들을 여전히 생각하고 있는 스스로가 이해되지 않기도 했다.

"우리는 돌아갈 데가 없어 이곳에 머물러 있소. 우리 목숨은 마을에 이미 두고 온 셈 치고 있지."

놀란 눈으로 금녀가 바라보자 차산이 부드럽게 미소 지었다.

"이곳에서의 생은 뜻밖에도 안온하오. 몇몇 아낙들이 자네처럼 가족들을 잊지 못해 동굴을 빠져나갔소만, 그네들이 어떻게 됐는지는 알 길이 없소이다. 다만 그네들이 우리처럼 마음 편안히 살고 있을 것 같냐고 물으면 글쎄, 나는 아닐 거라 답하겠소."

역정을 내던 남편의 무서운 얼굴과 추운 밤 남들 몰래 자신을 질질 끌어당기던 아버지가 생각나 금녀는 몸을 떨었다.

"내가 지켜본 바에 의하면 그분은 괴물이나 오랑캐, 악귀 따위가 아니오. 본능에 충실하실 뿐이지. 그건 금수라기보다는 자연에 가까운 본능이오. 나도 그분을 잘은 모르오. 다만 우리와 다르다는 것쯤은 알 수 있지. 그는 단순하오. 이곳에서의 생활처럼."

차산은 무언가를 더 말할 듯 말 듯 금녀를 곁눈질하다 말을 이었다.

"하지만 그분이 화가 나면 필시 그 어떤 맹수보다 무서울 것이오. 저쪽에 있던 여인이 그분의 수청을 거부하고 끝내 도망을 간 적이 있는데, 그때 그분의 화난 음성은 떠올리기만 해도 소름이 끼치오. 하늘이 두 쪽으로 갈라지는 줄 알았으니까. 천둥이 쉴 새 없이 내리치는 것 같았소. 그 소리는 해가 중천에 뜨고 나서야 멈추더구먼. 그 여인이 어떻게 됐는지는 모르지만 얼마 뒤 홍매란 여인이 새로 들어왔소."

"홍매!"

또다시 듣게 된 이름에 금녀가 저도 모르게 홍매의 이름을 크게 부르자 차산의 어깨가 움찔했다.

"아이고, 깜짝이야. 홍매를 아시오?"

금녀는 남편이 언급했던 이름이라고 말할까 잠시 고민하다가 입을 다물었다. 대신 고개만 주억거렸다.

"그렇구먼. 하지만 그 처자는 기생인 것 같던데?"

차산이 금녀를 천천히 훑어보며 묻자 금녀는 이번에도 말없이 끄덕였다.

"기생이 들어온 것은 의외였소. 대체로 그분은 원님의 아내를 데려왔으니까. 그런데 참 이상하지? 그 처자 역시 그분의 수청을 거부하고 있소……. 수청이라는 표현이 망측할 수 있으나, 달리 뭐라 부를 수 있겠소. 이번에도 실패하면 그 화가 만만찮을 것 같아 걱정이긴 하네만……."

귀를 쫑긋하며 듣고 있는 금녀를 바라보던 차산의 눈썹이 올라가며 얼굴이 환해졌다.

"옳지, 자네가 저쪽으로 가서 그 처자를 한번 만나보는 게 어떻겠소?"

◈◈◈

 땅거미가 지는 저녁이었다. 미치를 도와 저녁밥을 차린 금녀는 개다리소반에 하얀 쌀밥과 장국, 뭉근하게 끓인 붕어찜을 담아 차산이 일러준 방향으로 걸음을 옮겼다. 그분과 함께 기거하는 여인을 위한 것이었다.
 저쪽 굴은 여인들이 모여 사는 굴과는 분위기가 사뭇 달랐다. 붉고 노란빛만이 희미하게 일렁거렸고 사방이 조용했다. 작은 짐승이나 곤충의 울음소리조차 들리지 않았다. 금녀가 굴 안으로 걸어 들어가자 금녀의 발소리가 울퉁불퉁한 암석을 타고 메아리치며 울렸다.
 "뉘시오?"
 작지만 힘 있고 맑은 목소리였다. 한참을 들어간 곳엔 두 눈을 동그랗게 뜨고 앉아 있는 여인이 보였다. 흔들거리는 호롱불이 아직 앳된 모습의 여인을 비추고 있었다.
 "차산 대신 오늘은 내가 왔소이다. 나는 금녀라고 하오."
 금녀가 개다리소반을 바닥에 내려놓으며 말했다. 바닥에는 멍석이 깔려 있었다. 여인은 밥상에는 눈길도 주지 않고 말했다.
 "왜 오늘은 당신이 왔소? 차산에게 무슨 일이 있는가?"

금녀는 작게 심호흡을 했다. 여인의 모습을 마주하기 위해서는 용기가 필요했다. 걱정스레 자신을 바라보고 있는 여인의 얼굴로 시선을 돌린 금녀는 숨이 멎는 것 같았다. 작은 얼굴에 먹을 풀어놓은 듯한 크고 검은 눈동자, 단정히 정리된 눈썹, 균형 잡힌 아담한 코와 산수유 꽃망울 같은 붉은 입술. 금녀는 자신의 얼굴이 여인에게 가까이 다가가는 줄도 모르고 빤히 쳐다보았다. 허탈한 마음이 들었다. 홍매는 자신보다 네댓 살은 어려 보일 뿐 아니라 자신이 이제껏 봐왔던 여인들 중 가장 미인이었다. 홍매가 고개를 돌리고 헛기침을 하고 나서야 금녀는 자신의 무례함을 깨달았다.

"아, 미안하오. 차산에게 별다른 일이 있는 것은 아니오."

문득 그분이 어딘가에서 지켜보고 있는 것은 아닐까 싶어 금녀는 주위를 두리번거렸다. 그런 시선을 눈치챈 홍매가 한숨을 쉬며 말했다.

"걱정하지 마시오. 오늘은 없소. 사냥 도구를 챙겨 나갔거든. 그런 날이면 다음 날이 되어서야 온다오."

홍매의 뒤쪽에는 감히 크기를 가늠할 수조차 없는 커다란 털옷 몇 개가 두툼하게 쌓여 있었다. 홍매 역시 금녀를 찬찬히 뜯어보았다.

"근데 그쪽에는 여인들이 더 있는 것이오? 나는 이곳에 차산과 나, 단둘만 있는 줄 알았는데."

금녀가 총 다섯이라 말하자 홍매는 눈이 동그래졌다.

"그렇게나 많단 말이오? 차산은 나이가 많지 않소. 허나 금녀 당신은……. 나머지 여인들은 어떻소?"

"나머지 여인들도 차산보다 조금 어린 정도일 듯하오."

홍매는 비교적 또래라고 볼 수 있는 금녀가 마음에 드는 눈치였다. 금녀는 남편이 언급했던 그 '홍매'가 맞는지 확인할 생각조차 못 할 정도로 홍매에게 매료되었다. 홍매의 우아한 몸짓과 아름다운 얼굴, 산뜻하고 간들거리는 목소리……. 그녀에게서는 꽃내음마저 나는 것 같았다.

금녀가 되돌아가려는데, 홍매가 금녀를 붙잡았다.

"그쪽 굴 이야기를 좀 더 해주지 않겠소? 자, 이것 좀 같이 드시오. 나 혼자서는 이 많은 양을 다 먹지도 못하니."

젓가락으로 붕어찜을 급하게 가르는 홍매의 손길을 보며 금녀는 잠시 머뭇거렸지만, 차산의 반색하는 얼굴이 떠올라 하는 수 없이 홍매 앞에 마주 앉았다.

홍매가 묻는 질문들에 드문드문 대답하면서도 금녀는 입 안을 맴도는 질문 하나를 입 밖으로 내야 할지 말아야 할지 고민했다. 남편에 관한 것이었다. 홍매는 금녀의 무뚝뚝한 반응에는 아랑곳하지 않고 저녁 식사를 마칠 때까지 수다를 떨었다. 금녀는 끝내 묻지 못했다.

그날 밤, 홍매는 금녀를 데리고 굴을 빠져나왔다. 가끔 근처 작은 연못에 가 목욕을 한다고 했다. 여인들이 있는 굴속에도 연못이 있지만 그 연못은 붕어나 미꾸라지, 잉어 같은 식량을 얻기 위한 곳이었다.

겨울밤이라 공기가 차가웠지만 연못에는 김이 피어오르고 있었다. 실 한오라기 걸치지 않고 연못에 몸을 담근 홍매가 우물쭈물 서 있는 금녀를 바라보며 손짓했다. 홍매는 어느새 금녀를 벗이라 여겼는지 스스럼없이 말을 건넸다.

"어서 들어와, 따뜻하다."

금녀는 달빛에 허옇게 빛나는 홍매의 가녀린 어깨와 봉긋이 솟은 젖가슴을 바라보았다. 금녀가 대뜸 물었다.

"혹시 단천 현감 황인길을 아니?"

학처럼 우아하게 두 팔을 벌려 몸을 눕히고 있던 홍매가 금녀의 물음에 벌떡 일어났다.

"당연하지!"

그에게서 들었던 그 '홍매'가 바로 눈앞에 있었다.

"그분은 자주 기방을 찾으셨어. 기녀 중 나를 제일 예뻐하셨지. 사실 여기에 온 날 밤도 그분과 함께 있었어. 밤새 노래를 부르고 시를 짓고 춤을 추고……. 그런데 청주를 너무 많이 마셨던지 그만 취해버리고 말았지. 잠시 측간을 다녀온 다는 것이 미끄러졌는지 넘어졌는지 마당에 쓰러진 채 잠이 들었나 봐. 눈을 떠보니 이곳이었어. 참으로 끔찍하게도."

금녀는 밤마다 사라졌던 남편을 떠올렸다.

'그래, 너와 함께 있었던 게로구나.'

"그분도 나를 찾고 있을 텐데……. 나를 예뻐했던 사내들은 다들 여태 뭐 하고 있는지 몰라. 그들 중 누군가는 나를 찾으러 와야 하지 않아? 아 참, 그런데 그분은 왜 묻니?"

아무것도 모르는 얼굴의 홍매를 보며 금녀는 입술에 힘을 주었다.

"그분께는 부인이 있는 것으로 아는데."

손으로 한 움큼의 물을 담아 팔 구석구석을 씻어내던 홍매가 슬며시 웃었다.

"그럼, 있지. 근데 진짜 부인도 아니던데 뭐. 그분은 원치 않는 여인과 혼인해야만 한다고 했어. 얘, 너 그 이유가 뭔지 아니?"

금녀의 가슴이 세차게 뛰기 시작했다. 연못으로 뛰어들어 홍매의 입술을 두 손으로 막고 싶었지만 꼼짝도 할 수 없었다. 홍매는 별일 아니라는 투로 말했다.

"여인들을 잡아간다는 자의 은신처를 알아내기 위해서였대. 발목에 뭘 감아놓았다던데? 내가 '아이, 마님이 너무 불쌍하세요'라고 했더니 사또께서는 '불쌍하긴! 이리 보고 저리 봐도 볼품없어 그자가 안 데리고 갈까 봐 되레 걱정이네' 하고 웃더라니까?"

홍매는 황 현감의 목소리를 흉내 내기까지 했다. 금녀가 따라 웃을 거라 생각했는지 풋, 손으로 입을 막고 웃던 홍매가 금녀의 굳은 얼굴을 살피고는 웃음기를 거뒀다.

"……결국 불쌍한 것은 내가 되어버렸지만."

고개를 뒤로 젖혀 긴 머리를 연못 물에 담근 홍매는 한참 동안 하늘을 바라보며 누워 있었다. 금녀가 소리 없이 눈물을 흘리고 있다는 걸 그녀는 알아채지 못했다. 홍매가 나직이 말했다.

"나는 결코 금수만도 못한 자와 잠자리를 가지지 않겠어. 정절을 지키려는 게 아니야. 그건 너무 따분하고 재미없거든. 하지만 고을 내로라하는 사내들이 흠모하는 천하의 홍매가 그런 더럽고 추한, 백정만도 못한 자의 수청까지 받아들인다는 건 감히 용납할 수 없는 일이야."

금녀가 중얼거렸다.

"그러다 버림받거나 죽으면 어떡하려고."

홍매는 금녀의 작은 목소리를 놓치지 않았다. 물에 젖은 머리카락이 홍매의 균형 잡힌 동그란 두상을 더욱 돋보이게 했다. 홍매는 금녀가 앉아 있는 연못가로 헤엄쳐 왔다. 그리고 금녀를 올려다보며 천연덕스럽게 대답했다.

"버림? 다들 나를 데려가고 싶어 안달이던데. 만약 버림받으면 다른 사람보고 데려가라고 하면 되지. 아마 줄을 설 정도로 많을걸? 그리고 이건 비밀인데…… 아이참, 나는 비밀을 참 좋아한다니까! 내가 여태 기방에서 뭘 배웠겠니? 며칠 전 갖은 애교를 떨어서 그치가 가장 무서워하는 게 뭔지 알아냈어."

금녀가 입만 벌리고 있자 홍매가 눈을 빛내며 웃었다.

"알려줄까?"

듣지 말아야 할 것을 기다리는 심정으로 금녀는 침을 꿀꺽 삼켰다. 홍매가 금녀에게 가까이 오라고 손짓했다. 금녀는 홍매의 입가로 얼굴을 가져다 댔다. 홍매는 금녀의 귀에 두 글자를 속삭였다.

"녹피."

금녀가 "사슴 가죽?"이라고 되묻자 홍매는 "그렇다니까!" 하고 웃었다. 홍매는 멍한 표정의 금녀를 향해 설명을 덧붙였다.

"언젠가 신령한 무녀에게서 녹피라는 부적이 있다고 들었어. 그 부적은 악한 기운이 깃든 금수의 피부를 순식간에 녹여버린다고 해. 아마 사슴 가죽에도 그와 같은 힘이 있는 게 아닐까 싶어."

홍매가 잠시 뜸을 들이다 금녀를 똑바로 바라보며 말했다.

"네가 그걸 구해다 주면 좋겠어."

금녀는 대답하지 않았다. 홍매 역시 재촉하지 않았다. 홍매의 목욕이 다 끝날 때까지 금녀는 아무 말 없이 홍매를 지켜보았다. 시선 받는 것에 익숙한 홍매는 금녀 앞에서 시를 읊기도 하고, 노래를 부르기도 하고, 춤을 추기도 했다. 금녀는 이 모습에 매료되었을 남편을 떠올렸다. 오랜만에 뽐내는 기예에 기분이 한층 좋아진 것인지 아니면 깨끗하게 목욕해서인지 유달리 홍매의 얼굴이 반짝거렸다.

홍매가 옷을 입는 사이 금녀는 시선을 돌려 연못을 두른 기다란 풀들을 바라보았다. 누렇게 바랜 풀과 비슷한 색을 띠는 나방 한 마리가 시야에 들어왔다. 나방은 쥐 죽은 듯 이파리에 붙어 자신을 숨기고 있었다. 문득 홍매라는 보호색을 띠면 자신도 버림받지 않을 수 있을까 하는 생각이 들었다. 홍매가 되면 자신의 삶도 달라질 수 있을까.

옷매무새를 정리하고 있는 홍매에게 금녀가 물었다.

"그분은 어떤 분이시니?"

"그분이라니? 누구? 설마……. 거기 있는 아낙들은 다들 그렇게 부르니? 참 이상하구나."

어깨 한쪽으로 머리카락을 쓸어 넘겨 물기를 짜는 홍매를 지켜보며 금녀는 아무렇게나 묶었던 자신의 머리를 풀어 저도 모르게 똑같이 매만지기 시작했다.

"그자는 돼지야. 금빛 털을 가진…… 금돼지."

꿩 사냥을 나갔던 미치와 막금이 헐레벌떡 굴로 뛰어 들어왔다. 굴 안 구석구석을 살핀 그들은 안도의 한숨을 내쉬었다.

"흔적이 안 뵈는 거 보니, 아무도 안 들었는갑지라."

낮잠을 자느라 누워 있는 여인들을 미치가 차례로 흔들어 깨웠다. 막금이 소리쳤다.

"다들 뭐 혀? 얼른들 일어나 보시지라!"

계금이 마른세수를 하며 일어났다. 또다시 악몽을 꾼 금녀는 식은땀을 흘리다 말고 벌떡 일어났고 모처럼 단잠을 자고 있던 차산은 앓는 소리를 냈다.

"나랑 미치가 똑똑히 봤지라. 웬 남정네가 머리를 땅에 박을 듯이 숙이고, 뭣을 살핀다고 깔짝깔짝 걷고 있더이다. 그놈이 오는 방향이 이쪽이라 얼른 달려왔지라. 산적도 아닌 것 같고, 약초꾼은 더더욱 아닌디, 무리도 없고 혼자서 다니는 걸 보니 수상허다 싶었소."

계금이 잠긴 목소리로 말했다.

"그분이 데리고 오지 않는 이상 여태 남정네건 여인네건 사람이라고는 한 명도 본 적 없잖소. 내 이곳에 오기 전 옆 마을에서 들은 소문으로는 그분의 거취가 발각되면 그건 재앙이라고 하였소. 모두를 죽이는 것으로도 모자라 온 마을을 쑥대밭으로 만든다고 하더구먼. 그 전에 어서 그걸 이루셔야 할 텐데……. 차산, 저쪽은 여태 아무 소식 없는 것이오? 이러다 우리 다 죽는 것 아니오?"

"어차피 우리 모두 죽은 목숨이나 다를 바 없네. 이제 와 세상에 무슨 미련을 둔단 말이오."

차산의 담담한 대답에 계금이 치마폭을 들썩이며 목소리를 높였다.

"난 싫소이다. 시어머니의 모진 구박으로도 모자라 서방마저 등 돌린 한 서린 세월이 자그마치 몇 년인지 아시오? 이곳에 온 뒤로 하고 싶은 말 하고, 먹고 싶은 거 먹고, 듣고 싶은 거 듣고, 내가 하는 행동 일거수일투족 간섭 없이 사는 기분이 어떤 건지, 그게 얼마나 안정되고 행복한 건지 깨달아 미련 없던 목숨이 이제는 내 자식같이 소중하게 느껴진단 말이오. 다들 안 그렇소? 막금, 백정의 딸로도 모자라 백정의 아내가 되지 않았소. 조선 땅에서 백정과 엮이면 얼마나 고생하는지는 여기 있는 모두가 알 것이오. 고기라면 침부터 질질 흘리는 작자들이 어찌 그리들 잔인하게 구는지. 동물의 털을 벗겨내고 찌르고 자르고 하는 거는 천박하다면서 자신들과 똑같은 사람을 괴롭히는 건 천박한 게 아니란 말이오? 이보시오 미치, 자네는 말할 것도 없소. 오빠가 저지른 범죄를 왜 자네가 덤터기를 써야 하는 것이오. 그런 무서운 죄를 대신하게 된다면 필시 사형일 터인데 벙어리면, 딸년이면, 잠자코 시키는 대로 죽어야 된다고 어디 경전에라도 적혀 있단 말이오?"

미치가 고개를 저었다. 계금의 말을 가만히 듣고 있던 차산이 한숨을 크게 쉬었다.

"그쯤 하면 됐소, 계금. 불행이 깃들지 않은 삶은 없다고는 하나……. 지난했던 세월을 생각하면 지금 이곳이 천당이나 다름없는 건 사실이오. 나 역시 젊은 나이에 자식도 없이 서방을 여의고 오랜 세월 방물장수로 떠돌아 살았지. 여자 혼자 보통이를 이고 지고 떠돌아다니다 보면 별의별 일을 다 겪게 되지 않소. 그게 자네들이 겪은 일에 비하면 보잘것 없을지는 모르나 어느 순간 마음에 큰 돌덩이가 들어앉은 것 같더구려. 머리도 아프고 밥도 잘 넘어가지 않았으니 살아도 산목숨이 아닌지라 내 평생 지고 다니던 보퉁이를 끌어안고 산비탈을 굴러떨어졌지. 그게 그분의 눈에 띄어 여기까지 오게 될 줄은……. 그분은 우리 같은 불쌍한 여인들을 구하신 거요. 그리고 자식을 낳기만 하면 더는 원님의 아내를 납치하지도 않을 것이오. ……자, 그러니 금녀, 어서 홍매에게 가보시게. 홍매에게 사정을 설명하고 설득을 하게나. 옳지, 이것도 가져가시게. 사향이 섞인 향낭이라네. 묵직하고 강렬한 향이 나지. 내 여태 보퉁이 속에 아껴두고 있던 것이나, 홍매 마음을 조금이라도 돌릴 수 있다면 얼마든지 내놓겠네.”

◈◈◈

굴에 홍매는 없었다. 대신 구석에 옹기종기 놓여 있던 홍매의 물건들이 어지럽게 널려 있었다. 자주 사용하던 빗은 두 동강이 나 있었고 백분 그릇은 뒤집힌 채 하얀 가루가 흩뿌려져 있었다. 깨진 백자에서 흘러나온 기름을 모두 흡수한 멍석에서는 은은한 동백꽃 향이 났다. 금녀는 황급히 밖으로 나가 산기슭과 비탈길을 살펴보았다. 아래로 아래로 걸음을 옮겨 홍매의 흔적을 찾으려는데, 어디선가 달뜬 음성이 들렸다.

"드디어, 드디어!"

금녀는 반사적으로 커다란 나무둥치 뒤로 몸을 숨겼다. 한쪽 눈으로만 소리가 나는 쪽을 주시하자 피골이 상접한 제 아비의 모습이 보였다. 그는 무언가를 내려다보며 웃고 있었다. 금녀가 아비의 발치에서 발견한 것은 빛나는 시체였다. 검푸르게 부푼 시체에 수백 개의 노란 가시들이 꽂혀 있었다. 시체는 홍매의 옷을 입고 있었다. 금녀는 비명이 터져 나오려는 것을 막으며 시체를 찬찬히 바라보았다.

'정녕 그 홍매란 말인가.'

생전의 고통을 나타내듯 시체는 입을 벌리고 있었고 벌린 입 주위로 날카로운 가시들이 촘촘하게 박혀 있었다.

가시 하나를 톡 뽑으며 만수가 주위를 두리번거렸다. 그리고 마치 누구라도 들으라는 듯 "아이고, 내 딸 금녀야! 우리 금녀 불쌍해서 어쩔꼬" 하며 우는 시늉을 했다. 그의 손은 가시들을 빼내느라 쉴 새 없이 움직였다.

"참으로 박복하기도 하지. 결국 제 어미를 따라 이리도 젊은 나이에 세상을 등지고 마는구나. 내 너의 명복을 길이길이 빌어주마"

만수의 곡성은 이내 그의 손에 수북이 담기는 가시만큼이나 굵직한 웃음소리로 바뀌었다. 그가 홍매의 엄지발가락에 박힌 마지막 가시를 빼낸 뒤 양 발목을 들어 올렸다. 발목에는 아무것도 감겨 있지 않았다. 터져 나오는 웃음을 참느라 만수는 두 손안에 얼굴을 파묻고 어깨를 들썩거렸다.

"이런, 내 딸년이 아니로구먼. 전에 끌려갔던 기생년인가 보지? 이방이 그렇게 찾는다고 하더니만. 아, 그런데 이걸 어쩌나. 내가 먼저 찾아버렸는데!"

판소리라도 하듯 과장된 목소리로 뇌까린 만수가 온 산이 울리도록 껄껄 웃어 젖혔다.

"흥, 혼자서만 독차지하려고? 나졸 엄석이가 떠버리인 줄도 모르고. 시체에 박힌 가시들이 금이라고 관아 사람들이 죄다 수군거리던데? 다들 괴소문쯤으로 여긴 모양이지만 나 같이 용맹한 사내는 기회를 놓치지 않는 법! 게다가……."

만수는 왼쪽 바짓단을 걷어 발목에 감긴 것을 치켜들며 기세 좋게 외쳤다.

"내 이걸로 여기까지 찾아왔다 이 말이야!"

금녀는 자신의 발목에 묶인 무명실이 팽팽하게 당겨지는 것을 느꼈다.

만수는 가시들을 그러모아 미리 준비해 온 새끼줄로 돌돌 감았다. 뽀족한 가시에 손마디가 찔릴 때마다 앗, 앗, 하는 소리를 내면서도 그는 얼굴에 감도는 미소를 감추지 못했다.

"여기에 딸년 몫까지 합하면!"

입맛을 다신 만수는 왔던 길을 되돌아가기 시작했다.

금녀는 땅바닥에 앉아 발목을 들어 올리고 발목에 감긴 실들을 이로 잘근잘근 씹었다. 그녀의 관자놀이는 툭 불거지고 얼굴을 붉게 달아올랐다. 그녀는 비로소 실의 정체를 알아차렸다. 서방과 아비 모두 아내, 딸의 목숨을 이용하고 가차 없이 버린 것이다. 몸이 부르르 떨렸다.

만수가 완전히 사라지길 기다렸다가 금녀는 홍매에게 달려갔다. 홍매의 깊고 검었던 두 눈동자에 회색 장막이 덮여 있었다. 금녀는 홍매의 눈꺼풀을 덮어주었다. 홍매의 얼굴에 남은 수백 개의 상처 때문에 흡사 천연두에 걸려 죽은 사람 같았다.

"어쩌다…… 어쩌다가. 너만은 버림받지 않을 줄 알았건만."

금녀는 홍매 옆에 털썩 주저앉았다. 한동안 멍하니 앉아 있자 땅거미가 지려 했다. 그제야 그녀는 주위의 무른 땅을 찾아 두 손으로 파기 시작했다. 열 개의 손톱이 모두 빠져나갈 때까지, 파고 또 팠다. 그리고 축축한 흙 속에 홍매를 묻었다.

산은 깊은 어둠에 잠겼다. 문득, 자신의 피투성이가 된 손과 흙으로 더러워진 옷을 보면 여인들이 놀랄 거라는 생각이 들어 금녀는 홍매가 목욕했던 연못으로 방향을 틀었다.

연못은 조용했다. 환한 보름달에 수면이 금빛으로 빛났다. 옷을 하나씩 벗는데, 차산이 챙겨줬던 향낭이 바닥으로 툭 떨어졌다. 누렇게 바랜 금녀의 옷과 대비되는, 커다란 꽃 자수가 박힌 홍색 비단 주머니였다. 금녀는 향낭에서 작은 백자 항아리를 꺼내 향기를 맡아볼까 싶어 몸을 숙였다. 그러나 백자에 금이 갔는지 향낭이 젖어 있었다. 진한 향기가 퍼졌다. 홍매를 위한 것이었다. 주인을 잃어버린 향은 금녀에게로 내려앉았다.

금녀가 물속으로 천천히 걸어 들어갔다. 홍매처럼 머리를 뒤로 젖혀 하늘을 바라보았다. 따뜻하고 포근했다. 연못 속 수초들이 금녀의 몸을 간지럽혔다. 어디선가 홍매의 노랫소리가 들리는 것 같았다. 금녀가 가슴에 공기를 가득 불어 넣었다가 긴 한숨을 토해냈다.

그때, 금녀의 몸이 크게 흔들렸다. 거대한 물살이 연못을 가르더니 커다란 무언가가 수면 위로 순식간에 솟아났다. 폭포가 떨어지듯, 굵은 물줄기가 여러 갈래로 쏟아져 내렸다. 물에 빠져 허우적대던 금녀가 겨우 물 밖으로 얼굴을 내밀었다. 금녀의 부연 시야에 들어온 것은, 키가 구 척에 덩치는 커다란 바위만큼이나 큰 존재였다. 달을 등지고 있어 어두운 윤곽만 보일 뿐 모습이 제대로 보이지 않았다. 그가 숨을 들이마시고 내쉴 때마다 검은 그림자가 부풀어 올랐다가 가라앉으며 열풍 같은 콧김이 뿜어져 나왔다. 그는 금녀를 내려다보고 있었다.

금녀는 황급히 몸을 돌렸다. 연못을 빠져나가야 했다. 첨벙첨벙, 물을 튀기며 금녀가 연못가로 향하는데 온 산을 진동시키는 낮은 음성이 천둥소리처럼 쏟아졌다. 금녀가 뒤돌아보지도 못한 채 바들바들 떨고만 있는데, 뜨거운 숨결이 금녀의 젖은 몸에 닿았다. 숨결은 점점 거칠어졌다. 금녀 역시 곧 실신할 듯 가쁘게 숨을 몰아쉬었다.

여인들이 말하던 그분, 홍매가 말하던 더럽고 추한 그치임이 분명했다. 당장에라도 줄행랑을 치고 싶은 마음과 달리 몸은 제대로 움직여주지 않았다. 수초가 뱀처럼 스멀스멀 스치는가 싶더니, 곧이어 온몸을 강하게 감아대기 시작했다. 금녀는 수초인 줄로만 알았던 것이 사실 그자에게서 뻗어 나온 털이었음을 깨달았다. 순식간에 포박된 금녀가 연못가의 억센 풀들을 잡기 위해 손을 뻗는데, 금녀를 감싼 털들이 일순간에 차갑고 딱딱한 것으로 변했다. 금녀는 온몸을 파고드는 날카로움에 비명을 내질렀다. 금녀의 주위로 붉은 피가 번져나갔다. 꼼짝도 하지 못하는 금녀의 위로 검은 그림자가 덮쳤다.

◇◇◇

그가 잠이 든 것을 확인한 금녀는 몰래 굴을 빠져나왔다. 여인들이 있는 굴로는 가지 않았다. 먼저 찾아야 할 것이 있었다. 홍매가 속삭였던 말을 떠올렸다.

밤이 이슥해 사방이 잘 보이지 않았지만 금녀는 쉬지 않고 걸었다. 자신이 서 있는 곳이 어디인지도 알지 못한 채 금녀는 걷고 또 걸어 깊은 산속으로 들어갔다. 호랑이든 곰이든 마주친다 해도 두렵지 않았다. 자신이 조금 전까지, 아니 이제껏 당한 고통에 비하면 차라리 맹수를 만나 단숨에 숨통을 물어뜯기는 게 나을 듯했다. 금녀는 계속해서 중얼거렸다.

"녹피, 녹피……."

세상이 푸르스름한 이불을 완전히 걷어내지 못하고 있는 새벽녘이었다. 금녀는 간간이 들리는 동물 울음소리 속에서 자신이 찾는 동물의 울음을 분별하기 위해 정신없이 두리번거렸다. 분노와 공포로 뒤덮인 금녀의 심장은 빠르게 뛰었고 생생한 피의 흐름은 그녀의 오감을 활짝 열리게 했다. 금녀는 직관이 이끄는 대로 조심조심 움직였다. 무리에서 이탈한 듯한 어린 사슴이 한쪽 귀를 펄럭이며 서 있었다. 다리 어딘가를 다친 듯 사슴은 주저앉았다 일어나기를 반복하며 울었다. 금녀는 제 발치에 있는 신발 크기의 돌덩이를 집어 들고 어린 사슴에게 천천히 다가갔다. 어린 사슴은 귀를 쫑긋하더니 펄쩍 뛰었고, 금녀는 사슴을 향해 몸을 날리며 돌덩이를 휘둘렀다. 기습을 피하려던 사슴은 엉덩이에 강한 충격을 받고 몇 걸음 못 가 주저앉아 버렸다. 금녀는 숨 가쁜 입김을 뿜어내는 사슴의 머리를 향해 돌덩이를 사정없이 내리치고, 또 내리쳤다.

"도대체, 내가, 뭘 그렇게, 잘못했어! 나한테 왜 그러는 거야? 왜, 왜, 왜!"

사정없이 머리를 흔들어대던 사슴의 움직임이 멈췄다. 뭉개진 사슴의 얼굴은 형체를 알아볼 수 없었다. 피로 뒤덮인 사체에서 훈기가 피어올랐다.

금녀가 나직이 중얼거렸다.

"이제 내겐 이것만 있으면 돼, 녹피만."

◈

"저곳이 확실하더냐?"

황 현감이 이방을 향해 물었다. 이방은 만수에게로 시선을 돌렸다. 고문이라도 당한 듯 형색이 더욱 말이 아닌 만수가 주춤주춤 앞으로 나와 황 현감을 향해 대답했다.

"예, 사또. 분명 저기서 봤습니다요."

만수는 제 발목에 매여 있는 실을 따라 개처럼 얼굴을 땅에 바짝 붙이고 기어가기 시작했다. 쇠스랑, 가래, 낫과 같은 농기구와 식칼 등을 든 마을 사내들이 그런 만수를 뒤따랐고 활과 검을 찬 고을 병사들이 이어서 움직였다. 그들은 표면상으로는 사라진 마을 여자들을 구하기 위해 따라나섰다고 말했지만, 실상은 금가시 몇 개라도 손에 쥘 수 있을까 싶은 마음이 더 컸다. 오래도록 소문만 무성했던 금가시는 그들에게 삶의 한 가닥 희망 같은 것이 되어버렸다.

몇백 년은 되었음 직한 소나무 밑에서 만수는 잘게 끊어진 실 가닥들을 발견했다.

"이, 이상하게 끊어져 있습니다요."

이방이 만수 쪽으로 달려가 지저분한 실들을 확인했다.

"그래봤자 이 근처일 것입니다. 저 위쪽으로 가보시지요."

그가 무릎까지 오는 풀들이 얼마나 누워 있는지 살펴보며 한 방향을 가리켰다. 황 현감은 고개를 끄덕였고 무리는 일제히 산비탈을 넘어 위쪽으로 달려갔다. 앞장서 달리던 까무잡잡한 피부에 부리부리한 인상의 사내가 소리쳤다.

"저기에 뭔가 있습니다!"

그가 향하는 곳에 푸른빛을 뿜어내는 굴 하나가 나왔다. 사람들은 일제히 함성을 터뜨리며 기세 좋게 달려나갔다. 말을 타고 움직이던 황 현감도 몸을 앞으로 기울였다. 그는 장군 같은 쩌렁쩌렁한 목소리로 명령하려 했으나 실상 터져 나온 건 염소처럼 떨리는 목소리였다.

"도…… 돌격하라!"

굴 입구까지 사람들이 다가갔을 때, 둔탁한 소리와 함께 몇몇 사람들이 바닥으로 폭폭 쓰러졌다. 쓰러진 그들 옆에는 주먹만 한 돌멩이가 굴러가고 있었다. 어디서 날아드는지도 모르는 돌멩이에 사람들은 일제히 두 팔로 머리를 감싸고 수그렸다. 활을 찬 병사들은 하늘을 둘러보며 활시위를 조준했다. 굴 주변에는 아무도 없었다. 병사들이 우왕좌왕하고 있는데 황 현감 쪽을 향해 커다란 돌멩이 하나가 날아들었다. 돌멩이는 황 현감이 탄 말 발치에 떨어졌고 그에 놀란 말이 히이잉, 새된 소리를 내며 두 발을 공중으로 치켜들었다. 황 현감은 중심을 잃고 낙상하여 바닥을 나뒹굴었다. 이방이 황 현감을 부축하며 소리 질렀다.

"어떤 놈이냐!"

그러자 다시 한번 짱돌이 날아들었다. 이방은 몸을 움츠리며 뒷걸음질 쳤다. 그는 허리를 붙잡고 신음하는 황 현감을 살펴본 뒤 돌멩이가 날아온 쪽을 향해 주먹을 휘둘렀다.

"이 고얀 놈! 네놈이 누군지 다 알고 왔다! 비겁하게 숨지 말고 정체를 드러내라! 뭣들 하느냐 어서 활을 쏘지 않고!"

이방의 말에 시위만 당기고 있던 병사들이 굴 주변을 향해 활을 쏘았다. 수 개의 화살이 포물선을 그리며 날아갔다.

"그만 멈추시오!"

우렁찬 여인의 목소리가 온 산에 울려 퍼졌다. 두 팔을 걷어붙인 여인이 굴 위의 어스름 속에서 모습을 드러냈다.

"아, 아니 박 씨네 며느리 계…… 계금 아닌가?"

갈고리를 들고 있던 농민 하나가 말을 더듬었다. 계금은 두 손에 단단한 돌멩이를 쥐고 있었다.

"여기에 있는 우리는 별 탈 없이 잘 살고 있으니 다들 그만 돌아가시오!"

계금의 크고 단단한 목소리에 그녀를 올려다보고 있는 사내들이 잠시 주춤했다. 계금의 남편을 잘 아는 사내 하나가 그녀에게 소리쳤다.

"여편네가 집으로 돌아갈 생각은 하지 않고 이게 무슨 짓인가? 썩 내려오시게. 자네 사라지고 나서 그 집이 어떻게 됐는지 알기나 하는가?"

그녀가 두 눈을 가늘게 뜨고 사내의 얼굴을 살피더니 헛웃음을 지었다.

"그 집이 어떻게 되어도 나는 이제 그 집하고 상관없는 사람이외다!"

계금이 사내를 향해 쓸데없는 말 하지 말라는 듯 돌멩이를 던졌다. 귓가에 돌멩이가 스치자 그는 벌게진 얼굴로 계금을 향해 삿대질했다.

"아니, 저……! 저년이!"

사내가 분을 삭이지 못하고 계금이 서 있는 곳을 향해 달려가자 병사들이 눈짓을 주고받더니 계금을 향해 활시위를 조준했다. 검을 찬 병사들은 당장이라도 달려들 듯 칼자루를 꽉 쥐었다. 그때, 계금의 등 뒤에서 하얗게 센 긴 머리를 높게 묶은 차산이 모습을 드러냈다. 차산은 마을 사람들을 향해 고개를 숙였다. 잠시 후, 다시 고개를 든 차산이 떨리는 음성으로 나지막이 말을 이었다.

"우리를 구해주러 온 거라면 정말 감사드립니다. 허나 여기에 잡혀 온 여인들은 불쌍한 처지이지 않았소. 당신들도 속으로는 모두 알 것 아니오. 마을이, 당신네가 그립지 않더이다. 우리는 마을로 돌아갈 생각이 없으니 다시 돌아가 주시오. 내 이리 간곡히 부탁드리오."

말에 다시 올라탄 황 현감이 차산의 부탁에 미간을 찌푸리며 물었다.

"홍매란 여인도 거기 있는가?"

그의 물음에 차산이 뒤를 돌아보았고, 무표정한 얼굴의 금녀가 천천히 사람들 앞에 모습을 드러냈다.

"금, 금녀야!"

만수가 어딘가 변한 인상의 금녀를 보고 기어들어 가는 목소리로 불렀다. 금녀는 저를 향해 두 팔을 뻗어 흔들고 있는 만수를 무시했다. 금녀의 얼굴을 알아보지 못한 황 현감은 홍매의 소식만을 기다리며 숨을 죽이고 있었다.

"홍매는 수청을 거부하다 끝내 죽임을 당하였소."

홍매의 죽음을 확인하고 탄식하는 황 현감에게 이방이 다가와 속삭였다.

"끝내 수청을 거부했다니 대단한 여인입니다. 관아로 돌아가면 열녀문을 상소하셔도 될 듯합니다."

기생에게 열녀문이라니, 의아해하는 황 현감에게 이방이

덧붙였다.

"어차피 궁에서는 잘 알지 못할 것 아닙니까. 부인의 이름, 금녀로 올려 이참에 공이나 하나 올리시지요."

이방의 비릿한 미소에 황 현감은 감탄하며 고개를 끄덕였다. 금녀는 이방과 속삭이고 있는 황 현감을 노려보았다. 한때는 마음으로 섬기던 자였다. 과분한 상대요, 평생의 지아비로서 거안제미하며 살 거라 믿었건만 이제 그를 내려다보는 금녀의 눈동자에는 차가운 불꽃만이 일렁거렸다.

그때, 새들이 일제히 날아올랐다. 어디선가 낮은 괴성이 이어지더니 금맥으로 뒤덮인 산이 움직이듯 노란 털의 커다란 돼지가 그들 앞에 모습을 드러냈다. 땅이 흔들렸다. 금돼지가 가까이 다가올수록 그들의 고개가 하염없이 뒤로 꺾였다. 천천히 움직이던 금돼지가 걸음을 멈췄다. 그리고 느릿하게 몸을 수그려 병사들을 훑어보더니 갑자기 포효했다. 그 소리에 사방에서 흙무더기가 떨어져 내리고 말들은 일제히 비명을 질러댔다.

팽팽히 활시위를 당기고 있던 병사 하나가 떨리는 팔을 주체하지 못해 줄을 놓쳐버렸고, 바람을 가르며 날아간 화살이 금돼지의 배 언저리에 꽂혔다. 화살이 꽂힌 자리에 붉은 피 한줄기가 흘러내렸다. 금돼지는 시선을 배 쪽으로 옮기더니 단숨에 화살을 뽑아 다시 던졌다. 화살은 정확히 병사의 미간을 관통해 말의 꼬리 쪽으로 툭 떨어졌다. 중심을 잃은 병사의 몸이 기우뚱하더니 바닥으로 고꾸라졌다.

차산이 마을 사람들을 향해 소리쳤다.

"어서 지금이라도 모두 도망가시오! 저분을 화나게 해서는 안 되오!"

병사들이 황 현감을 바라보았다. 황 현감이 눈알만 굴리고 있는데 이방이 소리쳤다.

"다들 뭣들 하는 게냐! 어서 싸워라!"

금돼지를 뒤덮은 빛나는 털들에 눈을 떼지 못하고 있던 만수는 녹슨 낫을 들고 금돼지를 향해 달려들었다. 차산이 만수를 향해 재빨리 돌을 던졌지만 빗나간 돌은 바닥에 튀어 두 동강이 났고, 뾰족한 조각 하나가 금돼지의 눈에까지 튀었다. 벼락같은 비명이 온 산을 뒤덮었다. 금돼지의 털들이 하늘을 향해 일제히 솟았다. 털들은 날카롭고 딱딱한 가시로 변해 황홀하게 빛났다. 가시들이 위용을 뽐낼 때마다 금속음이 공기를 찢고 사람들의 귓속을 어지럽혔다.

푸른 굴 쪽으로 시선을 돌린 금돼지의 한쪽 눈이 붉게 물들어 있었다. 금돼지의 성한 눈 한쪽이 숨을 죽인 채 서 있는 여인들 속에서 금녀를 발견하고는 움직임을 멈췄다. 차산이 무슨 말을 꺼내려는데, 금돼지가 거대한 한쪽 팔을 세차게 휘둘렀다. 순식간에 차산과 계금이 하늘로 날아올랐다. 그녀들은 금돼지의 가시 돋친 팔에 온몸이 박힌 채 공중에서 이리저리 휘둘렸다. 하늘에서 핏방울이 후두두 떨어져 내렸다. 금돼지는 다른 쪽 팔도 연이어 휘둘렀다. 도망치던 미치와 막금이 동시에 꿰뚫렸다. 그녀들은 비명조차 내지르지 못했다.

그때 용맹한 병사 하나가 창을 던졌다. 창은 금돼지의 가시들을 뚫고 허벅지 깊은 곳에까지 박혔다. 금빛 가시들이 종소리 같은 맑은 소리를 내며 바닥으로 떨어졌다. 만수는 떨어져 내리는 가시들을 보며 탄성을 내질렀다. 만수가 금가시들이 떨어진 곳을 향해 달려들었다. 몇몇 사내들도 이에 질세라 앞다퉈 뛰어갔다.

금돼지가 몸을 숙였다. 가시들이 더욱 길어졌다. 눈 바로 앞에서 길어지는 금가시를 바라보며 만수는 넋을 잃었다. 이게 다 얼마인가 싶어 욕심에 침을 삼키던 만수의 두 눈과 전신이 순식간에 가시에 관통당했다. 만수는 설렌 표정 그대로 금돼지의 대퇴부에 매달리게 되었다.

금돼지가 이리저리 방향을 바꾸며 달리기 시작했다. 인파를 뚫고 지나갈 때마다 금돼지의 몸에 사람들과 말이 장신구처럼 박혔다. 노랗던 가시들은 새빨간 피로 물들었고 살과

내장이 찢기는 소리가 곳곳에서 들렸다. 땅에 떨어진 핏방울들은 웅덩이가 되어 서로를 끌어당기고 있었다.

금돼지는 줄행랑을 치고 있는 황 현감을 향해 방향을 바꾸었다. 그사이 어디선가 나타난 작고 누런 짐승이 금돼지의 눈을 피해 그 뒤를 쫓기 시작했다. 황 현감은 전속력으로 달렸지만, 금돼지는 몇 걸음 만에 그를 따라잡았다. 금돼지가 발을 치켜들자 황 현감이 저도 모르게 앞으로 고꾸라졌다. 그가 엎드린 채 머리를 감싸안고 살려달라고 소리쳤다. 금돼지가 황 현감의 엉덩이를 발로 지그시 누르자 황 현감에게서 뼈와 살이 뒤틀리는 소리가 났다. 황 현감의 비명이 길게 이어지다가 뚝 끊겼다. 누런 짐승이 그들 곁에서 숨을 고르며 지켜보고 있었다. 이상한 낌새를 알아챈 금돼지가 발을 떼자 황 현감의 눈과 코, 귀에서 시뻘건 피가 흘러내렸다.

금돼지는 한눈에 누런 짐승을 알아보았다. 사슴 가죽을 장옷처럼 뒤집어쓴 금녀였다. 금돼지가 식은땀을 흘리기 시작했다. 금돼지의 몸이 바들바들 떨리자 몸에 달려 있던 시체들이 하나둘 바닥으로 떨어졌다. 금녀는 금돼지에게 점점 더 가까이 다가갔다. 금돼지는 비틀거리며 뒷걸음질 쳤다. 금녀가 사슴 가죽을 활짝 펼치자 금돼지가 비명을 내질렀다. 홍매가 말했던 것처럼 금돼지의 피부가 촛농처럼 녹아 흘러내리고 있었다. 가시들이 뭉텅이로 툭툭 떨어졌다.

금녀가 바닥에 널브러진 어느 시체의 손에서 장검을 빼 집어 들었다. 피부 절반이 녹아내린 채 앓는 소리를 내는 금돼지에게 금녀가 빠르게 달려들었다. 금녀의 달음박질에 금돼지가 털퍼덕 주저앉으며 뒤로 넘어졌다. 금돼지의 어깨뼈를 디딤돌 삼아 가슴 위로 뛰어 올라간 금녀는 금돼지의 심장부에 망설임 없이 검을 깊숙이 찔러 넣었다. 그러고는 다시 힘껏 장검을 뽑아들었다. 금돼지의 몸에서 피가 솟구치더니 장대비처럼 사방으로 쏟아졌다. 금돼지의 두 눈은 뒤집히고 벌어진 입에서는 긴 혓바닥이 삐져나왔다. 피비린내가 온 산을 뒤덮었다.

금녀는 뒤돌아보지 않았다. 자신이 어디로 가고 있는지도 모른 채 무작정 앞으로 나아갔다. 올라도 올라도 길은 계속되었다. 발바닥에서 불이 나는 것만 같았고, 시야가 어두웠다. 이름 모를 산짐승 울음소리가 간간이 들렸다.

금녀는 정신이 흐릿해지고 있었다. 무른 흙에 자꾸만 발이 미끄러졌다. 그녀는 그대로 앞으로 고꾸라졌다. 엎드린 채

밭은 숨을 내뱉던 금녀는 고단했던 삶이 끝자락에 닿았음을 느꼈다. 숨을 고르며 금녀는 모로 누웠다. 나뭇가지와 이파리들이 땀 흘린 얼굴에 다닥다닥 붙어 따가웠다. 고개만 돌려 하늘을 바라보자 별들이 촘촘히 빛나고 있었다. 두 눈이 시려 금녀는 눈을 가늘게 떴다. 이상하게도 그 순간, 그녀는 달거리가 멈췄다는 것을 깨달았다. 금녀는 반사적으로 배를 쓰다듬었다.

겨드랑이 쪽이 따끔했다. 손을 더듬어 살을 찌르는 것을 집어 올려 별빛에 비추자 가늘고 날카로운 것이 달처럼 빛나고 있었다. 불쑥 날아든 새가 금녀의 옷자락에 붙은 빛나는 것을 물었다가, 부르르 몸을 떨며 그것을 떨궈버린 채 도망치듯 어둠 속으로 날아갔다.

"몸도 편찮으신데 어디 가시려고요?"

사내가 늙은 어미에게 물었다. 키는 칠 척이고 덩치는 곰처럼 커다란 사내는 안채에서 예닐곱 걸음 떨어져 있는데도 그 모습이 잘 보였다. 머리를 감싼 두건은 땀으로 흠뻑 젖어 있었고 한 손에는 괭이를 들고 있었다. 그를 물끄러미 바라보는 노인의 두 눈동자가 흔들렸다.

가슴을 두어 번 탁탁 친 뒤, 검지로 허공을 가리키는 노인을 보며 사내는 이미 알고 있었다는 듯 고개를 끄덕였다. 노인은 웬만해서는 입을 열지 않았다. 사람들과 교류가 별로 없어서이기도 했지만 어쩐지 해가 지날수록 노인의 입은 점점 굳게 닫혔다.

사내에게 등을 보이며 돌아선 노인이 경대 위 놋 거울을 바라보았다. 하얗게 센 긴 머리를 한 얄팍한 얼굴의 여자가 그 안에 담겼다. 경대의 첫 번째 서랍을 열었다. 작은 백자 항아리의 뚜껑을 열어 손끝에 기름을 덜어낸 뒤 머리카락에 정성스럽게 묻혔다. 그리고 빗으로 그러모아 단정히 하나로 묶었다. 노인은 내내 거울을 바라보고 있었지만, 그를 통해 보는 것은 그녀의 모습이 아닌 듯했다.

머리 단장을 마친 그녀는 맨 아래 서랍을 열었다. 바늘꽂이에 꽂힌 가시들이 금빛으로 빛났다. 그것들을 세어보던 노인이 한 개를 꺼내 감싸 쥐고 구부정한 몸을 일으키자 그녀를 지켜보던 사내가 자연스럽게 뒷걸음질 쳤다. 사내가 노인을 향해 큰 소리로 외쳤다.

"삼복더위예요. 부채라도 들고 가세요."

간단하게 채비를 마친 노인이 문지방을 천천히 넘었다. 댓

돌 위에는 꼼꼼하고 예쁘게 삼은 짚신이 가지런히 놓여 있었다. 노인이 발을 막 내리려는데, 사내가 괭이를 내던지며 소리쳤다.

"아차차, 어머니 잠시만!"

그는 처마 그늘 밑에 가지런히 널어놓은 적당한 크기의 산갈나무 이파리들을 들고 달려왔다. 그리고 제 어미가 신을 짚신에 그것들을 한 장 한 장 살포시 깔았다.

노인이 손사래를 치며 다시 방 안으로 물러났다. 수그렸던 몸을 일으키며 사내는 잠시 휘청거렸다. 두통이 이는지 미간을 찌푸렸다. 그는 애써 웃음을 지으며 말했다.

"이래야 발이 덜 아픕니다. 장터에 가려면 한참을 내려가셔야 하는데, 그렇지 않아도 성치 않으신 몸이라 걱정이 이만저만 아닙니다."

별다른 대꾸 없이 짚신을 꿰신은 노인이 걸음을 옮겼다. 사내는 노인에게서 멀찍이 물러났다. 시야에서 사라질 때까지 그는 노인의 뒷모습을 물끄러미 바라보았다. 당장이라도 어미를 업고 나는 듯 달음박질치고 싶지만 그럴 수 없었다.

언제부터인가 어미 곁에만 가면 머리가 깨질 듯이 아프고 오한이 들었다. 무엇보다 온몸의 피부가 따끔거리며 붉게 달아올랐다. 자신의 키가 제 어미를 훌쩍 넘겼을 때부터였으리

라. 그 후로 해가 지날수록 고통이 심해졌다. 자신의 몸이 예사롭지 않음을 느낀 그는 어미 몰래 장터에도 가봤지만 옷을 벗어보라는 의원의 말에 돌아설 수밖에 없었다. 자신의 처지를 아는 어미에게 솔직하게 털어놓고 약을 대신 받아오길 바라는 마음이 없지 않았으나 차마 어미에게 그 말을 꺼낼 수 없었다.

"오늘도 결국 부탁드리지 못했구먼……."

식은땀을 닦아내며 사내가 혼잣말을 했다. 솔바람이 불었다. 찌릿찌릿했던 통증이 사라지고 빠르게 날뛰던 심장도 천천히 제 박자를 찾아갔다. 그가 세차게 고개를 저었다.

"남은 밭이나 마저 매고 얼른 계곡에나 가야겠다."

사내는 해가 중천에 뜰 때까지 괭이질한 다음 계곡으로 내려갔다. 주위에 아무도 없는 것을 확인한 그는 두건부터 저고리, 바지까지 훌훌 벗어 던졌다. 그는 머리부터 발끝까지 노란 털로 뒤덮여 있었다.

풍덩, 물에 뛰어든 그가 땀으로 뒤범벅된 몸을 한창 씻고 있는데 멀리서 한 남자의 다급한 목소리가 들렸다.

"이보시오, 정신 차리시오!"

사내는 소리가 나는 방향으로 고개를 길게 빼고 귀를 쫑긋했다.

"게 아무도 없소? 더위를 먹은 게요? 이거 큰일이구만."

나그네는 쓰러진 이의 몸을 돌려 안색을 확인하더니 허리춤에 차고 있던 호리병을 꺼내 물을 흩뿌리기 시작했다. 그 사이 사내는 계곡에서 나와 대충 옷을 걸치고 조심조심 비탈길을 올랐다.

나그네 가까이 누워 있는 여인은 몸집이 작았다. 나그네는 여인의 두 눈을 까뒤집어도 보고, 볼을 철썩 때리기도 하면서 그녀가 의식을 찾을 수 있도록 안간힘을 썼다. 여인이 쓰러지면서 내던진, 어리전에서 사 왔음 직한 닭이 망태 밖으로 튀어나오기 위해 파닥거렸다. 나그네는 계속해서 여인의 어깨를 붙잡고 흔들었다. 나그네가 뿌린 물 때문인지 젖은 삼베 저고리 너머 여인의 속곳이 훤히 드러났다. 그때, 나그네는 여인의 가슴팍에서 길고 검은 무언가를 발견하고는 화들짝 놀라 그만 엉덩방아를 찧었다.

"지…… 지네인가, 배…… 뱀인가?"

나그네는 저고리 사이로 삐져나온 것이 한참이나 움직임이 없는 것을 확인하고는 손으로 툭 쳤다. 머뭇거리며 다가선 사내는 그제야 여인의 정체를 알아차렸다.

"어머니……?"

제 어미가 장터에서 돌아올 시간이었다. 쓰러져 있는 여인은 분명 사내의 어머니가 맞았다. 당장 뛰어가 어머니를 부축해야 하거늘 사내는 다시 시작된 통증 때문에 움직일 수가 없었다. 나무둥치에 몸을 기대 떨리는 몸을 진정시키며 숨을 고르고 있는데 나그네가 무언가를 집어 올리는 것이 보였다.

"아니 이건 녹피, 사슴 가죽이 아닌가?"

나그네가 늙은 여인의 몸에서 그것을 길게 잡아 빼냈다. 거친 주름과 잔금이 가득한 누런빛의 가죽은 세월의 흔적을 고스란히 간직하고 있었다. 나그네가 노인과 가죽을 번갈아 바라보는 사이, 머리 뒤로 태양 빛을 받은 사내의 금빛 머리카락이 서서히, 한 올 한 올 곤추서고 있었다.

# 여우의 미소

## 이지유

한국콘텐츠진흥원에서 주관하는 '2022년 신진 스토리 작가 육성 사업'의 신진 작가로 선정되었다. 장편소설 《질병청 관리국, 도난당한 시간들》, 《깨끗한 살인》을 썼다.

## 전설 | 여우 누이

제주도, 전라북도 지역에서 전해지는 이야기로, 아들만 있는 부부가 딸을 원해 여우골 근처 절에서 치성을 드려 딸을 얻었으나 이 딸이 실은 불여우 요괴였다.

달빛이 없는 음천(陰川)골의 새벽은 어둠이 깊었다. 개울가로 난 좁은 흙길부터 음산한 기운이 서려 있었다. 물지게를 지고 나온 중년의 농부는 목을 움츠렸다. 얇은 면포를 끝간 데 없이 펼친 것 같은 안개 때문일까, 물동이를 들 수 있게 된 나이부터 수없이 오간 길인데도 춥고 낯설었다. 농부의 건장한 몸이 자꾸 오그라들었다. 해가 뜨기 전 새벽하늘은 구름으로 빽빽하게 덮여 있었다.

"봄추위가 뒤늦게 오나, 영 썰렁하네. 냉큼 길어 가지 않으면 고뿔 걸리기 딱이겠어."

어깨에 멘 물지게가 그의 바빠진 움직임에 맞춰 오르락내리락 흔들렸다. 짙은 안개 너머에서 허공을 가르는 쇳소리가 들려왔다. 호랑지빠귀였다. 농부는 스산함에 몸을 떨었다.

"저렇게 기분 나쁘게 우니 귀신새 소리를 듣지. 하루 시작도 전에 재수 없게."

농부는 투덜대며 부산스럽게 발걸음을 옮겼다. 평소와 다르게 허둥댄 탓일까, 오른발을 잘못 디뎠다고 깨닫자마자 둔덕에 걸려 앞으로 고꾸라졌다. 물동이 하나가 요란한 소리를 내며 저만치 어둠 속으로 굴러갔다. 농부는 양손을 짚고 기어서 겨우 둔덕을 넘었다.

"아이고, 누구야! 사람 다니는 길에 언덕배기를 만들어놓은 게!"

목청을 높이던 농부가 입을 다물었다. 그의 시선이 닿은 곳에는 탁한 눈동자가 있었다. 폭이 넓은 도포를 입은 남자가 수풀 사이에 얼굴을 두고 농부와 눈이 마주친 것이다.

"나리, 어디 다치셨습니까?"

왜 이런 곳에 있는지 모르겠지만 쓰러진 이가 자신보다 신분이 높을 거라 생각한 농부는 정중하게 물었다. 눈 한 번 깜빡이지 않는 남자를 보던 농부는 등골이 오싹해졌다.

"설마……."

그때 핏기가 사라진 남자의 입술 사이로 길게 튀어나온 혓바닥이 눈에 확 들어왔다. 농부의 입에서 짧은 비명이 터져 나왔다.

덜덜 떨며 엉덩이로 뒷걸음질 치던 농부가 마침내 일어나 도망가기 시작했다. 호랑지빠귀가 흐린 하늘을 가로질러 그의 머리 위를 날아갔다.

"사람이, 죽었다!"

농부의 외침이 멀어져 가는 자리에 섬뜩한 울음소리가 스러질 듯 가늘게 울렸다.


1


"들었어? 또 개울가에서 죽었대."

"알지. 요 며칠 그것 때문에 관아고 양반집들이고 난리잖아. 이번에는 이 참봉 댁 도령이라며."

마을은 얼마 전 새벽에 개울가에서 시체로 발견된 이 참봉의 아들 때문에 계속 뒤숭숭한 상태였다.

"윤 진사 댁 장손 그렇게 간 지 얼마나 됐다고……. 가만, 둘이 친했지?"

"셋이지, 조 진사 댁 둘째 도령까지. 서당도 같이 다녔고."

장옷을 이마까지 덮어쓴 영인이 여인네들의 말에 걸음을 멈췄다. 아침 일찍 산 중턱에 있는 절에 가서 불공드리고 내려오는 길이었다. 영인은 나란히 나물 바구니를 든 채 속닥거리는 두 아낙에게 특유의 낭랑한 목소리로 물었다.

"언제 죽었느냐? 그 친했다는 사람은."

생각지 못한 참견에 놀란 둘은 잠시 머뭇거렸다. 곧 그중 한 명이 나섰다.

"이레는 안 된 거 같고, 닷새? 옆 마을 사또 나리가 사람을 데려왔던 게 엊그제니까 닷새 맞습니다요."

여인네는 제 서방이 관아의 나졸이라 똑똑히 들었다고 했다. 잠잠히 듣던 영인은 장옷을 귀 뒤에 걸치고 거리를 쓱 훑어보았다. 저고리 고름에 매달린 노리개의 작은 구슬이 반짝였다. 마을에는 사람들의 불안이 무겁게 내려앉아 검게 뭉쳐 있었다. 검은 뭉치들은 집이나 길거리, 나무 외에도 사람들의 머리나 어깨 위에 내려앉았다. 사람들의 심란한 기운이 그들에게 되돌아와 불안을 가중하는 모양새였다. 그들은 산에 혼자 사는 미친 백정이 죽였다, 다른 마을에서 도망친 죄수의 짓이다 등등 최악의 경우를 상상하며 공포심을 높이고 있었다. 영인의 동공이 일순 세로로 얇아졌다가 다시 동그랗게 돌아왔다.

"처음 온 날부터 음기가 세다 싶더니, 이제는 그게 제법 자기 세력을 만들었구나."

뒤에서 듣던 몸종 팽순이 얼른 영인의 귓전에 대고 속삭였다.

"아씨, 여기 계신 동안은 조용히 지내셔야 돼요. 현감 나리께서 신신당부하셨잖아요."

조바심을 내며 주변을 살피는 팽순을 보며 영인은 해맑게 말했다.

"다들 자기 생각에 빠져 있는데 내 목소리가 들리겠느냐?"

"그런 뜻이 아니라요."

영인이 팽순의 말을 흘려듣고는 도로 장옷을 쓰고 빠르게 앞장서 나갔다. 얼른 따라붙은 팽순이 다급히 말했다.

"아씨, 저희가 묵는 별채는 반대로 돌아가야 하는데요."

"여기 온 지 이레인데 내가 그걸 모를까? 시체를 좀 봐야겠다."

티 없이 맑게 웃는 얼굴로 슬쩍 팽순을 돌아본 영인은 걸음을 재촉했다. 팽순은 어쩔 줄 몰라 하며 허둥지둥 그 뒤를 따랐다.

관아에서는 나졸들이 형옥 뒤쪽으로 시체를 옮기고 있었

다. 영인은 보고 있기라도 한 것처럼 가마니를 덮은 수레가 나오는 때에 정확하게 도착했다. 수레를 끌고 나오던 나졸 두 명이 곱게 차리고 선 그녀를 보고 눈이 휘둥그레졌다. 나졸 하나가 다른 이에게 귓속말을 하자, 영인을 못마땅하게 보던 늙수그레한 나졸이 얼른 고개를 숙였다. 영인은 주저 없이 수레 앞으로 가서 가마니를 젖혔다. 뿌연 회색빛 동공이 위를 쳐다보고 있었다. 놀란 나졸들이 말리려는 찰나, 영인이 입을 열었다.

"나온 게 있느냐?"

"어제 재검시까지 마쳤지만 아무것도 없습니다요."

귓속말을 했던 젊은 나졸이 답했다. 나이 있는 나졸이 탐탁지 않은 표정으로 젊은 나졸을 쓱 보더니 헛기침을 하며 나섰다.

"이제 저희 가봐야 합니다요."

"잠시 물러서 있어라."

뜻밖의 말에 나졸들은 놀라서 영인을 보았다. 밝지만 서늘하게 울리는 영인의 목소리에는 거역할 수 없는 기운이 서려 있었다. 영인이 두 나졸을 똑바로 보며 살짝 웃어 보이자 둘은 꿀 먹은 벙어리가 되어 뒤로 몇 발자국 물러났다. 그 사이에서 팽순은 이러지도 저러지도 못하고 있었다.

영인이 장옷을 벗어 왼손에 들고 오른손으로 시체의 얼굴 위를 가렸다. 눈을 감고 호흡을 천천히 고르며 들고 나는 숨 너머에 집중하기 시작했다. 노리개의 작은 구슬이 다시 빛을 냈다. 영인은 자신의 주변이 어두워지는 걸 느꼈다. 곧 세상이 온통 캄캄해졌다. 어디선가 여자의 비명 소리가 들려왔다.

"아악! 어머니!"

영인의 의식이 소리 나는 곳을 향했다. 어두운 공간에서 철퍽철퍽 물소리가 나더니 누군가가 쓰러졌다. 여자였다. 그녀는 거친 숨을 몰아쉬고 있었다. 공포에 질린 호흡이었다. 영인은 여자의 시선으로 주변을 볼 수 있었다.

올려다보는 시야 속으로 남자 셋의 이죽거리는 얼굴이 붓으로 그린 것처럼 나타났다가 사라졌다. 얕은 물결이 거칠게 출렁거리더니 점차 여자의 숨소리가 사라졌다. 물비린내가 영인의 코끝을 스침과 동시에 상처투성이인 여자의 종아리가 퉁퉁 불어 있는 게 보였다.

"아씨!"

팽순의 외침에 영인이 눈을 떴다. 수레 맞은편에서 현감 이재원이 굳은 표정으로 이쪽을 노려보고 있었다. 나졸들은 그의 옆에서 죄인처럼 머리를 조아렸다.

영인은 태연하게 그를 바라보았다.

"불공을 드리고 오는 길입니다, 오라버니."

"따라오너라."

재원의 냉한 목소리에도 영인은 미소를 머금은 채 그의 뒤를 따라갔다.

재원과 영인은 걷는 동안 한마디도 하지 않았다. 앞서 별채의 마당에 들어선 후에야 재원이 몸을 돌려 영인을 노려보았다.

"대체 무슨 생각이냐! 아녀자가 시체 가마니를 들춰보다니. 너 때문에 부정이라도 타서 어머님께 무슨 일이 생기면 그땐 어쩌려느냐!"

"시체를 본 건 전데, 왜 어머님께 일이 생기겠어요?"

"그거야 네가 여우……."

재원의 말꼬리가 흐려졌다. 영인은 주변에서 들을까 신경이 바짝 선 오라비를 보고 미소를 지었다.

"또, 또 그 웃음! 양반집 규수가 그렇게 헤퍼서야, 이 무슨 경우에 없는 행태냐!"

"여우라서 그런가 보죠."

"무슨 소리를 하는 게야!"

재원이 별채 담 너머를 돌아보며 호통을 쳤다. 영인이 한 말이 다른 이에게 들리지 않기를 바라기라도 하듯 그답지 않게 목에 핏줄이 섰다.

"누구인지는 말하지 않았습니다. 진정하세요."

"네가 감히 현감인 내게 이래라저래라하는구나!"

재원의 화가 더 치솟아 오르려 할 때, 별채의 큰방 문이 열렸다. 그들의 어머니 서은선이 굳은 표정으로 재원을 바라보았다.

"어미 불편하라고 마당에서 큰소리를 내는 게냐. 보름 불공드리러 온 어미에게 아들 눈치를 보라는 거구나."

은선의 엄한 목소리에 영인을 잡아먹을 듯 노려보던 재원의 눈에 힘이 풀렸다.

"그런 게 아닙니다. 심려를 끼쳐 죄송합니다, 어머니."

"영인이는 어서 들어와라."

은선은 누그러진 목소리로 영인을 부르고는 문을 닫았다. 재원이 혀를 차며 자리를 뜨려는데, 영인이 그의 등 뒤에 대고 말했다.

"시체를 이대로 돌려보낼 건 아니지요? 세 번째 검시를 하시지요."

재원이 기가 찬다는 표정으로 영인을 돌아보았다. '감히 관아의 일을 계집인 네가……!' 재원의 눈이 그렇게 말하고 있었다.

"개울을 따라 내려가 보셨습니까?"

"더 이상 입을 놀리면 내 너를!"

"개울로 가는 길목은 샅샅이 뒤졌어도 개울 전체를 살피는 건 빠뜨리신 듯해서요. 찾아보십시오. 중요한 단서가 나올 것입니다."

영인은 전혀 개의치 않고 제 할 말을 했다. 얼굴이 벌게진 재원이 다시 입을 열려고 하자, 영인은 공손히 인사를 한 후 큰방으로 들어가 버렸다. 팽순은 제가 잘못이라도 한 듯 재원의 눈치를 보며 고개를 조아렸다. 재원은 한동안 섬돌 위에 가지런히 놓여 있는 영인의 비단신을 노려보다 마당을 나섰다.

2

은선은 애틋하게 영인의 볼을 쓰다듬었다.

"오라버니한테 미움받을 일은 하지 마라."

"네, 어머니. 심려 마세요."

영인이 생글거리자 은선은 그녀의 두 손을 꼭 잡았다.

"영인아, 너는 누가 뭐래도 관찰사 이유동의 딸이고, 이곳

현감 이재원의 누이다. 알았지?"

"그럼요."

"네가 이렇게 불공마다 열심히 따라다니니 반드시 부처님의 가피를 입을 게다."

영인은 그저 웃기만 했다. 은선이 더는 말하지 않고 자수를 놓기 시작하자 영인은 한동안 그 모습을 바라보다 건너방으로 왔다. 은선이 잡았던 손에는 여전히 온기가 남아 있었다. 그녀의 따뜻함은 늘 그들이 처음 만났던 날을 떠올리게 했다.

영인이 지금의 부모를 만난 건 칠 년 전이었다. 그녀는 딸을 원하던 부부가 여우골에서 치성을 드린 후 데려온 반인반요(半人半妖)였다. 영인의 어머니인 천살 먹은 구미호는 인간 남편의 죽음에 상심해 어린 그녀를 두고 어디론가 사라졌다. 혼자 남은 영인을 데리고 있던 여우 할멈이 인간들의 정성에 답한다고 그녀를 내주었다.

영인이 입양되고 석 달쯤 지났을 때부터 동네에서는 가축들이 밤사이 죽어나갔다. 하루이틀도 아니고 달포가 넘게 계속되자 동네 인심도 사나워졌다. 영인이 한 짓이 아니었지만 사람들은 그녀가 저지른 짓이라고 단정했다. 양부모도 그녀가 여우라서 동물의 간을 먹는다고 의심하기 시작했다. 결국 영인은 사람들이 던지는 돌에 맞아 죽을 지경에까지 이르렀다. 이 일에 앞장선 것은 다름 아닌 양부모의 아들, 영인이 오라버니라 부르는 이였다. 그는 처음 영인이 온 날부터 그녀를 몹시 시기했다. 자신이 받아야 할 사랑을 빼앗겼다 여긴 것이다. 죽을 뻔한 영인을 구한 건 당시 그 지역 관찰사였던 이유동과 그의 부인 서은선이었다. 은선은 영인이 여우와 사람 사이에서 태어난 아이임을 알고도 그녀를 품에 꼭 안아 보호했다. 은선의 품에서 느껴지는 따뜻함에 영인은 안심했다. 유동의 철저한 조사 끝에 영인의 오라비가 범인이고 그녀가 결백하다는 게 밝혀졌다. 그러자 이번에는 다들 영인이 제 오라버니를 홀린 게 분명하다며 그녀를 배척했다. 관찰사 부부는 갈 곳 없는 영인을 양녀로 맞았다.

그때부터 지금까지 두 사람의 영인에 대한 마음은 변함이 없었다. 그런 양어머니에게 더 이상 걱정을 끼칠 수는 없었다. 영인은 불공을 마치고 본가로 돌아갈 때까지 은선이 마음 편하기를 바랐다.

"그래도 가만히 있을 수만은 없지."

불공을 드리러 가는 절마다 스님들은 덕을 쌓으면 그녀가 바라는 것을 이룰 수 있다고 했다. 그 말이 사실이기를 바라며 영인은 노리개의 작은 구슬을 꼭 잡았다. 그녀의 친어머니가 사라지기 전 남긴 물건이었다.

영인은 눈을 감고 호흡에 집중하며 시체에서 봤던 환상을 떠올렸다. 숨소리가 고르게 정렬되자 좀 전에 보았던 장면이 생생하게 펼쳐졌다. 더럽고 상처 난 종아리의 주인은 숨이 끊어지기 전, 물에 얼굴이 잠겨 있었다. 꿀렁거리는 물결 아래에서 그녀는 간절히 누군가를 찾고 있었다.

"살려주세요……. 누가…… 제발 좀…… 엄마…… 무서……."

하고 싶은 말을 미처 끝내지 못한 채 여자는 죽음을 맞았다. 썩은 물비린내가 다시 코를 찔렀다. 동시에 병방과 나졸들이 개울가로 수색을 나간 것이 보였다.

"춥고 분하고 억울한 여자."

영인의 중얼거림과 동시에 나졸 하나가 개울가 끄트머리에서 상반신이 물에 잠긴 여자를 발견했다. 여자의 치마는 너덜너덜하게 찢어져 종아리를 드러내고 있었다. 퉁퉁 부은 종아리에는 흙탕물 자국이 지저분하게 남아 있었다.

"병방 나리, 여기 있습니다!"

영인의 귓전에 나졸의 음성이 들리더니 한 남자의 얼굴이 또렷하게 떠올랐다. 이번에는 붓으로 그린 듯한 형상이 아닌 제대로 된 얼굴이었다. 점잖고 묵직한 인상을 주는 남자였다. 영인은 눈을 떴다.

"찾았다."

그녀의 입가에 미소가 퍼졌다.

◈

여자의 시신이 실려 온 다음 날, 영인은 마른 코를 훌쩍이며 팽순에게 말했다.

"팽순아, 용한 의원에 가서 소청룡탕을 지어 와야겠다."

"예? 아프……세요? 괜찮으신데."

팽순이가 갸웃하며 영인과 자신의 이마를 동시에 짚었다.

"그런다고 아픈 걸 알면 다들 의원이 되겠구나. 코가 간지럽고 열감이 있으니 얼른 가서 지어 오너라."

팽순은 우물쭈물하다 영인에게 떠밀려 겨우 밖으로 나갔다. 팽순이 저러는 건 재원이 그녀에게 영인을 감시하라고 일러두었기 때문이었다. 영인이 밖으로 나가 일을 보려면 먼저 팽순을 따돌려야만 했다.

영인은 일이 벌어졌던 개울가를 직접 가볼 생각이었다. 장옷을 쓰고 별채의 부엌을 지난 영인은 객사 뒤의 산으로 향했다. 객사에는 드나드는 사람들이 없어 아무도 모르게 나갈 수 있었다. 나지막한 산길을 가로지르는 영인의 장옷이 바람에 펄럭거렸다. 치마 속 그녀의 발은 땅에서 약간 뜬 채 공중을 밟고 있었다. 구슬의 힘을 빌려 할 수 있는 몇 가지 기술 중 하나였다. 공중을 성큼성큼 걸어 금세 마을로 나온 영인은 사람들의 눈이 많아지자 땅에 발을 딛고 걷기 시작했다. 장옷을 푹 뒤집어쓴 채 음천골로 향하는 영인의 발걸음은 누구보다 바빴다.

음천골은 이름만큼이나 공기가 냉한 동네였다. 부지런히 걷는데도 팔뚝에 소름이 돋았다. 개울가로 가는 길은 낮에도 음침했다. 치마 사이로 들고 나는 서늘한 바람을 느끼며 걸음을 재촉하던 영인이 우뚝 멈춰 섰다. 길 왼편에서 유독 불쾌한 기운이 느껴졌다. 그녀의 동공이 세로로 가늘게 변했다. 그러자 낮게 눌린 풀숲 위로 검은 발자국들이 여기저기 보였다. 대부분 갖신 발자국이었는데 작은 맨발 자국도 몇 개 있었다. 영인은 작은 발자국 앞에 쪼그리고 앉아 풀 위를 매만졌다. 눈동자가 완전히 여우의 것으로 변했다. 검게 눌리고 짓이긴 자국들이 여기저기 드러났다. 영인은 자리에서 일어나 자국을 따라갔다. 자국은 개울가의 끄트머리를 향하고 있었다. 여자를 발견한 자리에 가까워지자 주변이 점점 어두워졌다. 영인은 걸음을 멈췄다. 수면이 흔들리는가 싶더니 바람이 세차게 불어왔다. 개울 옆의 커다란 나무가 휘청거렸다. 동시에 불쾌한 냄새가 콧속으로 훅 들어와 영인은 살짝 미간을 찌푸렸다.

"물비린내……."

그녀의 낭랑한 목소리를 듣기라도 한 것처럼 검은 물체가 나무 기둥을 쑥 통과해 모습을 드러냈다. 검은 덩어리는 풀어헤친 머리를 앞으로 길게 늘어뜨리고 있었다. 긴 머리의 끝에서 물방울이 뚝뚝 떨어졌다. 뼛속이 시릴 만큼 차가운 기운이 무겁게 퍼져나갔다.

"원혼이 떠돌다가 귀신이 되었구나."

영인이 검고 퀴퀴한 것을 향하여 담담하게 말했다. 귀신은 더 이상 접근하지 않고 개울가로 멀어졌다. 수면의 흔들림이 잦아들더니 곧 사라졌다. 바람도 멈췄다. 영인은 귀신이 사라진 개울물을 담담하게 바라보았다.

3

돌아오는 길에 영인은 이 참봉의 집을 찾았다. 굳게 닫힌 대문 너머는 쥐 죽은 듯 고요했다. 담벼락을 따라 모퉁이까지 가자 안에서 "석현아, 내 새끼. 왜 오질 못하니" 하며 오열하는 목소리가 들렸다. 옆에서 "마님……" 하며 따라 우는 소리도 들렸다. 참봉 부인이 죽은 자식 때문에 슬퍼하는 게 눈앞에 보이는 듯했다. 혹시라도 세 번째 남자에 대해 알 수 있지 않을까 해서 왔는데, 대문 앞에는 사람 그림자도 보이지 않았다. 영인이 포기하고 돌아가려는 순간, 대문이 열리면서 머슴 하나가 싸리비를 들고 나왔다. 머슴은 주변을 살피더니 지나다니는 사람이 없는 틈을 타 잽싸게 비질을 시작했다. 사람들이 안 볼 때 서둘러 해두려는 듯했다.

영인이 다가가자 머슴은 비질을 멈추고 잔뜩 경계한 눈초리로 그녀를 살폈다. 죽은 남자의 친구에 관해 물어보려는데, 머슴이 그녀의 뒤를 보며 목소리를 냈다.

"엇, 도련님."

머슴은 아차 싶은 표정으로 목을 움츠리고는 영인을 힐끔거리다 얼른 그녀를 지나쳐 갔다. 영인이 돌아보니 초췌한 표정의 남자가 머슴의 인사를 받고 있었다. 갓 아래로 보이는 그의 얼굴은 분명 영인이 환상 속에서 보았던 세 번째 남자였다.

그는 붉게 충혈된 눈으로 영인을 보다가 걸음을 옮겼다. 다른 사람들 눈에 띄지 않으려는 행동으로 보였다. 고개를 숙이고 왔던 길을 되짚어가는 척하며 뛰다시피 걷는 남자의 뒷모습을 영인은 지긋이 바라보았다. 음천골의 개울가와 같은 방향이었다. 영인은 조심스럽게 그의 뒤를 따라갔다. 남자는 개울가 쪽 산의 초입, 후미진 길에 위치한 헛간으로 들어갔다. 영인은 숨을 죽이고 나무 벽에 뚫린 구멍 사이로 안을 들여다보았다. 남자가 낡은 옷가지들을 자루에 쑤셔 넣고 있었다. 옷의 모양새나 상태로 보아 상민이나 여종의 것이 분명했다. 갑자기 영인의 뒤편에서 바람이 불어 닥치며 한기가 돌았다. 곧 헛간 벽에 뚝뚝 검은 물이 떨어졌다. 물은 계속 떨어져 벽 전체를 덮고 안으로 스며들어 갔다.

"다음은 저 남자구나."

검은 물이 남자의 발치 가까이에 닿을 즈음, 영인이 헛간 문을 벌컥 열어젖혔다.

"누구냐!"

남자가 겁먹은 목소리로 문을 향해 몸을 돌렸다. 바깥은 어느새 날이 흐려져 거센 바람이 불고 있었다.

"귀신……!"

남자는 한밤중의 짐승처럼 샛노랗게 빛나는 영인의 눈을 보고 외쳤다. 영인이 남자를 향해 오른손을 펼쳤다. 헛간 안에 들어왔던 바람이 거세게 남자를 휘감더니 밖으로 빠져나갔다. 남자는 그 자리에서 혼절했다. 헛간 문이 쾅 닫혔다.

◈

 헛간에는 죽은 윤진덕과 이석현, 그리고 둘과 친했던 조 진사의 둘째 아들 남운의 소지품이 있었다. 그 외에 여자들의 옷가지가 찢어진 채 나왔다. 영인은 직접 헛간까지 행차한 재원에게 크게 혼이 났다.
 "팽순이가 너를 발견해서 쫓아오지 않았으면 어쩔 뻔했냐! 네가 웬 사내를 따라가는 걸 보고 바로 나한테 알렸으니 망정이지! 너는 그렇게까지⋯⋯!"
 재원은 주변을 살폈다. 병방과 이방, 나졸들은 다들 헛간 안을 조사하느라 재원과 영인에게 신경 쓸 틈이 없었다. 팽순은 몇 발짝 떨어져 고개를 숙이고 있었다. 재원이 영인에게 바짝 다가가 낮은 목소리로 말했다.
 "그렇게까지 해서 사람이 되고 싶은 게냐?"
 영인이 눈을 크게 뜨고 재원을 빤히 보았다. 자신을 못마땅하게 노려보는 오라비가 대체 왜 이러는지 모르겠다는 표정이었다.
 "네가 왜 그리 유명한 절의 주지 스님들을 만나고 다니는

지 안다. 사람이 되는 방법이 궁금하겠지. 스님들은 공덕을 많이 쌓으라고 했을 거고. 반 요괴라는 이유로 누명까지 쓰고 죽을 뻔한 시절이 있었으니 이해 못 하는 바는 아니다. 허나 그리 용을 써서 온전한 사람이 된다 해도, 나는 널 인정 못 한다. 너는 내 누이가 아니다!"

말을 쏟아낸 재원은 속 시원한 표정으로 영인에게서 떨어졌다. 그러고는 병방을 불러 남운을 관아로 데려가라 명했다. 영인은 그런 재원을 말갛게 보다가 시선을 팽순에게 돌렸다. 제 발 저린 팽순이 열심히 변명했다.

"소청룡탕을 지어 오는 길에 아씨가 보였어요. 웬 남정네를 따라가시길래……. 저는 나리께서 시키는 대로 했을 뿐이에요."

"잘했다."

영인의 선선한 말에 놀랐는지 팽순이 눈을 동그랗게 떴다. 영인은 병방에게 팔을 붙들린 남운을 보고 있었다.

"어떻게 된 건지 자초지종을 알 수 있게 되지 않았느냐."

그 말에 팽순은 눈이 더 커졌다.

"아씨, 이 일에 정말 진심이시네요."

"개울가에서 죽은 이가 몇 살일 거 같으냐. 팽순이 너랑 동갑이라고 들었다. 또래 여자가 남모르게 죽어갔는데 너는 괜찮으냐."

"뭐, 별생각 없습니다요. 저희 같은 것들 목숨이야 나리님들 하시기에 달린 건데요."

"그렇다고 괜찮은 건 아니잖느냐."

"아씨는 얼른 공덕을 쌓아 인간이 되고 싶으신 거뿐이면서 저더러 어쩌라는 건지 모르겠습니다요."

영인이 팽순에게 고개를 돌렸다. 묘한 눈빛은 평소처럼 웃음을 머금고 있지 않았다. 팽순은 얼굴이 벌게지며 손으로 제 입을 막았다.

"죄송해요, 아씨. 제가 쓸데없는 말을……. 죽을죄를 졌습니다요."

"네가 보기에도 내가 이런 일에 열심을 내면 인간이 될 거 같은가 보구나."

무심하게 대꾸한 영인은 검은 물이 떨어졌던 헛간으로 시선을 옮겼다. 물기가 싹 사라진 헛간은 문의 위쪽 경첩이 떨어져 흉하게 비틀려 있었다. 영인은 벌어진 틈으로 젖은 머리카락이 왔다 갔다 하는 걸 보았다.

"그럼 계속 열심히 해봐야겠다. 진심으로."

영인이 다시 생긋 웃어 보였다.

4

 관아에 끌려간 남운은 현감 재원과 이방만 남은 동헌의 마당에서 그간 있었던 일을 밝혔다. 같은 서당에 다니며 친해진 진덕과 석현, 남운은 서원도 같은 곳으로 가며 사이가 더 돈독해졌다. 진덕과 석현이 소심한 남운을 잘 챙겨줬고, 남운은 뭐든 둘이 하자는 대로 잘 따랐다고 했다. 실제로 나이도 진덕과 석현이 남운보다 한 살 위였다. 어릴 때는 진덕과 석현 둘이서 지나가는 여종들에게 돌을 던지는 정도의 장난만 쳤는데, 언젠가부터 진덕이 그녀들에게 이상한 집착을 보였고 곧 석현도 닮아갔다고 했다.
 "형들이 시키는 대로 계집질을 한두 번 해본 적은 있습니다. 하지만 저는 대부분 망만 봤을 뿐입니다! 믿어주십시오, 사또 나리."
 "개울가에서 죽은 여자도 네놈들 짓이겠구나."
 재원의 말에 남운은 힘겹게 고개를 끄덕였다.
 "혹시라도 어떤 미친놈이 그 종년 때문에 형들을 죽인 거면 저도 죽은 목숨 아니겠습니까. 그래서 헛간 물건들을 치우려고…… 근데 저…… 봤습니다."
 남운의 핏기 없는 얼굴이 더 창백해졌다. 재원이 물었다.

"뭘 봤느냐?"

"귀신……. 정말입니다! 형들을 죽인 건 그년이 귀신이 되어 한 짓이 분명합니다!"

"귀신이라니, 가당치 않은 소리를 하는구나."

"제가 똑똑히 봤습니다. 괴상하게 생긴 여자 귀신이 헛간 앞에 있었단 말입니다! 사실입니다! 나리가 안 오셨으면 전 그 귀신한테 죽었을 겁니다. 형들처럼요."

재원은 짐작이 가는 바가 있어 눈을 질끈 감았다.

"나리, 저는 귀신한테 죽기 싫습니다! 제발 저 좀 도와주십시오!"

닭똥 같은 눈물을 뚝뚝 흘리는 남운의 어깨가 바들바들 떨렸다. 나약함을 조금도 숨기지 않는 모습이었다.

남운의 얘기로는 진덕과 석현이 평소처럼 지나가던 아무 여종을 잡아 헛간까지 끌고 왔는데 계집이 도망을 쳐서 화가 났다고 했다. 그들은 곧장 따라가 개울가에서 여자를 붙잡았다. 평소에도 성격이 불같던 진덕이 여자를 범하며 물속에 머리를 처박았고, 그다음에 석현도 같은 짓을 했다. 그 뒤에 남운이 여자가 숨을 쉬지 않는다는 걸 발견했고, 셋은 이 일을 무덤까지 비밀로 가져가기로 하고 각자 집으로 돌아갔다. 남운은 그날 이후 꿈에 자꾸 여자가 나와서 잠을 제대로 못 자 집 밖에도 나가지 않았다. 그러다가 얼마 후 진덕이 죽었다는 소식을 들었고, 이레 전에는 석현도 죽었다는 전갈을 받았다. 둘의 석연치 않은 죽음은 분명 개울가의 일 때문이라는 생각이 들어, 자신은 망만 봤지만 줄곧 불안했다며 남운은 마른 침을 삼켰다.

"몇 번이고 더는 이러지 말자, 말하고 싶었습니다. 형들이 종년 겁탈은 그냥 유흥이라고 웃을 때 둘의 눈빛이 너무 섬뜩해 입도 떼지 못했지만요. 섣불리 말했다간 저도 어떻게 할 것 같았습니다. 지금까지 저를 지켜준 게 형들인데, 그런 형들한테 잘못 보이는 건 상상도 못 할 일이지요."

남운이 구구절절 변명했지만 재원은 냉정하게 그를 바라볼 뿐이었다. 남운은 싹싹 빌며 읍소했다.

"사또 나리, 귀신이 저까지 죽이면 어떡합니까. 밤에 잠도 안 옵니다. 저 좀 살려주십시오."

엉엉 소리까지 내며 통곡하는 남운을 보던 재원은 기가 찬 듯 콧방귀를 뀌고는 자리를 떴다. 이방이 마당 밖에 있던 나졸들을 불러 남운을 귀가시키도록 명했다. 이런 일로 양반집 자제를 관아에 잡아둘 수는 없는 노릇이었다. 이방도 남운이 한심한지 혀를 차며 동헌 안으로 들어갔다. 이 광경을 영인이 동헌에서 별채로 가는 사주문 뒤에서 지켜보고 있었다.

"딱할 정도로 비겁한 인간이구나."

◈

 이틀이 지났지만 사건은 여전히 오리무중이었다. 헛간에서 발견된 물건들에서 남운이 두 사람을 죽였다는 증거가 나오지 않았다. 그러자 윤 진사와 이 참봉이 관아의 조사에 불만을 품었다는 말이 돌았다. 조 진사는 장남 외에 다른 자식에게는 관심이 없어서인지 별말이 없었다. 다만 인품이 훌륭하다고 알려진 조 진사는 집안이 불미스러운 일에 휩쓸렸다는 수치심 때문인지 바깥출입을 삼가는 듯했다.
 재원은 이방과 병방에게 명해 죽은 여자의 주변을 철저히 조사했다. 그리고 여자의 아비와 오라비를 잡아들였다. 둘 다 여자가 돌아오지 않자 계속 찾아다녔다는 목격자들의 증언이 있었다. 재원은 그들이 여자를 찾는 과정에서 그녀가 무슨 일을 당했는지 알았을 거라 여겼다. 둘을 심문하며 복수를 한 것이 아니냐, 자백을 해 진상을 밝히라 했지만, 딸과 누이을 잃은 아비와 오라비는 억울함을 호소할 뿐이었다.
 불공을 드리고 온 영인이 동헌 앞을 지나다가 두 사람이 곤장을 맞는 장면을 목격했다.

"여자의 죽음은 안중에도 없구나."

옆에 있던 팽순이 그 말을 듣고 얼른 참견했다.

"아씨, 행여 무슨 일 벌이시면 안 됩니다. 아씨가 또 이 일에 끼어들면 나리께서 저를 곤장으로 치신다고 하셨단 말입니다."

영인은 못 들은 척 사주문을 지나 별채로 들어갔다.

그렇게 사흘이 지나고, 마을이 다시 소란스러워졌다. 고개 너머 마을로 짚신을 팔러 간 농부가 이른 아침 개울가에서 기절한 채 발견된 것이다.

"죽은 줄만 알았는데 숨을 쉬더라고!"

농부를 발견한 사내는 대단한 무용담인 양 주변 사람들에게 이야기를 풀었다.

"그래서 자네가 약방으로 옮겼단 말이지?"

"내가 데려갔지. 한데 이 사람이 내 등에 업혀서는 계속 귀신을 봤다는 둥 헛소리를 하더라고. 약방 가서 진정시키고 자초지종을 들어보니까, 웬 여자가 온몸에 물을 뚝뚝 흘리며 다가오더라는 거야!"

"그 소문이 맞았네! 이게 다 귀신 짓이라는 거!"

순식간에 처녀 귀신이 몹쓸 짓을 한 도령들을 죽였다는 소문이 마을을 휩쓸었다. 그리고 다음 날도, 또 다음 날도 처녀 귀신을 보고 기절했다는 사람들이 나왔다. 며칠 안 되어 마을은 온통 뒤숭숭해졌고, 사람들은 관아에 불만이 쌓여갔다.

"엉뚱한 사람을 붙잡아 넣으니 이런 괴상한 일이 생기는 거 아니겠어!"

기운이 센 장정 하나가 대놓고 관아의 문 앞에서 소리를 쳤다. 나졸들은 못 들은 척을 했다. 그들도 속으로는 불만이었던 것이다.

그날 정오가 지나 재원이 불쑥 별채 작은방에서 책을 읽는 영인을 찾아왔다. 무작정 문을 열더니 장승처럼 선 오라버니를 영인은 물끄러미 올려다보았다.

"네가 장난질을 치는 게지? 대체 왜 이런 일을 벌이는 거야? 왜 나를 곤란하게 하냔 말이다! 내가 너를 고깝게 여긴다고 이러는 거냐?"

"오라버니가 무슨 말씀을 하시는지 모르겠습니다."

영인의 생글거리는 표정과 맑은 목소리에 재원은 발끈해서 목청을 높였다.

"지금 웃음이 나오느냐? 어쩜 그렇게 뻔뻔한 게야!"

순간 영인의 웃는 얼굴에 서늘한 기운이 스쳤다. 재원은 저도 모르게 움찔했다.

"소문만복래(笑門萬福來), 웃으면 복이 온다고 하지 않습니까. 화내고 근심한다고 해서 일이 풀리는 게 아닙니다."

침착하게 말을 마친 영인이 다시 생긋 웃었다. 재원이 주먹을 부르르 떠는데 뒤에서 은선의 목소리가 들렸다.

"영인이는 불공을 드리고 와서 아무 데도 나가지 않았다. 내가 못 나가게 했어."

당황한 재원은 고개를 숙였다. 은선이 작은방으로 들어와 영인 앞에 섰다.

"큰소리를 내서 죄송합니다."

"그 사람들은 계속 잡아둘 작정이십니까?"

"영인아, 관아의 일에 끼어드는 거 아니다."

영인의 물음에 은선이 꾸짖는 투로 타일렀다.

"그래도 오라버니는 제 말을 잘 들어주십니다."

"요물이 사람 되겠다고 용을 쓰는데, 설마 일을 그르칠 말은 안 하려니 했던 것뿐이다. 두 번 다시는 관아의 일에 기웃대지 마라!"

재원은 이를 악물며 일갈하고는 발소리를 쿵쿵 내며 사라졌다. 은선이 안쓰러운 듯 자신을 바라보자 영인은 평온한 웃음을 보냈다.

한 식경이 조금 지나서 팽순이 헐레벌떡 영인의 방으로 들어왔다.

"아씨, 나왔습니다. 남운 도련님이 대문을 나섰어요."

영인이 구슬 노리개를 잡으며 물었다.

"어디로 가는지도 봐두었느냐?"

"절에 가는 길로 들어서던데요. 아씨가 알아보라는 대로 하긴 했는데, 어쩌시려고요?"

"어쩌긴, 할 일이 생겼으니 나갈 준비를 해야지."

영인이 활짝 웃으며 자리에서 일어났다.

"아씨, 정말 그 여자의 한을 풀어주시는 거 맞죠?"

"오라버니는 내가 인간이 되려고 용을 쓴다는데, 네가 보기에는 어떠냐. 그러려면 선행을 해야 하지 않겠느냐."

잠시 머뭇대던 팽순이 단호한 표정으로 답을 했다.

"장옷을 꺼내드리겠습니다요."


5


법당 안에는 평소보다 많은 이들이 열을 만들어 백팔배를 하고 있었다. 건장한 도령 둘이 연이어 죽은 걸 보고 겁이 난 양반댁 부인들이 대다수였다. 영인은 장옷을 쓴 채 법당 뒤편에 있는 돌탑들 사이에 자기 탑을 쌓고 있었다. 팽순이 옆에서 작은 돌들을 골라 들고 서 있었다.

"돌이 없어질 때마다 업보도 씻겨나가길……."

누구에게랄 것 없이 한 영인의 말에 돌아보는 이가 있었다. 남운이었다. 산 위의 정자로 오르는 돌계단을 사이에 두고 저만치 떨어져 있던 남운이 쭈뼛거리며 영인에게 다가왔다. 며칠 새 볼살이 빠졌고 안색은 형편없어졌다. 남운은 헛간에서 반요의 모습으로 마주쳤던 영인을 전혀 기억하지 못하는 듯했다.

"실례하오, 좀 묻겠소. 돌탑을 쌓으면 정말 업보가 씻기는 거요?"

"어머니께서 하시는 걸 보고 따라하는 것뿐입니다."

영인이 평소와 다르게 차분한 음성으로 대답했다. 수줍은 듯 살짝 턱끝을 내리자 남운은 더 적극적으로 다가섰다.

"낭자의 어머님 말씀이 맞을 것이오. 아무래도 나는 정성이 부족했나 보오."

멀리 허공을 바라보는 남운의 눈빛이 아련했다. 영인은 미소를 지으며 그의 옆얼굴을 올려다보았다.

"사연이 있으신 듯합니다."

영인의 반짝거리는 눈동자를 마주한 남운의 양쪽 귀가 벌게졌다.

"사내대장부로서 떳떳하지 못했다 여겼기에 속으로 많이 사죄했지만 부족했던 것 같소. 도통 잠을 잘 수가 없소."

남운의 말을 끝까지 경청한 영인은 뒤에 팽순이 들고 있던 돌들을 전부 받아 남운 앞에 차곡차곡 쌓았다. 그러고는 잠시 합장하며 기도를 올린 영인이 살포시 눈을 떠 남운을 바라보았다.

"이제 괜찮으실 겁니다. 제가 간절히 빌었습니다."

남운이 뜻밖이라는 듯 당황하며 얼굴을 붉혔다.

"이거 고맙소. 덕분에 오늘은 푹 잘 수 있을 것 같은데, 뭘로 보답해야 할지……."

"혹시 내려가시는 길이면 동행해도 되겠습니까? 오늘 가마를 타고 오지 못해 걸어 내려가야 하는데 곧 날도 저물고, 무엇보다 요즘 이런저런 소문이 돌아서요."

"물론이오. 양반댁 규수가 이런 시각에 여종만 데리고 산길을 내려가다니 안 될 말이지. 내 기꺼이 함께 가겠소."

"그럼, 염치없지만 부탁드리겠습니다."

다소곳하게 고개를 숙인 영인에게 남운은 손사래를 쳤다.

"무슨 그런, 나야말로 신세를 졌지 않소! 자, 내려갑시다. 너도 뒤처지지 않게 잘 따라오너라."

남운은 팽순까지 배려하는 모습을 보이며 바로 앞장섰다.

어느새 날이 기울기 시작했다. 먹물이 엷게 번진 듯한 하늘 아래 산비탈을 남운과 팽순, 영인이 차례대로 내려가고 있었다. 발밑이 험할 때면 남운이 일일이 뒤를 돌아보며 주의를 시켰다. 영인의 미소가 그를 더 친절하게 만드는 것 같았다. 저만치에 평지가 보일 무렵 영인은 느닷없이 자리에 주저앉았다. 팽순이 눈치 빠르게 돌아보더니 냉큼 영인에게 다가왔다.

"어디 다치셨어요, 아씨?"

"발목이 좀 이상하구나."

그 말을 들었는지 먼저 평지에 발을 디뎠던 남운이 뒤를 돌아봤다. 영인이 팽순의 부축을 받으며 얼른 자리에서 일어났다.

"금방 평지이니 저희끼리 갈 수 있습니다. 먼저 가십시오. 오늘 일은 잊지 않고 보답하겠습니다."

"그런 말 마시오. 아까 돌탑을 쌓고 기도까지 해줬잖소. 자, 내가 붙잡아 주겠소."

남운이 기세 좋게 산기슭을 도로 오르려 하자, 영인은 손바닥을 내보이며 그를 제지했다. 흠칫 멈춰 선 남운에게 영인은 맑은 목소리로 말했다.

"소녀 때문에 다시 험한 길을 오르시다니 안 될 일이지요."

"이까짓 거 아무것도 아니오. 내가 집까지 잘 부축할 테니 걱정 마시오."

영인은 잠깐 망설이는 듯 손을 내리며 조신하게 눈을 내려 떴다.

"정 그러시다면 차라리 지게꾼을 불러주십시오. 지게를 타고 가는 게 훨씬 나을 것 같습니다."

"어찌 규수가 험한 지게를 타겠다고 그러시오! 그러지 말고……."

"이 이상 도련님을 힘들게 할 수는 없습니다. 소녀를 부끄럽게 만들지는 마십시오."

간절함이 전해졌는지, 남운은 포기하고 다시 평지에 발을 디뎠다. 그제야 영인은 편안하게 그를 보고 웃었다. 어딘가 허탈해 보이는 남운이었지만 곧 그녀를 따라 미소를 지었다.

"내가 바로 나가서 지게꾼을 불러오겠소. 혹시 모르니 계집아이를 데려가도 되겠지요?"

"아니, 팽순이는 저와 함께……."

"팽순이라 하는구나. 뭣 하느냐, 네 아씨가 탈 지게를 찾으러 가자는데. 얼른 따라나서거라."

"네? 그럼 아씨가 혼자 계시게 되는데요."

"저기 보거라, 사람들이 내려오고 있잖느냐. 양갓집 부인들이 아씨를 도우면 도왔지 무슨 짓을 할까. 얼른 다녀오자."

다그치는 말에도 팽순은 선뜻 따라나서지 못하고 걱정스럽게 영인을 보았다.

"아씨 발목에 대줄 부목도 찾고, 하다못해 물이라도 구해야 하니 나 혼자 찾다가는 시간이 더 걸린다."

"다녀오너라."

영인이 팽순의 망설임에 종지부를 찍었다.

"도련님 잘 모시고 다녀와야 한다."

그녀의 맑은 미소에 남운도 다정하게 웃어 보이고는 먼저 돌아섰다. 팽순이 바쁘게 비탈길을 내려가 그의 뒤를 쫓아갔다. 영인은 먼눈으로 지켜보다 둘의 모습이 더는 보이지 않자 그제야 자리에서 일어났다.

"그럼 나도 가볼까."

툭툭 치마 끝을 터는 영인의 발은 바닥에서 살짝 떠 있었다. 장옷을 붙잡고 한 번에 훌쩍 평지로 내려간 영인의 동공이 세로로 가늘어졌다.

◈◈◈

 날은 금세 어두워졌다. 영인이 두 사람을 따라잡은 것은 여종이 죽은 개울가 근처였다. 컴컴한 시야에 흐르는 물소리만 들리나 싶더니, 곧 여자의 새된 비명이 들려왔다. 영인이 한 발, 두 발, 성큼성큼 낮은 허공을 가르며 비명 소리가 나는 곳으로 향했다. 짙은 안개를 두른 곳을 뚫고 들어가니 남운이 팽순의 양어깨를 꽉 붙잡고 그녀를 바닥에 쓰러뜨리고 있었다. 바람이 부는 쪽에서 영인을 본 팽순의 눈에 눈물이 맺혀 있었다.
 "아씨!"
 "내가 좀 늦었구나."
 그 소리에 남운이 팽순을 놓고 자리에서 일어났다. 팽순은 재빨리 영인에게로 도망을 왔다. 남운은 비릿하게 웃으며 둘에게 다가갔다.
 "뭐 하는 년들이길래 내 뒤를 밟은 것이냐. 일부러 내 눈에 띄려고 한 걸 모르는 줄 알았느냐."
 "멈춰라."
 "제 발로 걸어 들어온 사냥감을 내가 놓칠 것 같으냐."
 하지만 묘한 웃음을 띤 영인의 눈빛이 날카로워지자 남운은 저도 모르게 그 자리에서 멈췄다. 영인에게서는 기이한 기운이 뿜어져 나왔다. 남운은 오기라도 난 듯 다시 걸음을 옮겼다.

"이거 아주 요망한 년이로구나."

"멈추라 했다."

영인의 기운에 눌린 남운이 다시 멈춰 섰다. 하지만 영인이 노려보는 건 그가 아니었다. 그녀의 시선은 남운 너머 새카만 공간을 향하고 있었다.

칠흑 같은 어둠 속에서 뚝뚝 물이 떨어지는 소리가 나는가 싶더니 다시 바람이 세차게 불었다. 남운의 옆에 있던 나무에서 장정 팔뚝만 한 나뭇가지가 뚝 부러지며 그의 머리 위로 떨어졌다.

"윽!"

남운이 머리를 감싸며 비명을 지르는 순간, 바람의 방향이 바뀌어 영인 쪽으로 휘몰아치며 나뭇잎들이 일시에 회오리를 만들었다. 영인이 팽순의 손을 잡아 도망시키려 했지만 회오리가 빨랐다. 순식간에 휘몰아친 회오리에 둘은 개울의 가장 끄트머리까지 나가떨어졌다.

6

 당했다. 팽순이 다칠까 봐 잠깐 머뭇거린 틈을 노렸다. 영인은 나뭇잎 더미에 파묻힌 몸을 일으켰다. 바람 때문에 얼얼한 머리를 흔들며 주변을 살피는데, 옆에서 팽순이 스르륵 서는 것이 보였다. 순간, 코를 찌르는 악취가 풍겼다. 팽순의 온몸이 젖어 검은 물을 뚝뚝 흘리는 게 보였다. 넋이 나간 팽순이 영인에게 고개를 돌렸다. 두 눈이 있어야 할 자리에는 구멍이 뻥 뚫려 있었다. 그 눈구멍으로 온몸이 빨려 들어가는 기분이었다.
 "아씨, 왜 늦으셨어요. 제가 어떤 짓을 당할 뻔했는지 아세요?"
 분노에 찬 목소리는 끌로 쇠판을 긁는 것처럼 소름 끼쳤다.
 "팽순이에게 들어갔구나."
 영인은 익숙하게 노리개로 손을 가져갔지만 아무것도 쥐지 못하고 헛손질을 했다. 노리개가 없어졌다.
 끽끽끽끽, 귀신에 씐 팽순이 이상한 소리를 내는가 싶더니 영인 쪽으로 펄쩍 뛰어올랐다.
 '죽는다!'
 영인이 눈을 질끈 감으며 얼굴을 돌렸다. 팽순의 치마폭이 얼굴 위를 지나며 물을 떨어뜨렸다. 하지만 아무 일도 일어나지 않았다.

'날 잡으려는 게 아니구나!'

뒤늦게 깨달은 영인이 눈을 뜨고 돌아보자 팽순이 남운의 위에 앉아 목을 조르고 있었다.

"안 돼! 팽순이도 너도! 영영 악귀가 된다!"

바삐 주변을 훑은 영인이 개울 물줄기 바로 옆 풀들 사이에 떨어진 노리개를 발견했다. 양손으로 치맛자락을 올리고 뛰었지만 어느새 허리까지 올라온 물줄기가 움직임을 방해했다.

남운은 괴로운 듯 숨을 꺽꺽거리고 있었다. 이대로 가면 곧 죽을 것 같았다.

"안 돼, 팽순아!"

영인은 필사적으로 노리개가 있는 곳으로 갔다. 몇 발자국 가지도 않았는데 숨이 턱까지 차올랐다.

'이제 틀렸나······.'

자리에 주저앉고 싶을 만큼 다리가 후들거리는데, 갑자기 머릿속에서 소리가 들렸다.

*이건 귀신이 주는 망상이야!*

저절로 감기던 영인의 눈이 확 떠졌다. 동공은 얇아져 있었고 흰자위는 호박색으로 바뀌었다. 그러자 개울 주변을 에워싼 두꺼운 안개가 보였다. 그 안개가 영인의 몸도 감싸고 있었다. 영인은 양손으로 안개를 헤치며 앞으로 나갔다. 안개가 사라지고 나니 사방이 온통 새카맸다. 영인의 여우 눈이 귀신의 눈구멍을 발견했다. 재빠르게 눈구멍에서 빠져나와 현실의 개울가로 나왔다. 남운은 숨이 넘어가려고 하고 있었다. 영인은 노리개를 줍자마자 허공으로 발을 디뎠다. 그리고는 한 걸음 만에 팽순의 뒤로 가 얼싸안으며 그녀를 남운에게서 떼어냈다.

영인이 괴상한 소리를 내며 몸부림을 치는 팽순의 가슴께에 노리개를 갖다 대고 간절하게 눌렀다. 펄떡거리던 팽순의 몸짓이 잦아들더니 이내 잠잠해졌다. 정신을 잃은 팽순에게서 물기가 걷히고 발그레한 안색이 돌아왔다. 팽순은 색색 고른 숨을 내쉬었다. 귀신이 떠났다는 증거였다.

"다행이다."

영인은 털썩 주저앉으며 안도의 한숨을 내쉬었다. 그때 뒤에서 누군가 우악스럽게 그녀의 팔을 낚아채고는 순식간에 그녀를 땅바닥에 눕혀 깔아뭉갰다. 남운이었다.

"이게 다 네년 때문인 게지!"

남운이 충혈된 눈으로 영인을 내려다보았다. 음탕하게 흐려진 눈빛이었다. 비열한 웃음을 지으며 자신의 바지를 내리고는 영인의 저고리에 손을 대려던 남운이 갑자기 동작을 멈췄다.

"용서 못 해, 용서 못 해, 용서 못 해, 용서 못 해!"

저만치서부터 스멀거리며 다가오던 목소리가 남운의 귓전에 닿자 쇳소리를 냈다. 남운이 고장 난 것처럼 뻣뻣하게 몸을 돌렸다. 나무 아래에서 시커먼 것이 웅크리고 있다가 단번에 남운의 얼굴 위로 철퍼덕 소리를 내며 떨어졌다. 모로 쓰러진 남운의 몸이 젖어 들어갔다.

"죽어!"

찢어지는 쇳소리가 개울가를 울렸다. 영인이 있는 힘을 다해 양손으로 땅을 짚고 일어났다. 여우 귀가 솟아나고 눈동자가 변하고 코와 입이 뾰족해졌다. 풍성한 꼬리가 영인의 뒤에서 부풀어 오르는 순간, 남운의 얼굴에 붙은 검은 것이 형상을 드러냈다. 물에 흠뻑 젖어 길게 늘어진 머리카락, 퉁퉁 부은 몸뚱이, 상처투성이인 종아리, 찢어진 치마. 영인이 환상 속에서 보았던 그 모습이었다. 시커먼 눈구멍이 영인을 돌아보자 팽순의 가슴팍에 있던 노리개의 구슬에서 빛이 났다. 동시에 영인의 꼬리도 빛을 내며 더 부풀어 올랐다. 각각의 빛이 점점 범위를 넓히더니 하나가 되어 귀신을 덮었다.

귀신이 쇳소리를 내며 울부짖었다.

"억울해! 너무 억울해!"

"알고 있다."

"네까짓 괴물이 내 심정을 안다고?"

"네 말대로 난 괴물이다. 그래서 억울한 게 어떤 건지 뼈에 사무치게 잘 안다. 나쁜 짓을 당해서 죽은 것도 괴로운데 악귀로 떠돌기까지 할 테냐? 이놈은 죗값을 치를 거다. 내가 약속하마. 그러니 이제 네가 있어야 할 곳으로 가거라."

영인이 말하는 동안 빛이 조금씩 귀신에게 스며들고 있었다. 빛과 완전히 하나가 되기 전, 귀신 눈구멍에 살아생전의 눈동자가 나타났다. 순박하고 귀여운 인상의 여자가 평온한 표정으로 영인을 바라보았다. 그녀의 입에 희미한 미소가 걸렸다. 영인의 여우 눈동자에 그 미소가 담겼다. 빛과 함께 귀신이 사라지고 나자 안개도 걷히고 부러졌던 나뭇가지도 온데간데없었다. 영인도 사람의 모습으로 돌아왔다. 남운은 볼썽사납게 바지를 내린 채 모로 쓰러져 있었다.

영인이 팽순의 가슴팍에서 노리개를 집어 들며 나직하게 말했다.

"무사해서 다행이다."

영인과 팽순이 한숨 돌리는 사이, 마을로 가는 길 쪽에서 환한 불꽃들이 줄지어 개울가로 들어왔다. 횃불을 든 나졸들에 이어 뒤에 병방과 이방, 그리고 재원이 나타났다. 나졸 중 하나가 머슴을 밧줄로 묶어 데려오고 있었다.

"오라버니가 어떻게 알고 오셨습니까?"

"너는 대체 나를 뭐로 생각하는 게냐?"

재원은 손에 든 부채 끝으로 허옇게 엉덩이를 드러낸 남운을 가리켰다.

"저놈이 헛간에서 물증을 없애려고 했을 때 죽은 두 사람과 저자의 방을 샅샅이 수색하라 일렀다. 그러자 머슴 놈이 뭔가 감추다가 병방에게 걸렸지."

재원은 병방에게서 헝겊 조각들을 건네받았다.

"여자들 댕기다. 마을 처자들에게 몹쓸 짓을 하고 난 후 챙긴 것이겠지. 그런 자가 과연 죽은 이들을 따르던 자였겠느냐. 저자가 두 사람의 입을 막으려 죽인 게 분명하다."

재원이 명하자 나졸들이 남운의 바지를 추켜올린 다음 양옆에서 일으켜 세웠다.

"과연 현명한 현감 나리십니다."

영인이 생긋 웃으며 말하자 재원이 등을 지고 서서 헛기침을 했다.

"앞으로는 꼭 가마를 타고 다니거라."

"안 그래도 말씀드리려던 게 있습니다. 저자가 어떻게 친우들을 죽였는지 알았습니다."

재원이 돌아서서 영인을 다시 보았다.

"저자가 네게 그 말을 하였느냐?"

"제가 시신을 보게 해주십시오."

환한 횃불에 둘러싸인 영인의 얼굴이 밝게 빛났다.

7

남운은 포승줄에 묶여 동헌 마당에 제 종과 나란히 무릎을 꿇었다. 양옆으로는 나졸들이 줄지어 서 있었다. 잠시 후 나졸 둘이 시신을 실은 수레를 끌고 왔다. 시신을 바닥에 내려놓는 동안, 남운은 무표정하게 앞만 보고 있었다. 나졸들이 시신을 엎드린 자세로 놓고 물러나자 재원과 영인이 오작인과 함께 나왔다. 영인은 손에 은젓가락을 쥐고 있었다. 재원은 영인이 이 자리에 있는 게 영 불편한지 못마땅한 표정이었다.

"영인이 네가 여기 있을 필요는 없지 않느냐."

"꼭 제 눈으로 확인하고 싶습니다. 허락해 주십시오, 오라버니."

영인이 전과 달리 웃음기를 거두고 정중히 부탁했다. 재원은 별수 없다는 듯 오작인에게 일을 시작하라 명했다.

영인이 한 손으로 노리개 구슬을 쥐고 오작인에게 은젓가락을 건넸다. 오작인이 영인에게 받은 은젓가락을 시신의 항문에 찔러 넣었다. 영인의 노리개 구슬에서 빛이 나는 걸 눈치챈 이는 없었다. 잠시 후 빼낸 은젓가락을 보고 동헌 마당이 작게 술렁였다.

은젓가락이 까맣게 변해 있었다. 독살이라는 의미였다. 오작인이 재원 앞에 고개를 조아리고 서서 말했다.

"헛간에 있던 병에서 간수 성분이 나온 걸 확인하고, 시신의 변을 채취해 열을 가했습니다. 그랬더니 소금 결정체가 나왔습니다. 틀림없는 복로치사(服鹵致死)이옵니다. 이전에도 사람한테 간수를 마시게 해 죽음에 이르게 한 경우가 있사온데, 그것과 똑같사옵니다. 첫 번째 시신도 다시 검시한다면 시신의 상태로 봤을 때 소금 결정체가 나올 게 분명합니다."

재원의 날카로운 눈빛이 남운에게 옮겨갔다. 남운은 완전 얼이 빠진 표정으로 까맣게 된 은젓가락을 보고 있었다.

"조남운, 이제 네 죄를 자백하라. 이렇듯 증좌가 나왔다. 네가 여인들을 해치고 종범자들을 독살했다."

추상같은 재원의 목소리에도 남운의 넋 나간 눈빛은 여전했다. 동헌 마당에 있는 모든 이들이 남운만 보고 있었다. 이윽고 남운이 고개를 돌렸다. 그의 시선은 영인을 향했다.

"나리의 누이를 탐낸 건 사실이오. 종년도."

"여기가 어디라고 그런 망발을 하시오!"

이방이 바로 달려들려는 걸 재원이 제지했다.

"네놈의 헛간에서 나온 병에 간수를 담아 숨진 윤진덕과 이석현에게 먹인 게 틀림없으렷다."

"그 멍청이들이 거슬린 건 맞소. 바보들, 계집종 하나 죽었다고 어찌나 겁을 먹던지. 간수라니, 그런 번거로운 짓을 할 필요도 없었소. 죽어버리라 했더니 둘 다 죽어버렸으니까. 한데 그 불똥이 나한테 튈 거 같더란 말이지. 그래서 헛간을 정리하려 했던 건데……."

영인을 보는 남운의 눈빛이 희번덕거렸다.

"네년이지? 지금 이것도 네가 뭔가 수작을 부린 게지?"

"그 입 다물지 못할까! 죄인이 누구한테 함부로 입을 놀리는 게냐!"

영인이 놀라 고개를 들었다. 재원이 남운에게 호령을 하며 얼굴을 붉히고 있었다. 그의 표정에서 진심이 느껴졌다. 영인은 모르는 척 다시 고개를 내렸다. 절로 미소가 지어졌다.

영인에게 시선을 고정한 남운의 눈꺼풀이 씰룩거렸다. 재원이 말을 이었다.

"조남운, 네놈이 모든 일을 주동했다. 죽은 자들이 네 친부 조대헌 진사에게 지금까지 저지른 네 죄상을 이를까 두려워 차례로 죽인 게 맞느냐."

"마음대로 생각하시오. 어차피 아버지가 손 써주실 테니."

"아까부터 참……! 현감 나리 앞이오! 생각을 하고 말을 올리시오!"

이방이 재원 대신 목소리를 높였다. 재원은 이방을 진정시키고 남운에게 물었다.

"어디 네놈이 풀려날 수 있는지 두고 보자. 마지막으로 할 말은 없느냐."

"마지막 유흥을 성사시키지 못한 게 아쉽기만 하오."

날이 밝자마자 죽은 여자의 아비와 오라비가 관아에서 풀려났다. 없는 죄를 고하라고 매질까지 당했음에도 두 사람은 피붙이의 억울함을 풀어줘서 고맙다며 동헌을 향해 큰절을 올렸다.

남운이 범인이라는 사실이 알려지자 마을이 발칵 뒤집혔다. 남몰래 조 진사 댁 대문에 똥물을 끼얹고 달아나는 이들도 있었다. 윤 진사와 이 참봉은 조 진사 댁에서 들어오는 건 아무것도 받지 말라는 엄명을 내렸다. 남운의 기대와 달리 조 진사는 그의 아들을 위해 아무 조치도 취하지 않았다. 조 진사가 집안사람 누구든 관아로 남운을 찾아가면 그날로 쫓겨날 줄 알라고 했다는 말도 들려왔다.

며칠이 지나자 마을은 점차 제자리를 찾아갔다. 사람들은 다시 일상으로 돌아갔다.

"이제야 조용해졌구나."

별채 작은 방에서 책을 읽던 영인이 열려 있는 동창 너머로 시선을 돌렸다.

"수정과 좀 드시라니까요."

옆에 있던 팽순이 재촉하듯 책상 위의 수정과 잔을 영인 쪽으로 밀었다. 오른쪽 뺨에 긁힌 상처 자국이 있었다.

"여름에 따놓은 매실이 들어갔대요."

"이따 밤에 잠시 자리를 비울 테니 너는 모르는 척해라."

수정과를 입에 가져가며 영인이 말하자 팽순은 신뢰가 깃든 눈빛으로 그녀를 바라보았다.

"조심만 하셔요, 아씨."

비가 쏟아지는 밤이었다. 형옥 앞마당에는 나졸들이 처마 아래에 횃불을 켜놓고 서 있었다. 형옥의 뒤편은 들고 나는 문이 없는 막힌 벽이었다. 그러니 나졸들 눈을 피해 옥 안으로 들어올 방법은 없었다. 하지만 어찌 된 일인지 남운의 옥사 안에 영인이 들어와 있었다. 나졸이 데리고 온 것도 아니었다. 빗소리가 잦아드는 것 같아 고개를 들자 갑자기 그녀가 보였다. 영인의 치마에 매달린 노리개의 구슬이 유난히 형형한 빛을 내고 있었다. 그녀의 동공이 세로로 가늘어지는 걸 본 남운은 두려움에 뺨이 실룩거렸다. 목에 칼을 쓰고 발에는 족쇄를 찬 그는 꼼짝없이 그 자리에서 반요 모습으로 변하는 영인을 지켜봐야만 했다.

"네년, 역시 요물이었구나."

태연한 척하는 그의 몸은 사시나무처럼 떨리고 있었다.

"이제 확실해졌다. 네년이 수작을 부려 은젓가락을 시커멓게 만든 게 틀림없구나."

남운은 바깥을 향해 다급하게 외쳤다.

"여봐라! 여기 이년을 잡아들여라! 이년이 내 친우들을 죽이고 나를 모함한 것이다!"

밖은 비 내리는 소리만이 요란했다. 그 누구도 옥사 안으로 들어오지 않았다.

"게 아무도 없느냐! 여봐라!"

남운이 울부짖어도 개미 새끼 하나 얼씬하지 않았다. 영인은 목에 핏대를 세우고 씩씩거리는 그를 싸늘하게 내려다보고 있었다.

"네가 죽게 만든 여자, 그 여자한테 할 말 없느냐."

"이런 시건방진! 요물 주제에 감히 누구 앞이라고 그런 말을 입에 담는 것이냐!"

남운이 분을 못 이겨 이를 악물고 부들부들 떨었다.

"너도 그년하고 똑같이 죽었어야 하는데! 그래야 했는데!"

"역시 네놈이 죽였구나."

영인의 얼굴에서 웃음기가 사라졌다. 한기가 옥 안을 덮쳐 얼음장처럼 차가워졌다.

영인이 심호흡을 세 번 고르고는 다시 입을 열었다.

"마지막으로 할 말은 없느냐."

남운은 덜덜 떨면서도 콧방귀를 뀌었다.

"사람도 아니고 짐승도 아닌 것이 멋모르고 까부는구나."

"그게 네 마지막 말이냐."

남운의 몸이 좀 전보다 더 떨리고 있었다. 그럼에도 그는 악담을 멈추지 않았다.

"사람들 사이에 섞여 산다고 너 따위 요물이 사람이 된 줄 착각하는구나! 천만에! 이 요망한 것, 네년은 절대 우리 같은 인간이 되지 못한다!"

영인의 여우 눈동자가 가늘어지더니 재미있다는 듯 작게 웃었다.

"이래서 인간이 우습다는 거다."

남운의 턱이 떨리며 어금니를 딱딱 맞추기 시작했다. 영인이 말을 이었다.

"누가 오만하고 어리석기 짝이 없는 인간이 되고 싶다더냐? 오로지 너희 인간들만 그 모습으로 살아가려 발버둥 칠 뿐이다."

남운의 호흡이 점점 가빠졌다. 시뻘겋게 충혈된 눈은 동공이 계속 흔들렸다.

"너희는 삼라만상 속 먼지의 일부일 뿐이라는 걸, 빛이 닿지 않으면 아무것도 알아보지 못하고 깨달을 수도 없는, 자연에서 가장 둔한 생물이라는 걸 새까맣게 모르고 있지."

영인이 남운 앞에 쪼그려 앉아 그와 눈을 맞추었다.

"제 옆에 늘 저승사자가 같이 걷는 것도 모르는 채 내일도 오늘처럼 여전할 거라 여기는, 안일하고 게을러 처연하기까지 한 너희 인간이 되고 싶을 거라 생각하다니."

숨을 헐떡이며 호흡곤란을 일으키는 남운에게 영인이 마지막 말을 내뱉었다.

"가소롭구나."

남운이 컥, 하고 마지막 숨을 내뱉었다. 어느새 비가 그치고 달이 나와 형옥 마당을 환하게 비추었다.

◈

남운이 옥에서 급사했다. 남운의 시체를 검시한 오작인은 갑자기 추워진 날씨 때문일 거라고 했다. 마을 사람들은 이제 기이한 일이 일어나지 않을 거라 안심했다. 그 누구도 남운의 죽음을 안타까워하지 않았다.

화창한 낮, 영인이 팽순과 함께 절에서 돌탑을 쌓고 있었다. 나이 지긋한 주지 스님이 다가오자 영인은 두 손을 모아 합장을 했다.

"이번에도 개과천선 시키지 못했습니다."

"원한에 사무쳐 악귀가 될 뻔한 이를 성불시키지 않았습니까. 몹쓸 짓을 당한 수많은 여인들의 한을 푸셨고요. 옥에서의 일은, 그가 마땅한 수명을 다한 것이라 여기세요."

주지 스님의 따뜻한 말에도 영인은 아쉬운 표정으로 먼 곳을 응시했다.

"천 년이라는 시간이 제게는 결코 길지만은 않게 여겨집니다. 과연 선호(仙狐)가 될 수 있을지요."

"아직 시간이 많이 있습니다."

그때 불공을 마치고 법당에서 나온 은선이 영인을 향해 손짓하며 말했다.

"그만 내려가자. 너 혼자 늦게 다니면 재원이가 걱정한다."

영인은 은선을 향해 미소를 보였다. 사람의 그것과는 다른, 묘한 미소였다.

# 달리 같음, 다리가름

유상

호러, SF 장르의 소설을 쓰고 있다. 웹소설 《대학원생 이야기》를 썼고, 괴이학회 앤솔러지 《고통과 환희의 서》에 참여했다. 웹툰 《룸비니》의 스토리 감수를 맡았으며, 온라인 소설 플랫폼 브릿G에서 호러 중단편을 비정기로 연재 중이다.

| 전설 | 다리가름

경상남도 고성의 천도굿으로, 죽은 사람이 저승길로 들어가는 다리를 상징하는 일곱 자 일곱 치의 베를 가르는 의식이다.

초승달이 연인의 눈꼬리처럼 가늘게 휘어 하늘에 수놓아진 늦여름의 밤이었다. 구름 한 점 없는 하늘은 새까맣다기보다 검붉은, 자주색에 가까운 어둠으로 덮여 있었다. 그 하늘 아래서 촛불이 드리운 제사상이 일렁였다. 무복을 차려입은 박수가 쨍, 하고 금강저를 울렸다. 그 소리가 불쾌하다는 듯 어디선가 짐승이 목을 울렸다. 박수는 침을 꿀꺽 삼키고는 경문을 이었다.

"이 경문을 드리올 때 금차가중에 출입왕래하는 일체부정과 지귀들을 저 멀리 원문타방으로 영원히 소멸하옵……윽!"

나직하게 이어지던 부정경(不淨經)이 끊어졌다. 드문드문 소란하던 벌레 소리는 사람의 비명에 멈추었다. 비명은 길게 이어지지 않고 짧게 여러 번 울렸다. 멱따이는 돼지가 그러하듯, 약한 것으로 시작하다 길고 비통해졌다. 칼로 찌르는 듯 높아질 지경이 되자, 근처에서 눈을 뒤룩거리던 부엉이가 푸드덕 날아올랐다. 그 깃털이 인적 없고 반쯤 부서진 절간 앞에 내려앉았다.

절간 문턱은 먼지 끼고 거미줄 친 본채에 비교하면 깨끗했다. 사람이 청소한 것은 아니었고, 땅을 기는 수많은 짐승들이 문간을 나다니며 자연스레 먼지가 떨어진 것처럼 보였다. 문턱은 깨끗했으나 안쪽으로 갈수록 먼지가 켜켜이 쌓여 있었다. 그 가장 안쪽, 절로 기침이 나올 정도로 수북이 먼지가 쌓인 곳에 남자 하나가 쓰러져 있었다.

그의 입에서 비명이 새어 나왔다. 그의 입술이 다 찢겨 굳게 닫히지 못한 탓이었다. 입술뿐만 아니라 귓불과 눈꺼풀 역시 마찬가지였다. 그것도 끝난 것이 아니라 지금도 이어지고 있는 중이었다. 남자의 위를 거대한 짐승의 형태가 덮었다. 짐승은 남자의 입술 주변에 이빨을 들이밀어 한 번 더 쭉 살점을 찢어먹다가, 컥컥, 기침을 했다. 목이 마른 모양이었다. 짐승의 거대한 앞니가 남자의 목을 찔렀다.

독약을 먹은 쥐새끼처럼, 생명의 마지막 고동이 발악처럼 뿜어져 나왔다. 천장까지 솟구칠 정도로 거세게 뿜어진 핏줄기는 두 팔이 부서진 불상에도 튀었다. 금 가고 쪼개진 보살상 눈에 붉은 눈동자가 새겨졌다. 그리고 눈물처럼 흘렀다. 짐승의 형상은 그것을 바라보다가, 곧 수백 마리의 쥐가 되어 흩어졌다.

신음은 더 이상 들리지 않았다. 잠시의 적막을 곧 벌레 소리가 채워나갔다. 거미줄 친 처마 끝에 걸린 달이 짙푸른 빛을 번쩍이고, 산짐승들이 화답하듯 울부짖었다. 햇빛이 어둠을 덧칠하기에는 아직도 한참 남은 깊은 밤이었다

아직 날은 저물지 않았으나 중천에 뜬 해는 그 높이를 서서히 낮췄다. 고갯길을 바삐 넘어가는 것은 두 사람. 두 사람의 앞에 무언가 검은 것들이 뭉쳐 있었다. 까마귀 무리였다.

사내종은 앞으로 먼저 달려나가 "훠이, 훠이" 소리를 내며 새들을 손으로 쫓았다. 푸드덕, 홰치는 소리와 함께 새들이 모두 날아갔다. 그 자리엔 반쯤 뜯어 먹힌 개 사체가 남아 있었다. 사내종이 얼굴을 찌푸렸다.

"동티가 나도 제대로 났습니다요, 도련님. 역시 지금이라도 돌아가는 게."

사내종이 뒤를 돌아 자신이 모시는 양반에게 고하려 했으나 그는 이미 종의 바로 옆까지 다가와 쇠가죽 장갑을 낀 손으로 사체를 뒤집고 있었다.

"음, 입이나 코에서 피가 나오지는 않으니 우마에 치인 건 아니고. 목 뒤나 얼굴에 대호(大虎)에 당한 흔적도 없어. 굳이 따지자면 쥐인가?"

이만한 개가 쥐에게 당할 일은 드문데, 하고 중얼거리는 양반에게 사내종은 눈을 가느스름하게 뜨며 캐물었다.

"……도련님, 솔직히 말해보십쇼. 주인 어르신께서 부탁하신 것과 별개로, 평소 취미대로 기괴망측한 사건들을 마음껏 조사하고 다닐 수 있어 이 일을 맡으신 거지요?"

양반은 곰 같은 체구에 이목구비가 작아 표정이 잘 드러나지 않았으나, 사내종의 불경스러운 말에 조금 미소를 띠며 답했다.

"뭐 그러면 어디 덧나기라도 하느냐."

"에휴, 됐습니다, 됐어요. 그래도 너무 위험한 짓은 하지 마십쇼. 하도 이런 일에 엮이는 걸 좋아하시니 제가 옆에서 모시지 않았다면 동티가 나도 진작에 났을 겁니다."

"너는 여전히 그 신점인가 사주인가 하는 미신을 믿는구나. 사람을 해칠 수 있는 건 괴력난신이 아니라 자연과 짐승과 인간일 뿐인데. 무원록이 편찬된 지도 대체 몇 해나 되었더냐?"

"뭐라고 생각하셔도 상관없습니다. 도련님께선 여러모로 기연이 많으신지라 안 그래도 조심해야 하는데, 이번 일은 공수가 하도 안 좋은 일이라 여차하면 제가…… 어, 잠깐."

사내종이 불경하게도 주인의 앞을 팔로 거칠게 가로막았다. 경을 칠 법도 한 상황인데, 양반은 무심하게 앞을 바라보았다. 과연 곧 사람이 달려오는 소리가 났다. 고갯길 경사가 꽤 높은지라 맞은편에서 오는 것이 무엇인지 시야가 확실히 확보되지 않는 상황이었다.

산길에서 뛰다니? 사내종이 고개를 갸웃거리며 생각했다. 여기는 저잣거리도 아니고 마을 한복판도 아니었다. 마을에서 마을로 넘어가는 고갯길. 이런 데서 뛰는 건 장기적으로 봤을 때 빠른 걸음보다 비효율적이다. 발로 오래 걷는 사람들이라면 피와 땀으로 체득하고 있는 사항이다. 어지간히 큰 일이 아니고서야 뛸 리가 있겠는가.

곧 시야의 끝자락에서 흙이 튀었다. 장정 넷이 달려오고 있었다. 아니, 도망치고 있었다. 뒤를 연신 돌아보면서 황급한 표정으로 욕지거리를 내뱉으며 뛰어오는 건 아무리 봐도 무언가로부터 도망친다고 보는 것이 맞으리라.

"비켜, 썅!"

 상소리를 내뱉으며 우르르 몰려온 것은 군복을 입은 병졸들이었다. 고갯길 경사도 경사고, 급하게 달음박질하느라 시야가 좁아진 모양이었다. 병졸 중 한 명이 양반의 어깨에 부딪혔다. 달려오는 기세 그대로 들이박았으니 밀린 사람이 넘어져야 했다. 체구 차이가 너무 나지만 않았다면 말이다.

 퍽, 하는 소리가 요란하게 난 뒤, 청년은 어깨를 툭툭 털었다. 부딪힌 병졸은 그대로 뒤로 넘어져서 끙끙대며 신음했다. 달리던 일행들이 돌아보고 낭패라는 듯이 얼굴을 찌푸렸다. 넘어진 일행을 두고 가기에도, 그렇다고 이 자리에 머무르기에도 망설여지는 듯했다. 종이 그들 앞으로 나와 소리쳤다.

 "이분은 판서 영감 계시는 박씨 집안의 혜형 나리시다! 양근 현감을 지낸 분 앞에서 무슨 행패냐! 어서 사과드리지 못하겠어!"

 "이놈 오인아. 옛 관직을 굳이 얘기하느냐."

 오인이라고 불린 종이 성을 내는 것도 당연한 일이었다. 이런 험한 길에선 서로 양보하면서 다니는 게 예의고, 양반에게라면 더더욱 먼저 비키는 게 맞는 일이다. 비록 군복을 입은 이들이라고는 하나 사죄하고 서두르고 있는 이유라도 간략히 밝히는 게 예의였다. 그러나 병졸들은 자기들끼리 잠시 속닥거리더니 곧 뻔뻔한 얼굴로 한 걸음 다가섰다.

"오히려 그쪽이 죄송하다고 해야 하는 거 아니오?"

"뭐, 뭐라고?"

"보시다시피 우리는 나라의 중한 일을 하러 가는 병사인데, 왜 가는 발걸음 붙잡는 것인지 모르겠네. 혹시 불측한 생각을 품고 계신 것 아닌지요?"

"헛소리를! 그놈의 중한 일이 뭔지부터 말해보소."

"그거야 그쪽이 알 바 아니고."

파리한 안색에 추레한 행색을 한 병졸들은 창끝을 혜형이라는 양반과 그의 종복인 오인 쪽으로 향했다. 금방이라도 찌를 듯한 기세였다. 병졸들은 말을 이었다.

"이래 죽으나 저래 죽으나 똑같지. 현감이고 나발이고, 어차피 우린 높으신 양반들 때문에 죽게 생겼어."

"여비나 좀 보태주쇼. 행색 보아하니 그리 거친 일 해보진 않은 양반님네 같은데, 가진 거 다 내려놓고 꺼지면 다칠 일은 없을 거요."

머리를 긁적이던 혜형은 고갯길 너머를 슬쩍 눈으로 훑은 다음 병졸들을 바라보며 말했다.

"행색 얘기하자니 나도 그대들을 좀 살펴보았는데, 이 고을에서 짐승이 사람을 해치기라도 하는가?"

"……뭐?"

병졸들 중 일부가 동요해 눈동자가 흔들렸다. 혜형은 그 반응을 기억해 두며 말했다.

"창 쥐는 방식이 초보는 아니지만 어중간한 걸 보니 속오군에서 탈주한 것 같은데. 군역 해이한 것이야 하루이틀 일이 아니니 고작 훈련 참여하기 싫다고 이렇게 꼬랑지 빠지게 도망칠 일까진 없지. 이 고을은 가뭄이 들지도 않았고, 수령이 악착같이 사재를 모으는 축도 아니니…… 굶주린 일 없는 백성들이 병역을 지다가 도망친다면 뭔가 다른 일이 있는 것이지. 갑자기 군율이 엄해졌다든가, 맞서지 못할 것과 싸우게 되었다든가?"

"다, 닥쳐! 네깟 놈이 뭘 안다고!"

병졸들은 분노보다 공포에 질린 얼굴로 손을 덜덜 떨며 창을 들이밀고 다가섰다. 가까이 오자 더 분명히 볼 수 있었다. 짐승 털이 묻은 옷, 무언가를 태운 냄새. 하지만 호랑이는 아니다. 특유의 쿰쿰한 체취는 낯설지 않았다. 혜형은 고개를 갸웃거리며 말했다.

"이건, 쥐로군. 쥐 따위에게서 왜 도망치는 거지?"

"으아아악! 입 다물어! 넌 아무것도 모른다!"

비명 지르듯 한 병졸이 창을 내질렀다. 그 창대가 휘청, 하고 흔들렸다. 오인이 달려든 것이다. 오인의 발이 뻗어 나온 창대를 밟고 병졸의 턱끝에 벼락처럼 꽂혀 들었다. 털썩, 한 명이 쓰러지고서야 병졸 둘은 오인을 향해 창끝을 돌렸다. 하지만 반응이 늦은 틈을 타 오인은 쓰러진 자의 창을 주워 그들에게 내던지려 했다.

"그만."

그 순간 혜형이 오인을 말렸다. 그러고는 두 병졸에게 물었다.

"나는 지금 나랏일을 하는 사람도 아니고, 그대들을 관아에 일러바칠 생각도 없소. 하지만 이 고을의 일을 도우러 온 사람이긴 하지. 여기서 대체 무엇이 일어나는지 말해주게."

"아, 알아봤자…… 뭘 도와주실 수 있다는 겁니까."

한 병졸이 두려움에 이를 딱딱 부딪치며 말하자, 다른 병졸이 새하얗게 질린 얼굴로 그 말을 받았다.

"그런 것한테는 천하장사도 의미가 없고, 총포도 소용이 없습니다."

혜형은 입을 닫고 그들의 눈을 가만히 쳐다보았다. 그 침묵 속에서, 병사들은 잊고 있었던 기억을 결국 다시 떠올린 듯했다. 결국 병졸 하나가 눈을 질끈 감고 입을 열었다. 불길하고 더러운 것을 억지로 만지는 듯한 표정으로.

"쥐가, 들끓습니다. 수백, 수천의 쥐가. 때로는 파도처럼 덮치고, 때로는…… 사람 모습을 하고서."

◇◇◇

"나는 이 씨 가문의 행민이오. 내 청으로 먼 길을 오셨는데, 이리 초라한 모습으로 맞이하니 부끄럽구려."

"……이렇게 뵙게 되어 반갑소. 나는 박 씨 가문의 익원이고, 호는 혜형이라 하오. 춘부장께서 대단히 사내다우시다고 아버님께 많이 말씀을 들었는데, 이 공 역시……."

말을 고르느라 노력하는 혜형의 모습을 보며 행민은 껄껄 웃었다.

"사내답기는 박 공이 사내답지. 보자마자 비명을 지르지 아니하는 것만 봐도 말일세. 지금 내 몰골이 좀 보기 흉해야 말이오."

차마 아니라 할 수 없었다. 행민은 병상에 누운 채로 혜형을 맞이하였는데, 얼굴 피부가 거의 다 벗겨져 시뻘건 진피가 드러났고, 치료를 위해 지방을 떼어내지 않은 짐승 가죽을 얼굴에 붙이고 있었다. 군데군데 가죽이 차마 가리지 못한 민낯이 보여 그 참혹한 부상을 짐작할 수 있었다. 행민은 말을 이었다.

"서생원들이 축생이라 관아 지엄한 줄 몰랐던 모양이오. 약주를 하고 좀 깊게 잠들었더니 이렇게 됐소. 다행히 사람들이 와준 터라 목숨에는 지장이 없지만."

"……이 공을 위해서라도 내가 빨리 조사를 해야겠구려."

"그래 주면 고맙겠소, 정말로."

행민이 고개를 끄덕이며 말을 이었다.

"금년에 성은을 입어 부족한 몸으로 이 고을의 수령으로 임명받았소. 그런데 두어 달쯤 전인가, 개가 쥐에게 쏠아 먹히더니 그다음엔 소나 돼지, 마침내 어린아이까지……. 결국엔 다 큰 어른들도 사달이 나지 뭐요."

잔혹한 얘기를 하면서도 행민의 말투는 묘하게 밝았고, 눈꺼풀이 덜렁이는 두 눈은 번들거렸다. 혜형은 그것을 기이하다고 생각하며 물었다.

"허어, 그거 큰일이구려. 이 공께서 잘 하시겠지만, 어떻게 방비하시고 있는지 여쭤봐도 되겠소이까?"

"관아에서 단체로 장례를 치르고, 가족을 잃은 자들에게는 조금이나마 곡식을 내려 위로하고 있소. 의원을 들볶아 쥐약을 만들고, 사냥꾼들도 불러들여 쓰고 있긴 하지. 하지만 그들은 작은 짐승 잡는 게 본업이 아니니 어쩔 수 있나."

직접 큰 부상을 입기까지 한 사람치고는 체념한 말투라 생각하면서도 혜형은 그 말을 받았다.

"나이 든 이들 중 행여라도 해결법을 아는 자들은 없소?"

"그들도 그저 매년 돌아오는 행사나 할 줄 아는지라……. 상자일(上子日)에 콩이라도 볶으며 '쥐 주둥이 지진다'라고 외치거나, 자시에 빈 방아를 찧거나 하는. 하지만 그런 미신이 효과가 있을 리 없잖소."

"흐음."

혜형의 고심이 길어지자 행민은 그 어깨를 툭 두드리며 말했다.

"박 공만 믿소. 내 이런 꼴로 요양 중이라 남들 앞에 나서긴 어려우나, 필요하면 병졸들을 빌려주겠소. 그들을 통해서 조사하는 것이 얻을 게 많겠지."

"……알겠소."

혜형은 목에 가시가 걸린 듯한 위화감이 들었다. 부상 때문에 직접 고을의 큰일을 해결하지 못하는 수령이라기엔 너무도 담담했다. 부끄럽다거나 고맙다는 느낌보다는, 오히려 혜형이 이 사건에 깊숙이 관여하길 원하는 것 같은 말투. 웃는 얼굴로 다시 병상에 누운 행민에게 묵례한 뒤 방을 나오며, 혜형은 방금 행민이 만진 자신의 어깨에 손을 얹었다. 병자라기엔 상당한 손아귀 힘이었다. 그리고…….

냄새가 났다. 쥐 냄새.

◈

"불길하네요."

"괴이하지."

혜형과 오인은 수령이 마련해 준 낡은 초가집에서 짐을 풀며 말을 나눴다. 오인은 다소 투덜거리는 투로 말했다.

"그 도적 같은 병사 놈들이 말은 바로 했더군요. 도련님이 관아에서 말씀 나누시는 동안 근처 사람들에게 좀 캐물어 봤습니다만, '쥐가 사람을 잡아먹는다'는 말이 대부분이었습니다. '온 마을이 다 나서서 쥐를 잡아도 밤만 되면 변고가 난다'고요."

"나도 이 고을 수령에게 비슷한 말을 들었다. 아버지 친구분의 아들이기도 하고, 그쪽에서 도움을 요청한 것이니 사정을 설명하는 데에 숨김은 없으리라 생각했는데…… 더 참고가 될 만한 이야기를 듣지는 못했지."

두 사람은 조용히 짐을 마저 풀다가, "그런데 말이다" "그런데 말입니다" 하고 누가 먼저랄 것도 없이 말하는 호흡이 겹쳤다. 이럴 때는 혜형이 먼저 말하는 것이 두 사람 간의 규칙이었다.

"이 쥐 사건은 두 가지 기이한 부분이 있다."

"두 가지라 하시면?"

"'외부적 요인'과 '사람'이야. 외부적 요인이라 함은 우리가 여기까지 오며 보고 들은 주변 마을 어느 곳도 쥐 떼가 들끓은 곳이 없었단 것이지. 따라서 바깥에서 들어온 것도 아니고, 나가지도 않았다는 소리가 되니 이상하지. 그리고 사람이란 수령과 백성들을 뜻한다. 아직 젊긴 해도 이 정도 일을 해결 못 할 무능력한 수령은 아니고, 백성 중에도 늙고 지혜로운 사람이 있을 텐데 설마 쥐 잡을 방법 아는 자가 아무도 없을까? 그 부분이 영 마음에 걸리는구나."

"말씀대로입니다. 그리 멀지도 않은 옆 동네만 가도 무탈하니, 마을을 떠나 도망가는 사람들이 한둘이 아니라는군요. 그리고 쥐 잡는 법은 관아에서 시키지 않아도 다들 있는 방법 없는 방법 다 써보고 있는데도 효험이 없다 하고요. 그래서 이런 말도 나온다고 합니다."

"무슨 말?"

오인은 혜형을 잠시 쳐다보다 한숨을 푹 쉬면서 말했다.

"도련님께서 싫어하는 바로 그 미신 얘기요. '새로 들어온 수령이 산신께 바칠 제사를 게을리해서 노하셨다', '느티나무 집 아들이 버려진 절의 불상을 부숴서 이 사달이 났다' 같은."

"어허, 세상에 귀신이 어디 있느냐? 다 이(利)와 기(氣)를 근간으로 만물이 규칙대로 흘러가는 것이지."

"그래서 말씀드리기 꺼렸던 건데⋯⋯ 제가 봐도 사달이 나도 제대로 나긴 했습니다."

"그 산신인가 하는 귀신이 노했다는 거냐? 그러니 제사라도 지내줘야 한다고? 아서라, 그거 다 돈 날리는 짓이야."

혜형이 불퉁스럽게 내뱉자, 오인은 고개를 저었다.

"이미 지냈다고 합니다. 그런데 죽었다는군요."

"죽었다고? 누가?"

"불상이 부서졌다는 그 버려진 절에 동네 사람들이 돈을 모아 용하다는 무당을 보냈는데⋯⋯ 죽었다는군요. 쥐에게 물어뜯겨서."

혜형의 머리에 물어뜯긴 개의 사체가 떠올랐다. 그때는 그저 우연히 죽은 개가 쥐에게 쏠아 먹혔을 수도 있다고 생각했는데 그게 아닌 듯했다. 혜형이 생각에 잠긴 사이, 오인은 짐 정리를 마치고 옷고름을 풀었다. 그러자 날렵하게만 보였던 오인의 몸이 조금 부풀어 올랐다.

오인이 편한 복장으로 짐에서 꺼낸 무구를 다듬었다. 혜형은 그것을 보고 내심 혀를 찼다.

'제아무리 용한 무당이면 뭐 하는가. 제 여식도 제대로 돌보지 못하고 죽어버리고, 그 업도 그대로 물려줘 놓고는.'

시선을 느꼈는지 오인이 그를 흘겨보았다.

"……뭘 그리 들여다보십니까, 새삼스럽게."

혜형은 딴청을 피우며 슬쩍 시선을 돌리면서 말했다.

"너 보는 거 아니다. 어디로 가서 조사를 해볼까 싶었지. 처음엔……,"

"괜찮으시면……,"

장례터, 라는 단어가 두 사람의 입에서 동시에 나왔다. 혜형이 고갯짓을 했다. 두 번째로 말이 겹쳤으니 오인이 먼저 말할 차례였다.

"멀리서 보았을 땐 그저 동티가 났다고만 생각했는데, 여기 어째 귀문이나 호혈 같습니다."

"그런 것도 뭐 귀신이 귀에 대고 읊어주더냐?"

"아니요. 도련님 식으로 얘기하자면 '사람이 죽었으면 마땅히 원귀가 떠돌아다녀야 하는데 전혀 보이지 않는 것이 이상하다'는 거지요. 그렇다고 저승차사가 음기를 누르고 있는 것 같지도 않구요. 이리 여럿 물고가 난 곳에 죽음을 담당하는 저승의 관리가 오질 않으면 이상한 일 아닙니까?"

"……내 평소 그리 정 없이 말하나?"

"그럼요. 항상 이러셨습니다."

이런, 하고 혜형이 머리를 긁적였다. 잡학에 능하니 이리저리 들쑤시고 다니며 일을 해결해 준 적은 많지만, 그 행동과 말투 때문에 흠을 잡혀 파직을 당한 터였다. 특히 아직 미신을 굳게 믿는 백성들이나 일부 관료들에게는 객관적 사실만으론 말이 통하지 않을 때가 있었다.

그러니 혜형이 전혀 고려하지 않는 미신적인 점 위주로 생각하면서도 자신과 비슷한 판단을 내리는 소꿉친구이자 오랜 종복이 기껍지 않을 리가 없다. 혜형은 입을 열었다.

"네 생각이 나와 비슷하다. 사람이 이리 죽었는데 그 현장에 가보지 않고서야 관리라고 할 수 없겠지. 먼저 조사한 관리의 말을 들었고, 도망쳤다지만 가까이서 그걸 본 병졸의 말도 들었으니, 다음 순서로 피해자의 말을 들어보는 게 옳을 것이다."

"……가족을 잃은 이들에게 사정을 캐묻는 건 썩 내키지 않습니다만."

자신의 처지가 겹쳐 보였는지 오인은 잠시 어두운 표정으로 시선을 내리깔았다.

"더 많은 사람을 살리기 위한 것이니 어쩔 수 없는 일이다.

묻는 건 내가 할 테니, 너는 수상한 사람이 없는지 정도만 확인해 주거라."

"알겠습니다. 가서 일손이라도 도우면 귀에 들어오는 이야기가 있겠지요."

◇◇◇

익숙하다곤 해도 온종일 산을 타고 험한 길을 걷는 건 진이 빠지는 일이었다. 두 사람은 꿈조차 꾸지 않는 깊은 잠에 들어 있었다.

혜형은 목이 말라서 잠깐 눈을 떴다. 자리끼로 목을 축이고 다시 잘까 싶었다. 하지만 무언가 시선이 느껴졌다. 몽롱한 시선을 문밖으로 두니, 창호지를 뚫고 벌겋게 빛나는 무언가의 눈이 보였다.

결정을 내린 것은 한순간이었다. 혜형은 몸을 벌떡 일으켜 문을 박차고 나왔다. 쾅! 하는 소리와 함께 풍겨오는 역한 짐승 냄새. 문 앞에는 아무도 없었다. 대신 마당 밖 사립문에서 집을 향해 고개만 빼꼼 내민 누군가가 보였다.

낮에 본 병사 중 한 명이었다. 오인에게 턱을 얻어맞은 놈.

혜형과 눈이 마주치자 그는 입꼬리를 길게 찢으며 히죽 웃고는 순식간에 사라져버렸다. 혜형이 다급히 문밖으로 나섰으나, 그를 찾을 수 없었다.

"무슨 일입니까?"

문이 열리는 소리에 깬 오인이 황급히 같이 뛰쳐나왔으나, 혜형은 아무 말도 할 수 없었다.

사람이 그런 각도로 고개를 내밀 수는 없었다. 조금 기울인 정도가 아니라, 땅과 수평으로 고개를 내밀다니? 누군가 잘린 머리를 벽 너머로 내민 것처럼 느껴지는 기괴한 모습이었다.

다음 날 아침, 간단히 채비를 마치고 나서는 두 사람의 뒤를 무수한 시선이 뒤따랐다. 수풀 안에서 수십, 수백 개의 눈이 차가운 날붙이처럼 번쩍이며 그들을 노려보았다. 을씨년스러운 바람이 그것들의 부스럭거리는 소리를 가렸다.

그 병졸이 짐승에게 물려 죽었단 사실을 알게 된 것은 장례터에 도착한 후였다.

전염병이나 자연재해로 인해 많은 사람이 한꺼번에 죽으면 나라에서 장례를 치러준다. 이 경우 여러 빈소들을 한곳에 모아놓고, 찾아올 문상객들을 위한 음식과 잠자리를 준비한 장례터를 따로 만들어주곤 했다.

빈소 수에 비해 장례터는 간소하고 사람이 많지 않았다. 멀리서 곡소리와 시체 태우는 냄새만 간간히 올라오고 있었다.

"……예상보다 훨씬 더 참혹하군요."

오인이 씁쓸한 듯 눈을 질끈 감았다. 고인을 불에 태우는 건 극히 드문 일이었다. 죽은 조상과 가족을 기리는 제사를 중요하게 여기는 사회에서, 못자리도 없이 시신을 태워 없앤다는 건 일반적인 일이 아니었다. 이는 두 가지를 의미했다. 역병이 돌거나, 그에 준하는 일이 일어났다는 것.

"나는 가서 얘기를 좀 나누고 오마."

"네, 도련님."

혜형이 병졸들과 함께 있는 문상객에게 가는 사이, 오인은 장례 음식을 준비하는 쪽으로 향했다. 김이 펄펄 나는 솥 근처로 다가서자 아낙이 경계하는 눈빛으로 물었다.

"누구슈?"

"아, 지나가던 객인데 일 좀 도와드리고 밥 한술 얻어먹을까 해서요."

"도와줄 것도 없소. 물에다 된장 좀 푼 게 다니까."

"……네?"

"그 망할 쥐새끼들이 다 쏠아 처먹어서, 장례에 쓸 것도 없단 말이요."

아낙은 침통함에 찌든 인상으로 솥을 열었다. 거기엔 정말 건더기라곤 산나물밖에 들지 않은 멀건 된장국이 있었다. 아무리 장례 준비가 허술해도 닭개장에 찬이 몇 가지는 있는 게 보통이지만, 이곳은 마치 기근이 든 지역의 장례 같았다.

오인이 말을 잇지 못하자 아낙은 한숨을 내쉬며 두 그릇을 내주었다.

"그래도 뭐, 말이라도 고맙소. 변변찮지만 저기 굿하는 무당에게 한 그릇 주고 자네도 드시게."

"아, 네. 감사합니다."

"어휴, 어차피 죽을 사람한테 제삿밥 미리 주는 것 같아서 마음이 편치 않다만."

"……네?"

한숨을 내쉬듯 흘리는 아낙의 의미심장한 말에 오인이 당혹스럽게 되물었다. 아낙은 고개를 내저으며 답했다.

"자네가 뭔 일이 난다는 게 아니고, 저 무당이 큰일이 난다고. 그냥 그렇게만 알아두소."

아낙은 등을 돌려 다시 그릇을 씻었다. 더 이상의 대화는 원치 않는다는 태도에 오인은 어깨를 늘어뜨리고 무당에게 향했다.

 오인이 여태 봐온 바에 따르면 이런 경조사에 급하게 불려 나오는 무속인은 제대로 의식을 지내는 게 아니었다. 그저 산 사람들의 기분을 달래고 관리에게 트집 잡히지 않을 정도의 일을 할 뿐. 애초에 소위 용하다는 사람을 부르는 것도 아니고 근처에 있는 박수나 무당을 푼돈 주고 데려오는 것뿐이니 말이다. 그게 나쁘다고 할 순 없었지만, 판에 박힌 일을 하러 오는 사람에게 진지하게 무엇을 묻기에는 다소 꺼림칙함이 있었다.

 가라앉은 분위기의 장례터 한구석에서 들릴 듯 말 듯 묘한 음색으로 혼자 조용히 굿을 하는 늙은 무당. 그에게 가까이 다가서다가 오인은 저도 모르게 소리를 높이고 말았다.

 "엇."

 흥흥하다. 그렇게 말할 수밖에 없는 광경이었다. 굿판 주변에 난잡하게 칠해진 시뻘건 선들은 어디서부터가 짐승의 피고, 어디까지가 주사(朱沙)인지 알 수 없었다. 금줄은 말할 것도 없고 부적들도 잔뜩 둘러져 있었다. 삼재예방부, 벽사부, 사마제압부, 야수불침부, 야수불침부, 야수불침부. 이건 제대로 된 의식이었지만, 죽은 이들을 기리기 위한 의식이 아니었다. 이래서야 마치…….

"악귀가 들린 곳에서나 할 굿이라고?"

"……네."

무당은 고개를 돌려 텅 빈 눈으로 오인을 바라보았다. 그 손에는 한 필의 베가 들려 있었다.

"맞기도 하고, 틀리기도 하지. 지금 하고 있는 게 무엇으로 보이더냐?"

"글쎄요. 액운을 막는 거 아닌지."

"가야 할 저승길 잃고 헤매는 이들이 이 베를 타고 길을 찾아가라는 천도굿이야."

촤악, 무당은 손에 든 칼로 베를 길게 잘랐다. 그러나 오인의 눈에는 바람에 너울너울 휘날리는 베 주변에 어떤 혼백도 보이지 않았기에, 천도굿이라고 생각되지 않았다.

"말씀드리기 좀 그렇지만, 의미가 없지 않나요. 여기엔 아무 혼백도 없어 보이……."

"너, 그러다 죽어."

"……."

무당은 쉿, 하고 숨을 내쉬듯 길게 입을 막는 시늉을 한 후 속삭였다.

"무엇 때문에 굿판을 이리 험하게 둘러놨겠어? 밤말은 쥐가 듣는다고 했지. 낮에도 사람 얼굴을 한 쥐가 있는 법이라고. 입을 함부로 열지 마. 눈에 띄는 행동을 하지도 말고."

아무것도 들어오지 못하게 단단히 막아놓은 굿판. 보내는 이 없는 천도굿. 눈에 띄지 않게, 소란스럽지 않게 진행되는 은밀한 굿.

오인은 주변을 둘러보았다. 장례터를 지키는 병졸들 중 일부, 마을 사람 중 몇몇이 알게 모르게 혜형과 자신을 바라보는 것이 느껴졌다. 그것은 낯선 외지인을 경계하는 것일지, 그게 아니면 다른 무언가를 경계하는 것일지 오인은 알 수 없었다.

"……베는 한 필만 자르시는 게 아니겠지요? 일곱 자 일곱 치는 갈라야 할 텐데요."

오인이 정확한 길이를 말하자 무당의 눈에 놀란 기색이 돌았으나, 곧바로 안색을 되돌렸다. 무당은 무표정한 얼굴로 조용히 답했다.

"……여기서 할 건 아니야."

"그렇다면 어디서 하시는지요?"

"쥐 굴에서 해야겠지."

"한두 군데가 아닐 텐데요."

"이 동네서 쥐가 어디서 나오는지 모르는 사람은 없을 걸. 무서워서 말을 못 하고, 두려워서 가질 못하는 것뿐이지."

인형이 웃는 듯 부자연스러운 미소를 지은 무당은 다시 꽹과리를 치며, 창을 하듯 소리를 내며 뒷말을 이었다.

"모레 밤 자시, 버려진 절에서 벨 거야. 목숨 아까우면 오지 말게."

깨갱 깽깽 깽깨개갱. 아까와는 다른 조금 요란스러운 소리에 병졸들이 인상을 찌푸렸다. 사람들의 이목이 무당에게 쏠린 사이 오인은 재빨리 몸을 피했다. 마침 일을 마친 혜형이 오인에게 다가와 말했다.

"얘기는 잘하고 왔나? 나는 근처 사냥꾼에게 물어봤지. 아무래도 알아봐야 할 곳이 있는 것 같던데."

"혹시 버려진 절로 가는 것입니까?"

"어찌 알았느냐? 이럴 때 보면 너도 제법 용하구나."

"……모레까지는 일을 끝내야 할 듯합니다."

"음?"

"그때 큰 사달이 날 듯한데…… 윽."

장례터에서 멀어지는 길목에서 누군가가 튀어나와 오인과 부딪혔다. 사람이라기보단 산짐승이 들이받았다고 느껴질 정도의 기세였다. 혜형이 휘청거리며 밀려난 오인을 지탱했다.

"길 좀 조심해서 다니시오!"

혜형이 외치자 그가 돌아보았다. 훅 풍기는 짐승 냄새. 혜형은 잠시 얼어붙어서 아무 말도 하지 못했다. 어젯밤 문 앞에 고개를 들이밀었던 그 병졸이었다. 장례터에서 물어봤을 때, 탈영한 죄로 잡혀 들어가 벌을 받다가 쥐에게 쏠아 먹혀 죽었다는 바로 그 병졸. 그 또한 얼굴을 뜯어 먹혀 죽었다던.

병졸의 얼굴을 한 것은 킬킬 소리를 내며 네 발로 뛰어 수풀 속으로 사라져버렸다. 사람이 따라가기엔 너무도 빠른 속도로.

"다친 데는 없느냐?"

"네. 하지만 저건……."

"……아무래도 네 말이 맞는 것 같구나. 아주 채비를 단단히 해야겠어."

핏빛처럼 붉게 저물어가는 석양에 두 사람의 모습이 긴 그림자를 드리웠다. 그 때문이었을 것이다. 수풀 속으로 이어진 피 몇 점이 가려진 것은.

◈

"불이야! 불이야!"

쌓아놨던 땔감에 불이 붙어 활활 타올랐다. 한군데만이 아니었다. 온 동네에서 연기가 나고 있었다. 병졸들이 나서 불을 끄며 사람들을 대피시켰다.

"이쪽으로 오시오! 명령이오!"

"빨리빨리! 원님께서 안전한 피난처를 만들어두셨다!"

다급한 사람들은 병졸들이 이끄는 곳으로 몸을 피했다. 그 사이 연기는 더욱 번졌다.

주위가 소란스럽다. 연기를 피해 숨을 만한 곳은 많지 않다. 사람은 미리 준비한 곳으로 피할 수 있다지만 짐승은 그렇지 못했다. 쥐들 역시 그러했다.

쥐들은 생각했다. 이곳은 이제 끝이다. 보드라운 살점들과 살점들이 쌓아놓은 곡식들까지 참 좋았었는데. 어디로 도망가야 할까. 방황하는 쥐들 중 어느 것이 바닥에 흐른 곡식 낱알을 보았다. 낱알들은 길게 이어져 있었다. 살점들이 도망치다가 흘린 것일까? 한 놈이 그것을 먹으며 뛰어가자 다른 쥐들도 그를 따라 뛰기 시작했다. 한 마리는 두 마리가 되고, 두 마리는 다섯 마리가 되고, 곧 마을에 있던 수백 마리의 쥐들이 선두를 쫓아 달렸다.

얼마나 달렸을까, 그들은 어쩐지 익숙한 곳에 도착했다. 이전에도 와본 곳이다. 본거지로 삼았던 곳이다. 하지만 전에는 먹을 것이 없었던 큰방에 지금은 어쩐지 곡식이 쌓여 있다. 정신없이 곡식을 파먹다 보니, 쿵 소리와 함께 문이 닫혔다. 쥐들은 잠시 놀라 당황했지만 싸늘한 밤공기가 들어오지 않으니 따뜻해서 나쁠 게 없었다. 실컷 먹은 쥐들은 서로를 담요 삼아 잠이 들기 시작했다. 많이 먹고 함께 누워서일까, 어쩐지 따뜻하다 못해 더웠다.

아니, 뜨거웠다.

절간이 뜨겁게 불타는 와중, 그 앞에서 늙은 무당이 경문을 외웠다.

"나무 팔만사천 제부정을 천수 선후송으로 영소영멸 하옵소서, 옴 급급 여율령."

"끝난 거요?"

옆에서 자리를 지키던 나졸이 긴장한 채 물었지만 무당은 고개를 저었다.

"겨우 부정풀이 하나 끝낸 게요. 원래라면 토세에 성주에 문열이까지 해야 하지만…… 그럴 시간이 없으니 약식으로 하고 있소. 서두르다간 될 것도 안 됩니다."

"아, 알겠소. 뭐든 좋으니까 빨리 좀 끝내주쇼. 저 망할 놈의 쥐들이 금방이라도 튀어나올 것 같아 몸이 떨리는구먼."

무당은 목을 가다듬은 후, 신칼을 서로 부딪혀 챙, 하고 울리며 다시 경문을 읊기 시작했다.

"청정법신비로자나불 원만보신노사나불 천백억화신석가모니불······."

"당장 이 요사스런 짓을 멈추지 못할까!"

서릿발 같은 음색이 경문을 멈추었다. 이 고을의 수령이었다. 쥐에게 뜯어 먹힌 얼굴에 쇠가죽을 덮고 있는 해괴한 모습이었으나, 예전부터 들어왔던 원님의 목소리였기에 병졸들과 마을 사람들이 알아보지 못할 리 없었다.

"나리! 어인 일이십니까?"

나졸이 당황해 달려오자 수령은 잔뜩 노한 얼굴로 다그쳤다.

"불이 났다기에 병상에서 무거운 몸을 일으킬 수밖에 없었다. 그런데 너희들은 불은 끄지 않고 오히려 불을 내고 있구나! 아무리 인적이 드문 곳이라도 번질 수 있는 곳에 일부러 불을 지르는 건 국법에 의해 엄히 처벌받는다는 걸 모르는 것이냐?"

"하오나 나리, 저희는 나리의 명을 받들어 여기에 있습니다. 박 공과 상의해 결정하셨다는 말을 똑똑히 들었는데······."

"시끄럽다! 네놈들이 정말 망령이라도 든 것이냐? 지금 눈앞의 수령 말은 무시하고, 어디서 들었는지도 모를 가짜 명령에 속다니! 썩 시키는 대로 하지 못할까! 당장 불을 끄고, 그 박 아무개인지 하는 놈을 오랏줄에 묶어 끌고 와라! 방화

유상 ─ 달리 갈음, 다리가름

를 사주한 죄인이니라!"

"아, 알겠습니다!"

당황한 나졸들은 바삐 움직여 수령의 분을 풀고자 했다. 하지만 그 순간 혜형이 느긋하게 수풀을 헤치며 모습을 드러냈다.

"박 아무개 여기 왔소. 나졸들도 바쁠 텐데, 나라의 일꾼을 헛되이 쓰면 안 되지."

수령은 매서운 눈으로 혜형을 쏘아봤으나, 그의 어깨에 기대 서 있는 사람을 보고선 당황한 표정으로 변했다.

이 고을의 수령, 이행민이었다.

"어떻게 된 거지?"

"원님이 두 분이시라고?"

오인이 웅성거리는 사람들 사이를 가르고 나와 외쳤다.

"썩 물렀거라, 이놈! 어디서 짐승 주제에 사람을 해치고 귀한 사람으로 둔갑하여 하늘의 도리를 어지럽히느냐! 구천응원뇌성보화천존 귀문신장 이하 략! 귀신을 참하고 요사스런 일은 일어나지 않을 것이며 이 자리에서 사이한 악귀는 사라지리라!"

오인이 신칼을 휘두르자 불길이 그 외침에 기세를 더하는 듯 일렁거렸다.

잠시 간의 침묵이 흐르고, 이행민의 형상을 한 가짜 수령은 입꼬리를 귀밑까지 찢을 듯 웃었다.

"잘 됐구나. 다 타버린 걸로 치면 될 터이니."

"뭐라고?"

옆에 서 있던 병졸의 배에서 푸욱, 검날이 튀어나왔다. 가짜 수령은 그대로 팔을 크게 휘둘러 피를 쏟는 병졸의 몸을 사람들에게로 내던졌다.

"으악, 사람이 죽었어!"

"저, 저게 가짜였구나!"

아비규환의 혼란을 틈타 가짜 수령은 불타는 절간으로 뛰어들었다. 그리고 몸이 불타는 것도 아랑곳 않은 채 절간의 문을 열었다.

"열린 문으로 쥐새끼들이 다시 튀어나올 것이다! 나졸 중 열 명은 문을 닫아 걸고, 나머지는 저 가짜를 붙잡아라!"

행민의 명령에 병졸들이 몸을 움직였다. 그런데 열린 문 사이로 튀어나온 건 쥐가 아니었다.

*엄마, 엄마아…….*

*나를 왜 태운 거야, 형…….*

*어찌 제 아비를 불에 던져 넣을 수 있느냐, 이 못된 것!*

온몸이 일그러진, 수십 마리의 쥐들로 이루어진 사람 형태의 무언가가 열린 문 사이로 몸을 비집고 나왔다. 불이 붙어 제대로 된 형상을 이루지 못하고 비틀려 있음에도 그 얼굴만은 여태 죽었던 사람들의 얼굴을 꼭 빼닮았고, 비통한 표정으로 비명을 지르며 괴로움을 호소하고 있었다.

"이, 이게 어찌된 일이야!"

"저거 아랫집 상덕이잖아? 개똥이도 있어!"

"아, 아버지는 돌아가셨는데!"

쥐들이 들끓은 지 몇 달이 지났다. 장례에 손 한번 거들지 않은 마을 사람은 없다시피 했는데, 쥐에게 물리고 병에 걸려 자기 손으로 불태운 사람들이 눈앞에서 다시 한번 타오르며 자신들을 원망하고 있었다. 미치지 않을 도리가 없다. 어떤 이들은 원망하는 가족이나마 그리움을 참지 못하고 천천히 그들에게 다가섰으나 죽은 사람의 형상을 흉내 낸 그것들은, 사람을 뜯어 먹기 시작했다. 얼굴 가죽을 중심으로 목덜미를 뜯어 피를 탐했다.

병졸들은 취객을 말리거나, 날뛰는 불한당을 잡거나, 하다못해 포수와 살수로 끌려가 호랑이를 잡는 일에 대해서만 알았다. 이런 사태를 상정하고 훈련받은 게 아니었기에 다른 사람들과 비슷하게 혼란할 수밖에 없었다.

이런 상황에서 단호하게 외치는 혜형의 말이 그들에게 와 닿았다.

"당황하지 마라! 만물에는 다 법도가 있다. 죽은 사람이 다시 일어날 리 있겠느냐? 명화적(明火賊)이나 외인(外人)들이라 생각해라. 생긴 것이 달라도 창칼은 통한다!"

"나, 나리! 아무리 봐도 사람이 아닙니다! 꼬리가 달린 괴물입니다!"

"그럼 더더욱 손속을 둘 필요가 없다! 사람 소리를 내는 새나 짐승도 있지 않느냐! 다행히도 이미 불에 휩싸여 있으니, 힘으로 맞서지 말고 불 속으로 몰아라!"

"예, 예이!"

말이 되지 않는 현상을 짐승 사냥이라 이름 붙이니, 그 다음 행동은 쉬웠다. 병사들은 창을 들어 불 속에서 뛰쳐나오는 것들을 찌르고 밀쳤다. 그러자 이상하게도 아까는 분명 얼굴이라도 사람 같았던 것들이 점점 쥐들이 뭉쳐 있는 것으로만 보였다. 쥐들의 주둥이에는 아직 미처 다 입안에 욱여넣지 못한 사람의 머리 가죽과 얼굴 살점, 피 묻은 머리카락들이 물려 있었다.

"이제 모든 건 끝났다. 순순히 포기해라, 이 사악한 괴물!"

비틀거리면서도 행민이 칼을 들어 가짜 수령을 향해 소리쳤다. 행민을 흉내 내던 가짜 수령은 형상이 점점 무너져가면서도 여전히 형형한 눈빛으로 그를 쏘아보았다.

"네놈들 때문이지 않느냐."

"……뭐라고?"

"네놈들이 우리를 이렇게 만든 것이다!"

가짜 수령이 행민을 향해 달려들었다. 나졸들이 그 앞을 가로막고 창으로 찔렀지만, 다른 괴물들보다 더 크고 힘이 센지라 한두 방에는 멈추지 않았다. 행민은 멧돼지처럼 달려드는 가짜 수령을 옆으로 굴러 피하고, 그의 옆구리에 박힌 창을 발로 찼다. 창날이 배를 뚫고 나와 피와 살점을 튀겼다. 충격으로 비틀거리는 가짜 수령에게 몸을 날린 행민이 그의 목에 칼을 박았다.

'급소에 제대로 들어갔다. 해치웠다!'

행민이 마음을 놓은 순간, 가짜의 눈이 번쩍 빛났다.

"좋다, 이제라도 저승으로 가주마. 이놈을 데리고 같이!"

"죽어라, 이 괴물!"

나졸들이 가짜 수령을 둘러싸고 공격했지만 그것은 행민의 목을 움켜잡은 채 창에 떠밀리듯 불 속으로 들어가 버렸다.

"원님이 끌려갔다!"

"어쩌지, 윽! 아직 짐승들이 물어뜯는다! 일단 저것부터!"

매캐한 시체 타는 냄새. 수많은 것들이 불길 속에서 검게 타오를 때, 미처 타오르지 못한 것들이 뭉쳐 나졸들의 다리 사이로 빠져나왔다. 그것은 이제야 자기들이 사람의 형상이 아니라 쥐라는 사실을 깨달은 듯했다. 도망치는 것인가, 하여 사람들이 안심한 사이 그것은 천도굿을 이어가던 늙은 무당에게로 향했다.

"안 돼!"

오인이 신칼을 휘둘렀다. 둔중한 신칼이 몇 마리의 쥐를 베어 갈랐다. 그러나 칼로 물줄기를 막을 수 없듯이, 날카로운 칼을 타고 오른 무딘 쥐의 이빨이 오인의 팔을 마구 물어뜯었다.

"으윽!"

쥐들은 늙은 무당에게 달려들며 다시 사람의 형태로 뭉쳤다. 볼이 홀쭉하게 패일 정도로 비쩍 마른 거지의 모습이었다. 거지의 모습을 한 쥐들이 무당의 목을 붙잡았다. 숨넘어가는 소리가 들렸다. 무당의 목에서 핏줄기가 뿜어져 나왔.

혜형이 보자기로 오인에게 붙은 쥐들을 마구 털어냈다. 무당에게 달라붙은 것에게 나졸들이 몇 차례나 창을 찔러 넣었다. 최후의 힘을 쏟아내듯 목덜미 살점을 뜯어내던 쥐들이 움찔거리며 점차 움직임을 멈췄다.

유상 — 달리 갈음, 다리가름

"바라건대…… 고해 중의 모든 중생이…… 극락세계 얻어지이다. 시방삼세 일체불, 제존보살마하살, 마하반야바라밀."

늙은 무당이 가쁜 숨을 내쉬며 마지막 문구를 마쳤다. 훅, 하고 어디선가 바람이 불었다. 무당의 손에 남아 있던 베가 그 바람을 타고 너울거렸다. 열기를 품은 바람이 한차례 불을 쓰다듬더니 비가 내리기 시작했다.

더 이상 움직이는 것들은 없었다. 적어도 사람이 아닌 것들 중에는.

*사라지고 싶지 않았어, 혼자서 이렇게 쓸쓸히 사라지고 싶지 않았어.*

바람 소리는 누군가의 중얼거림처럼 들려왔다.
무거운 철문이 끼이이익, 하고 닫히는 듯한 소리. 그리고 아무 소리도 남지 않았다.
"원님을 모셔라! 저기, 저 절간 안에!"
"오인아, 정신 차려라. 오인이 이것아!"
다친 사람들을 추스르는 산 사람들의 다급한 목소리만이 빗소리와 함께 울렸다.

한동안 들리지 않던 벌레 소리가 다시 폐가에 들려오기 시작했다.

◈

9월, 쥐 떼(鼠衆)가 여기저기 횡행하여 곡식과 인물을 해쳤다. 고을을 다스리던 이행민이 박익원과 함께 이를 잡았으나 크게 다쳤다. 이 중 도망한 병사들은 군법에 따라 처벌하였다.

역사에는 간결하게 적혔다. 이 고을을 다스리는 건 행민이니 굳이 혜형의 이름이 들어가지 않았어도 되었겠으나, 보고서에는 혜형의 본명이 명시되어 있었다. 고마움을 표현한 것이다.

"이리 줘라, 짐은 내가 들 테니."

"종놈이 도련님한테 짐을 맡기는 게 말이나 됩니까요."

"어허, 네가 빨리 낫지 못하면 내가 불편하지 않느냐? 고집부리지 말고 얌전히 주거라."

"아이고, 참."

오인은 크게 물어뜯긴 팔이 어느 정도는 나았으나, 완치는 아니었다. 하지만 일이 끝났는데도 계속 신세를 질 수 없다는 오인의 주장에 두 사람은 마을을 떠나는 길에 오르고 있었다.

"결국 뭐였을까요, 그건."

"글쎄다. 나는 사람 말하는 짐승이 아니었을까 싶다. 소쩍새 울음소리가 '솥 작다'는 말로 들리면 그해 농사는 풍년이고, '소쩍 소쩍'하고 울면 흉년이라고들 하지? 두견새는 피 토하며 우는 소리라 읊은 고려 시가도 있고. 범도 창귀를 이끌고 종종 사람 소리를 낸다는 풍문도 있어. 사람 귀는 듣고 싶은 대로 들으니, 짐승이 무슨 말을 하든 사람 말처럼 들릴 수 있지. 생각보다 똑똑한 짐승도 많으니 말이다."

"절대 그것이 귀신은 아니다, 이 말이시죠?"

"당연하지. 세상에 귀신이 어디 있느냐. 결국 괴이한 쥐들을 어찌 잡았느냐. 동선을 파악하여 마을에 젖은 장작으로 온통 연기를 내고, 곡식으로 유인해 쥐들을 본거지였던 절간에 몰아넣어 태운 것. 그게 사실 아니겠느냐?"

말끝에 씩 웃음을 짓는 행민을 보며 오인은 한숨을 쉬었다.

"제 생각에는 그 천도굿이 효험을 보았을 겁니다. 그 절은 예전부터 기근이나 흉년에 노인이나 아이, 걸인을 버려놓고 가던 곳이라 하더군요. 불상이 겨우 그 넋을 기리고 있었는데 흥미 본위로 찾아간 젊은이들이 불상을 부쉈고, 저승으로 가지 못한 혼령들이 사람 살점을 쏟아 먹던 쥐들에게 붙은 것이지요. 얼마나 배고프고, 얼마나 산 사람들이 원망스러웠을지 감도 잡히지 않습니다."

"그래그래, 그런 얘기도 백성들에게 해주면 잘 먹히겠구나. 너에게서 많이 배운다, 오인아."

"지어낸 얘기가 아니라니까요……."

그런 이야기를 나누며 오인은 멀어져가는 마을을 흘깃 돌아보았다.

늙은 무당은 죽었다. 그 마을에서 오래 산 무당이었다고 했다. 사람들은 그것에 입을 닫았다. 쥐들은 흔적도 없이 마을에서 사라졌다. 그래서 아무도 수령에 관한 이야기를 할 수가 없었다.

그날 잿더미 속에서 발견한 행민은 크게 다쳤으나 다행히도 금세 온 비 덕분에 목숨을 부지했다고 했다. 쇠가죽이 불 때문에 얼굴에 눌어붙고 목도 크게 다쳐 목소리를 내기 어려워했다. 더욱 흉해진 모습이었으나, 몸을 던져 마을을 지켰다는 사실 때문에 마을 내에서의 명망은 드높아졌다.

하지만 오인은 어쩐지 불안감을 느꼈다. 배웅하던 그의 표정이 입이 찢어지게 웃던 그 가짜 수령의 표정을 닮은 것 같았기 때문이다.

유상 — 달리 갈음, 다리가름

결국 살아남은 건 쥐인가, 사람인가.

수많은 원혼들은 사라졌다. 그러나 일곱 자 일곱 치의 베를 몇 번이고 갈라도, 그 원혼들이 모두 저승길을 찾아가기에 충분했을지는 알 수 없었다.

새가 날개를 펴고 하늘을 날았다. 새는 곧 마을을 벗어나 새로 짓고 있는 절간 위를 날았다. 일꾼들이 썩어서 못 쓰는 나무 바닥을 떼어 태우며 감자를 구워 먹고 있었다. 그 연기가 마치 풀려난 원혼들처럼 천천히 푸른 하늘 위로 퍼져나갔다. 짙고 검은 연기는 마치 먹구름처럼 태양을 가렸다.

# 폭포 아래서

박소해

이야기 세계 여행자이자 장르의 경계를 넘나드는 몽상가. 선과 악을 넘어 인간 본성을 깊숙이 다루는 소설을 쓰고자 한다. 2023년 〈해녀의 아들〉로 제17회 한국추리문학상 황금펜상을 수상했다. 앤솔러지 《네메시스》에 〈네메시스〉, 《시소 게임》에 〈사마귀, 여자〉를 실었으며, 《고딕×호러×제주》를 기획하고 〈구름 위에서 내려온 것〉을 게재했다. 《세계 추리소설 필독서 50》에 공저자로 참여했다.

박연 폭포

개성시 천마산 박연 폭포에 대해 내려오는 설화로, 피리를 잘 부는 박 진사에게 반한 용녀가 그를 폭포 아래의 집으로 데려간다.

_《동국여지승람東國輿地勝覽》

1

 폭포가 굉음을 울리며 연못으로 떨어졌다. 검은 절벽에서 순백의 비단 두루마리가 떨어지듯 폭포수는 성거산과 천마산 사이의 골짜기를 둘로 가르며 낙하했다. 가을 가뭄 뒤라 물줄기는 가늘었지만 소리만큼은 우렁찼다. 연못 위로 물안개가 자욱하게 피어 올랐다.
 새, 소나무, 폭포 외엔 아무것도 보이지 않는 깊은 산중에 폭포 소리를 뚫고 사람 목소리가 들렸다. 박연 폭포를 구경하겠다고 이른 아침에 대흥산성 북문을 통과한 네 명의 장정이었다. 어린 시절부터 동문수학한 사이인 박이선, 황귀주, 김정과 지게를 멘 몸종 북쇠가 폭포가 보이는 정자에 도착했다. 정자에서는 아래로 쉴 새 없이 떨어지는 박연 폭포가 한눈에 보였다. 세 선비는 감탄을 멈출 수 없었다.

"김정, 자네는 그림 그릴 맛이 나겠네. 한 폭의 수묵화가 아닌가. 듣던 대로 웅장하네그려."

귀주가 김정에게 말했다.

"여부가 있겠나. 내 서둘러 화구를 꺼내야겠네."

이선이 친구들에게 물었다.

"이 박연 폭포에 내려오는 전설이 하나 있지 않나?"

"박 진사 설화말인가. 옛날에 박 진사가 폭포 아래 사는 용녀에게 홀려 백년가약을 맺었다는."

김정이 미소하며 말했다.

"그의 홀어머니가 외아들이 돌아오지 않자 폭포에서 떨어져 죽은 줄 알고 저 절벽 꼭대기에서 연못으로 투신했다지. 이선 마침 자네도 박 씨인데다가 홀어머니를 모시고 있으니까 조심하게."

"그것참, 경치는 아름다운데 이야기는 음산하구먼. 민담은 민담일 뿐일세. 술이나 따르자고."

귀주가 두 사람의 말을 끊고 북쇠에게 술상을 보게 했다. 소반 위에 마른 건어포, 약과, 전, 그리고 약주가 차려졌다. 귀주와 김정은 도포 자락을 걷어붙이고 술잔을 주고받았고 이선은 빙그레 웃으며 대작하는 벗들을 구경했다. 옷을 풀어헤친 친구들과 달리 단정한 차림새였다. 이선이 입을 열었다.

"저 못에서 튀어나온 바위는 흡사 용의 머리와 같지 않나?"

"그래서 용두(龍頭)라고 부른다네."

귀주가 대답했다.

"이 박연 폭포는 예로부터 서경덕, 황진이와 함께 송도의 삼대 명물이라 불렸지. 이선 자네는 이런 절경을 앞에 두고도 술은 한 모금도 입에 대지 않을 작정인가."

"그만두게. 저 쇠심줄 같은 고집을 누가 말린단 말인가? 아버님이 돌아가신 후에 홀몸으로 힘들게 아들을 키운 어머님께 걱정을 끼치지 않겠다며 술은 입에 대지도 않으니…… 이쯤에서 포기하고 강권하지 말게."

김정이 귀주를 말리자 이선은 겸연쩍은 표정을 지으며 말했다.

"대신 자네들 술맛 나게 내 피리를 불어주겠네."

"거참, 설마 오늘도 피리를 가지고 온 건가?"

귀주가 난처한 표정으로 물었다. 붓을 든 김정 역시 얼굴이 어두워졌다.

"자네들, 내가 피리만 불다가 하룻밤을 지새울까 봐 걱정

되어 그러는 건가?"

이선은 너털웃음을 지었다.

"지난번 모임은 미안했네. 오늘은 다를 것이네. 오늘은 해가 지기 전에 꼭 연주를 멈추겠다고 약속하네."

이선이 붉은 입술 끝에 피리를 대자 공기가 확 달라졌다.

후우우. 깊이 들이켜는 숨소리가 들리고 이윽고 피리 소리가 사방에 울려 퍼졌다. 친구들은 등줄기에 소름이 돋았다. 이 세상의 소리라고는 믿기지 않는 맑고 고운 선율이었다.

평화로운 시간이었다. 귀주와 김정은 투덜거리긴 했지만 막상 이선이 피리를 불기 시작하자 그 음색에 빠져들었다. 김정은 돌멩이로 종이를 괴어놓고 북쇠에게 먹을 갈게 시켰다. 귀주는 술을 마시고 김정은 그림을 그렸으며 이선은 피리를 불었다. 피리 소리는 거센 폭포 소리에 지지 않고 힘차게 날아올랐다.

이선은 마르고 단단한 체구, 반듯한 이마 아래 오목조목 자리 잡은 이목구비로 아녀자들의 시선을 단번에 사로잡는 미남자였지만 가난한 집안 형편으로 아직 장가를 가지 못하고 있었다. 홀어머니를 부양하기 위해 서당을 운영하면서 취미로 피리를 부는 게 그의 유일한 낙이었다. 미모를 뽐내는 개성 기생이 유혹해도 뿌리칠 줄 알고, 술은 입에 대지 않는 바른 청년이었지만 피리에 지나치게 미쳐 있는 것이 흠이라고 사람들이 수군거릴 정도였다. 한번 피리를 잡으면 시간 가는 줄 몰라 밤이 새도록 연주하는 일이 허다했다. 부유한 양반가 자제인 귀주와 김정은 그런 이선을 가끔 술자리에 끼워주곤 했다. 피리만 불며 재미없게 사는 친구를 위한 배려였다.

이선은 어느새 연주에 몰입하여 두 눈을 꼭 감았다.

"그렇게 불어대다가는 피리 소리에 놀라 뱀이 튀어나오겠네."

술에 취한 귀주가 이선에게 핀잔을 주었다. 이선이 눈을 뜨더니 피식 웃었다.

"뱀도 내 연주를 좋아할 것이네. 나는 뱀도, 이 폭포도 무섭지 않아. 피리만 불 수 있다면."

말을 마치고 이선은 계속 피리를 불었고, 어느덧 늦은 오후가 되었다. 해가 길어져 네 개의 그림자가 정자 뒤에 늘어졌다. 김정 옆에는 폭포 그림이 몇 장 쌓였다. 술잔을 기울이던 귀주가 갑자기 김정을 툭 건드렸다. 친구 손짓을 따라 고개를 돌린 김정은 놀라서 하마터면 붓을 떨어뜨릴 뻔했다. 어미 노루, 아비 노루 그리고 새끼 노루가 바위 위에 나란히 앉아서 이선의 피리 소리를 듣고 있었다. 피리 소리에 반한 건 노루뿐만이 아니었다. 매는 생쥐를 입에 문 채로 나뭇가지 위에서, 딱따구리는 부리로 나무를 두들기다 말고 멈추어 선 채로 감상했다. 연못에 사는 물고기들까지 수면 위로 입을 뻐끔거리며 듣고 있었다. 귀주가 김정의 귀에 속삭였다.

"저길 보게."

김정은 기겁을 했다. 덩치 큰 남정네 허벅지만 한 굵기의 구렁이가 수풀 앞에서 둥그렇게 똬리를 튼 채 고개를 쏙 내밀고 있었다. 보기 드물게 아름다운 비늘을 가진 청사(靑蛇)였다. 무지갯빛이 도는 청색 비늘이 햇빛을 받아 눈부시게 반짝거렸다. 푸른 뱀의 날름거리는 새빨간 혀가 입에서 나왔다 들어갔다 했다. 두 친구는 침을 꿀꺽 삼켰다. 저 커다란 구렁이에게 사람 한 명쯤은 한 입 거리일 테다. 다행히 구렁이는 이선만을 뚫어져라 쳐다보고 있었다. 고개를 올렸다 내렸다 하는 것이 마치 피리 가락에 맞춰 춤을 추는 듯한 모양새였다. 이선은 연주에 심취한 채 눈을 감고 있느라 구렁이가 자신을 쳐다보는 것도 두 친구가 속닥거리는 것도 알지 못했다.

"정말로 뱀이 나왔네, 뱀이."

"어떤가, 김정. 뱀이 무섭지 않다는 저 친구 좀 골려줄까?"

"그 무슨 소린가?"

"항상 이선의 피리 놀음에 휘말려서 날을 새지 않았나. 오늘은 새벽부터 등산을 했더니 내 몹시 노곤하네. 마침 해가 질 것 같으니 이제 내려가야 하는데, 골탕 좀 먹여주자고. 북쇠에게 짐을 꾸리라 시키고 우리만 내려가는 걸세."

"어허, 의리 없이 그게 뭔가."

"저 친구는 좀 당해봐야 돼. 어차피 피리에 빠져서 우리가 사라져도 모를걸."

김정은 망설였지만 이선의 연주가 끝날 때까지 기다리는 것은 좀 피곤하기도 했다.

"자네 말이 맞아. 한 번쯤은 본때를 보여줄 필요가 있겠지."

"그래. 구렁이에게 장가들라고 해."

두 선비와 몸종은 조용히 짐을 꾸려 바위를 내려왔다. 두 눈을 지그시 감고 피리를 불고 있는 이선은 친구들과 북쇠가 떠나는 걸 전혀 눈치채지 못했다. 과연 귀주의 말대로였다. 그들은 산을 내려가는 내내 서서히 멀어지는 피리 소리를 들었다. 피리 소리가 완전히 끊길 무렵 해가 졌다.

"헉!"

문득 이선이 정신이 들어 피리에서 입을 뗐을 때는 벌써 해가 지고 찬 바람이 불기 시작하는 저녁이었다. 사방이 어둑어둑했다. 주위를 둘러보니 술상과 친구들이 없었다. 북쇠도 보이지 않았다.

'내가 또 친구들은 내버려두고 피리만 불었구나.'

이선은 친구들에게 화나기는커녕 오죽하면 그랬을까 싶어 미안하기만 했다. 이제 하산은 동이 터야 가능할 터였다. 밤새 피리를 부는 것이 나았다. 마침 절벽 위에 뜬 반달이 벗이 되어 주었다. 귀를 기울이니 부엉이 울음소리가 들렸다.

이선은 다시 자세를 갖추고 두 눈을 감았다. 피리를 입술 끝에 갖다 댔다. 곧 청아한 피리 소리가 흘러나왔다. 이 세상에 오직 자신과 피리와 폭포만이 존재하는 듯했다. 시간을 잊고 무아지경에 빠졌다.

얼마나 시간이 흘렀을까. 눈을 다시 뜬 이선은 흠칫 놀라 두 손에서 피리를 놓칠 뻔했다. 눈앞에서 푸른 비단 치마저고리를 입은 소녀가 춤을 추고 있었다.

'이 밤중에 폭포 앞에 춤추는 소녀라니? 내가 뭔가 험한 것에 홀린 게 아닐까?'

소녀는 아름다웠고 동작이 참으로 고왔다. 높은 하늘의 반달을 향해 두 손을 뻗거나 가끔 제 자리에서 빙그르르 돌기도 하면서 가락에 맞춰 흥겹게 움직였다. 치마 끝으로 빠져

나온 버선을 신은 발은 깃털처럼 가볍게 공중으로 날아올랐다. 땋아 내린 댕기 머리는 춤출 때마다 나비처럼 공중에 나부꼈다.

'선녀가 아닐까? 이 세상 사람이 맞나? 어쩜 저렇게 춤을 잘 춘다지.'

다음 순간 이선은 아무래도 좋다는 생각이 들었다. 자신의 피리 소리와 소녀의 춤은 완벽한 조화를 이루고 있었다. 이선은 신이 나 계속 피리를 불었다. 한참이나 시간이 흘러 입술이 마르고 지친 이선이 입에서 피리를 떼자 소녀도 춤을 멈췄다. 소녀는 사뿐사뿐 이선의 앞으로 걸어오더니 정중하게 몸을 숙였다. 창백하다 못해 푸른 기가 도는 피부는 매끄러운 광택이 흘렀고, 칠흑 같은 머릿결은 달빛을 받아 윤기가 돌았으며 눈과 코와 입술은 선이 가늘고 부드러웠다. 고개를 들고 눈웃음을 치니 팽팽한 활처럼 두 눈이 휘었다.

"나리, 초면에 실례했습니다. 피리 가락이 정말 흥겨운지라 몸이 절로 움직였답니다."

"아니오. 내 보잘것없는 재주를 이리 즐겨주시니 감읍할 따름입니다. 그런데 이 야심한 시각에 낭자 홀로 어인 일이십니까. 부모님이 걱정하시겠소."

소녀는 수줍은 듯 손으로 입을 가리고 웃었다.

"걱정 마시옵소서. 소녀의 집은 이 근처입니다."
"허허, 그렇군요."

이선은 근처에서 민가라곤 본 기억이 없어서 소녀의 말이 미심쩍었지만 점잖게 미소를 지었다.

"그러니 한 곡조 더 불어주시면 안 되겠습니까. 잠시만 더 어울리고 싶습니다."

소녀의 청에 이선은 망설이다가 다시 피리를 입에 댔다. 소녀는 낭창한 몸으로 부드럽게 춤을 추었다. 빠르게 불든 느리게 불든 가락에 맞춰 춤을 추었다. 시간 가는 줄 모르고 두 사람은 다시 피리와 춤에 빠졌다.

밤이 한참 더 깊어지고 나서야 이선은 피리를 내려놓았다.

"이제 슬슬 힘들군요. 그만 마칠까요."

그때 이선의 뱃속에서 마른 하늘에 천둥이라도 치듯 큰 소리가 났다. 친구들과 점심을 먹은 이후로 빈속이었으니 허기질 만도 했다. 부끄러운 나머지 이선은 고개를 숙였다.

"나리, 출출하신지요? 제 집이 지척에 있으니 같이 가시겠습니까? 식구에게 일러 요깃거리를 내오겠습니다."

이선은 머뭇거렸다. 백합같이 하얗고 투명한 소녀의 얼굴이 기대감에 차 있었다. 이 청을 거절하는 건 무례한 일처럼 느껴졌다.

"민폐지만 그리할까요?"

"그럼 저를 따라오십시오."

소녀는 연못의 용두 앞에 멈추더니 말했다.

"여기가 소녀의 집 대문이옵니다."

이선은 주변을 두리번거렸지만 보이는 거라곤 용두와 깊고 깊은 연못뿐이었다.

"대문은 보이지 않습니다만……."

"소녀가 거짓말을 하는 것 같사옵니까?"

소녀는 작고 앙증맞은 두 손으로 이선의 두 손을 덥썩 잡더니 어두컴컴한 물속으로 뛰어들었다. 사방에서 물이 쏟아지면서 이선의 눈과 코와 입으로 물이 들어와 숨을 막았다.

2

"정신이 드십니까."

시야가 조금씩 밝아졌다. 이선이 고개를 드니 소녀가 걱정스러운 표정으로 바라보고 있었다. 넓고 환한 방 안에서 눈을 뜬 이선은 자신이 비단 요 위에 금침을 베고 누워 있단 사실을 깨달았다. 휘둘러본 방 안은 호화롭기 이를 데가 없었다. 곳곳에 서역풍의 가구가 배치되어 있었고, 당나라 도자기, 송나라 화집, 명나라의 접시 같은 중국의 보물들이 방 안에 가득 차 있었다.

'용두가 대문이고 연못 안에 있는 집이라…….'

이상한 집이었다. 대체 어디로 끌려온 걸까. 등줄기에 소름이 돋았다. 겁에 질린 이선은 힘겹게 몸을 일으키려다가 기침을 심하게 했다. 목구멍까지 물이 들어찬 느낌이었다. 벌린 입으로 물거품이 튀어나왔다. 크고 작은 거품이 방 천장으로 둥실둥실 올라갔다. 자신이 물고기가 된 기분이었다. 코로 숨 쉬려고 했지만 코에서도 거품이 튀어나왔다.

"물속에서 숨을 쉬려면 시간이 걸립니다. 뭐든지 천천히 하십시오."

소녀는 친절한 어조로 말하며 이선을 부축했다. 한참 지나서야 이선은 물속에서 숨 쉬는 데 익숙해졌다. 편안하게 호흡하게 되자 이선의 눈길을 사로잡은 건 거대한 장식대 위에 걸려 있는 수많은 피리였다. 금피리, 은피리, 옥피리, 대피리 등 크기, 모양, 재질이 다른 수백 개의 피리. 바라보기만 해도 황홀해서 입이 저절로 벌어졌다.

"역시 바로 알아보시는군요. 한나라 시절부터 유명하고 귀한 피리들을 수소문해 수집했사옵니다. 다만 소녀는 피리

부는 데 재주가 없어서 이렇게 모셔두고 눈만 호강하고 있었지요."

"저 피리들을……."

불어봐도 되겠습니까, 하고 물으려다 이선은 입을 다물었다. 노골적으로 말을 꺼내기가 민망했다. 소녀는 이선의 마음을 읽기라도 한듯 미소를 지었다.

"당연하지요. 기운을 차리면 언제라도 불어보셔요. 저는 이용녀라고 합니다. 뒤늦게 소개 올리는 점 용서하세요. 나리의 존함을 여쭈어도 되겠습니까?"

'용녀라고?'

이선은 김정의 말이 떠올랐다.

'옛날 박 진사가 용녀에 홀려 폭포 아래로 가서 백년가약을 맺었다네.'

"박이선이라고 합니다. 저도 경황이 없었던 지라 인사가 늦었습니다."

이선의 이름을 들은 용녀의 표정이 굳었다.

"왜 그러십니까."

"아, 아닙니다. 예전에 잠시 알던 분도 박 씨였습니다."

짐짓 아무렇지도 않은 듯 용녀는 명랑하게 웃었다. 이선도 따라서 힘없이 웃었다.

방 안은 살펴볼수록 놀라웠다. 이선은 속으로 감탄을 거듭했다. 그 어떤 왕족의 방이 이렇게 고급스러울 수 있을까. 그 어떤 귀족이 동서고금의 모든 귀한 피리를 모을 수 있겠는가. 인간의 힘으로 불가능한 일이었다. 이선은 짐짓 의심을 품고 용녀를 쳐다봤지만 아무리 봐도 선량하고 고운 낭자로 보일 따름이었다.

여유가 생겨 몸을 살펴보니 잠자리 날개처럼 가벼운 비단 옷으로 갈아입혀져 있었다. 속옷조차. 이선의 얼굴이 확 붉어지자 용녀가 슬며시 웃었다.

"오해하지 마셔요. 나리 옷이 온통 젖었기에 제 동생이 새 옷으로 갈아입혀 드렸지요."

"동생이요?"

"저와 동생은 조실부모하고 오랜 세월 서로 의지하며 살아왔습니다. 남매끼리만 살아가기 적적하던 차에 나리가 와주셔서 집 안에 생기가 도네요."

잠시 후 방문 뒤로 작은 목소리가 들렸다.

"누님, 들어가겠습니다."

한 소년이 조심스럽게 문을 열고 큰 상을 들고 들어왔다. 상을 내려놓은 소년이 이선에게 큰절을 올렸다.

"처음 뵙겠습니다. 이백결이라고 합니다."

이선은 세상에 태어나서 이렇게 아름다운 소년은 처음 본다고 생각했다. 누나가 그림으로 그린 듯한 미인이라면 동생은 그림에서 튀어나온 듯한 미남이었다. 누나와 닮은 듯하면서도 남자다운 매력이 있었다. 어깨가 넓고 키가 컸지만 세필로 반듯하게 그은 듯한 눈썹 아래 자리한 우물처럼 어둡고 깊은 눈, 그리고 오뚝하게 솟은 코는 좀처럼 잊기 힘든 외모였다. 아직 상투를 틀지 않은 떠꺼머리인 걸 보니 장가는 가지 않은 모양이었다. 속으로 소년의 얼굴에 감탄하면서 이선도 자기소개를 했다.

용녀 남매는 친절하기 그지없었다. 밥상에는 이선이 본 적도 없는 산해진미가 가득했다. 육해공을 망라한 요리가 푸짐하게 차려져 있어, 이선은 체면을 잊고 먹고 마시기 바빴다.

좋은 식사와 휴식 덕분에 이선은 며칠 만에 자리를 털고 일어났다. 몸이 회복된 이선은 집 바깥을 구경하러 나갔다. 연못 안은 어떻게 봐도 현실이 아닌 별세계였다. 하늘에는 새 대신 물고기가 헤엄치고 땅에는 나무 대신 해초가 잔뜩 돋아나 있으니.

용녀의 집은 연못 안 언덕 위에 자리 잡은 고래등 같은 기와집이었다. 방이 도합 백 칸이 넘는 큰 집은 모든 기둥이 결이 고운 검은 참나무였고, 기와는 영롱하게 빛나는 옥기와였다.

"정말 좋은 집이로군요."

이선이 감탄하자 용녀는 살짝 미소를 지었다.

"과찬이십니다. 그저 이 한 몸을 누일 수 있는 집이지요."

용녀는 겸손하게 대답했다.

특이한 건 집의 기와지붕 아래를 둘러싼 돌조각이었다. 넓은 집의 지붕 아래를 부조로 조각된 돌뱀이 칭칭 둘러싸고 있었다. 살아 있는 뱀처럼 비늘까지 섬세하게 표현한 세공 실력은 사람의 것으로는 보이지 않았다. 그리고 집 바닥이 유독 높은 점도 특이했다. 마루 밑에 장정 한 명쯤은 충분히 앉을 정도로.

용녀는 주로 저녁에 이선을 만나러 왔다. 해가 떠 있을 때는 항상 집을 비웠기에, 대낮에는 이 넓은 집에 이선과 백결만 있었다. 분명 어딘가에 하인들이 있을 텐데 이선 앞에는 얼씬도 하지 않았다. 산책하고 돌아오면 방이 깨끗하게 치워져 있었고, 식사 때가 되면 백결이 밥상을 차려 왔다. 용녀가 손님이 편하게 지낼 수 있도록 하인들에게 눈에 띄지 말라고 엄명을 내린 게 분명했다.

저녁이면 용녀와 백결이 이선과 함께 식사를 하러 방으로 찾아 왔다.

"오늘은 어떤 가락을 들려주시렵니까?"

이선이 피리를 불기 시작하면 용녀는 춤을 추었다. 백결은 평소엔 냉담했지만 이선이 피리를 불면 눈빛이 달라졌다. 행복한 표정으로 이선 옆에 앉아 북을 쳤다. 그런 순간이면 이선은 흥겹고 즐거워, 이 오누이와 같이 천년만년 살아도 좋겠다는 생각마저 들었다. 홀어머니 걱정을 하지 않고, 서당 생각을 하지 않고, 맘 편히 피리나 불며 지내다 보니 살이 붙고 얼굴에 여유가 넘쳤다.

식사 한 끼 대접받기 위해 온 것인데 순식간에 이레가 지났다. 어느덧 이 집에 왜 왔는지 얼마나 시간이 흘렀는지 잊어버렸다. 오히려 용녀가 그만 돌아가 달라고 할까 봐 두려울 정도로 이곳에서의 생활이 좋았다. 시간이 쏜살같이 흘러갔다.

어느 날 저녁, 백결이 아니라 용녀가 직접 밥상을 들여왔다. 이날은 술상이었다. 용녀는 이선이 술을 마시지 않는 걸 아는데 의아한 일이었다.

용녀의 얼굴엔 시름이 가득했다. 이선에게 양해를 구하더니 홀로 술을 한 잔 따라 마셨다.

"오늘따라 낭자 표정에 수심이 가득하군요."

"실은 제가 밖에서 일을 볼 때마다 저를 괴롭히는 자가 있사옵니다."

용녀는 치마를 조금 걷더니 버선발을 보였다. 당황한 이선은 헛기침을 했다. 용녀가 버선을 벗자 새하얀 발목에 큰 상처가 있었다. 붉은 피가 뚝뚝 흘렀다.

"그자의 유혹을 거절하였더니 이렇게 저에게 돌을 던져서 발을 다쳤습니다."

이선은 분개했다.

"저런! 제가 당장 그자를 만나 요절을 내겠습니다. 어디 있습니까?"

"이미 지난 일이라 괜찮습니다. 나리가 대신 화를 내주시니 크게 위로가 됩니다. 실은 저는 용왕의 딸로, 인간 나이로 스무 살이 되기 전에 혼례를 치르지 않으면 죽습니다. 물거품이 되어 사라지고 말지요. 이제 시간이 얼마 남지 않아 한 달만 있으면 스무 살이 되옵니다."

술을 마셔 달아오른 용녀의 볼은 잘 익은 복숭아 같았다. 고운 뺨에 눈물이 흘러내렸다.

"그 작자는 그 사실을 알기에 혼례를 올리자며 저를 희롱하고 있습니다. 아까도 저를 덮치려는 것을 겨우 뿌리치고 집으로 돌아왔습니다. 나리, 어쩌면 좋습니까. 저는 아직 죽기 싫습니다. 그렇다고 거칠고 무례한 그 작자와 백년가약을 맺고 싶지 않습니다."

이선은 용녀의 고백에 놀라지 않았다. 그동안 용녀 오누이 덕분에 행복한 시간을 보냈다. 그저 도움을 주고 싶다는 생각만 들 뿐이었다. 이선은 용녀의 손을 꼭 붙잡았.

"혹시 부족한 저라도 괜찮다면 부부의 연을 맺는 건 어떻겠습니까? 그대의 목숨을 구하고 싶습니다. 제가 비록 가진 것은 없으나 곁에서 든든한 지아비가 되고자 합니다."

용녀의 두 눈이 커졌다.

"나리가 그리 말씀주시니 기쁘옵니다. 실은 폭포에서 나리를 처음 뵈었을 때부터 마음 깊이 사모했습니다. 저를 아내로 맞아주신다니 꿈만 같사옵니다."

이선은 두 개의 술잔에 술을 따랐다. 술은 바로 합환주가 되었다. 그날, 이선은 더할 나위 없는 첫날밤을 보냈다. 꿈결 같은 신혼생활이 뒤따랐다. 둘이 혼인한 것을 알리자 백결이 지은 울적한 표정이 조금 마음에 걸렸지만 이선은 용녀와 더불어 즐겁게 지냈다.

그런 나날이 얼마나 흘렀을까, 이선은 꽤 오래 수염을 다듬지 않았다는 게 생각나 거울을 찾아 넓은 집 안을 다 뒤져 보았다.

거울이 없었다. 단 한 개도.



3

"거울 말입니까?"
백결이 당황한 표정으로 물었다.
"처남, 내가 그동안 수염을 정돈하지 못했고……. 하여튼 거울이 좀 필요하오."
백결이 이선의 얼굴을 살피더니 말했다.
"아주 깔끔하신걸요."
과연 그랬다. 손으로 만져본 턱이나 코 밑의 수염은 예전과 같은 길이였다. 손톱, 발톱도 마찬가지였다. 이 집에 온 지 최소 삼칠일은 지난 듯한데 사흘만 정돈하지 않아도 덥수룩해지던 수염이 그사이에 전혀 자라지 않았다니 신기했다.
용녀는 거울이 필요하단 말을 웃어넘겼다. 다정하게 이선의 뺨을 쓰다듬으면서 속삭였다.
"서방님은 훤칠한 대장부이신데 어찌 거울을 볼 생각을 다하십니까? 아녀자인 저 역시 살기 바빠 거울을 잊은 지 오래입니다. 그보다 오늘 서역의 악보를 구해 왔습니다. 이 곡을 한번 연주해 주시겠습니까?"

두 번째로 이상한 점이 있었다. 면도를 하려면 잘 드는 칼도 있어야 하는데, 집안에 날카로운 칼이나 날붙이가 하나도 없었다. 잘게 채 썬 채소나 고기 요리가 나오는 것을 보면 분명 칼이 있을 텐데 집 안 어느 곳에도 칼이 보이지 않았다.

'해괴하고 해괴하다. 손톱, 발톱, 수염이 전혀 자라지 않다니.'

이선은 깨달았다. 지금까지 신혼 재미에 홀려 망각했지만 이 집에서의 시간은 멈춰 있다.

혼례 후에도 부부는 방을 따로 썼다. 이선이 방을 같이 쓰자고 청해보았지만 용녀는 품위 있는 목소리로 말했다.

"서방님, 모름지기 법도를 지키는 부부는 남편은 사랑방에, 아내는 안방에 거처하는 법이옵니다."

정색하며 말하니 더는 항변할 수 없었다. 오직 합방하는 밤에만 용녀가 이선의 방에 찾아왔다. 자신의 방에 홀로 누워 이선은 생각에 생각을 거듭했다. 여태 무릉도원처럼 만족스럽기만 했던 이 고래등 같은 기와집이 갑자기 견딜 수 없이 답답하게 느껴졌다. 왜인지 이유는 알 수 없었지만 어떻게든 거울과 칼을 찾아내야 한다는 욕망이 불끈 솟았다.

이선이 거울에 대해 물어본 뒤로 백결은 이전과 달리 친절해졌다. 먼저 말을 붙이기도 하고 이선의 방으로 찾아와 이런저런 수다를 하기도 했다. 낯을 가리던 백결이 이제 와서 도대체 무슨 속셈인지 알 수가 없었는데, 하루는 백결이 이선의 방에서 노닥거리다 지나가듯이 말했다.

"나리, 안채 복도 맨 끝에 있는 붉은 문의 방에는 절대 들어가시면 안 됩니다. 그 방을 제가 알려줬다고 누님에게 전하셔도 안 됩니다. 그리고 자정이 넘으면 절대 누님의 안방에는 얼씬도 하시면 안 됩니다."

이 말을 끝으로 백결은 방을 나갔다. 이선은 눈치챘다. 가지 말라는 말이 아니라 가보라는 말이었다. 백결이 자신에게 뭔가 가르쳐주려고 하고 있었다.

그날 밤, 자정이 되자마자 이선은 안채 끝 방으로 향했다. 그 방의 문은 작고 좁고 붉었다. 문고리에 있는 열쇠 구멍을 보고 낭패란 생각이 들었다. 문고리를 잡아당겨 봤지만 굳게 잠겨 있었다.

'열쇠를 어디서 구한단 말인가.'

오늘 자정이 되면 안방 근처에 있지 말라던 백결의 말이 생각났다. 이선은 깨금발로 용녀의 안방으로 향했다.

방문 창호지에 두 사람의 그림자가 비쳤다. 하나는 용녀였고 나머지 하나는 분명 덩치가 큰 남자였다. 이선은 경악했다. '아내의 방에 남자가?' 곧 익숙한 목소리가 들렸다. 평소처럼 다정하고 차분한 목소리가 아니라 찬바람이 이는 냉랭한 목소리로 용녀가 말했다.

"그래, 그놈에게 일부러 맨 끝 방을 알려줬단 말이지."

'그놈?' 엿듣고 있던 이선은 소름이 돋았다.

"그 선비가 하도 조르길래 귀찮아서 말해줬습니다. 그래봤자 열쇠가 없으니 아무것도 하지 못할 겁니다."

백결의 목소리였다. '왜 백결이 이 밤중에 누님의 방에 있는 것일까?' 이선은 침을 꿀꺽 삼켰다.

"당연하지. 우리 집의 모든 열쇠는 늘 내가 큰 옥고리에 꿰어 허리춤에 차고 다니니 그 천치가 뭘 어쩌겠어."

용녀가 코웃음을 치며 말하자 백결이 맞장구를 쳤다.

"그럼요. 저 끝 방에 거울과 칼 같은 부정한 것들을 숨겨놓았다는 사실을 그 선비가 어찌 알겠습니까. 게다가 저 끝 방 열쇠만 방문 색깔처럼 붉은색이고 오직 이 시간에만 손댈 수 있다는 것도요. 누님은 아침이 되면 지붕 위로 올라가 잠드시니 기회는 지금뿐이지요."

"그 바보 같은 놈이 지금 어쩌고 있는지 한번 봐야겠구나."

"누님, 실망입니다. 이 시간만큼은 저와 보내고 싶은 줄 알

앉는데요. 혹시 그 선비에게 정말로 마음이 있는 것입니까?"

용녀는 당황한 듯이 목소리가 부드럽게 변했다.

"그럴 리가 있느냐. 당장 혼례를 치르지 않으면 내가 죽는 다는 핑계를 대야 놈이 속아 넘어오니 어쩔 수 없지 않느냐. 내 지아비는 연못 위나 연못 아래나 백결이 너밖에 없단다. 놈에게 널 떠꺼머리 동생으로 속이는 것이 미안할 따름이다."

"저도 제대로 남편 노릇을 하고 싶습니다. 언제까지 그 선비를 누님 남편인 양 살게 할 겁니까?"

볼멘소리로 백결이 말하자 용녀는 그를 달래듯 나긋한 목소리로 말하며 초롱불을 껐다.

"아직 때가 되지 않았다. 그때까지만 기다리려무나. 내가 진정으로 은애하는 사람은 오직 너뿐이다. 너도 잘 알지 않느냐."

이선은 벌린 입을 다물지 못했다. 두 사람이 오누이가 아니라 부부였다니, 그동안 자신을 속인 용녀에게 분노가 치밀었다. 입술을 깨문 채로 잠자코 있으려니 이윽고 백결과 용녀가 거칠게 운우지정을 나누는 소리가 들렸다. 방 안에서 들려오는 요란한 소리에 얼어붙은 채 이선은 방문 앞에 웅크렸다. 한참이 지난 후 방 안이 잠잠해졌다. 이선은 방문에 기댄 채 꾸벅거리며 졸음을 참았다.

얼마나 지났을까, 방문이 살짝 열리더니 벌거벗은 백결이 나타났다. 손에 든 초록색 옥고리에는 셀 수 없이 많은 열쇠가 달려 있었다.

"많이 기다리셨습니까."

이선이 눈을 비비며 일어났다.

"백결 도령!"

백결이 손가락을 입술에 갖다 대더니 속삭였다.

"쉿, 그 끝 방의 열쇠입니다."

백결이 이선의 손바닥에 붉은 열쇠를 떨어뜨렸다. 쓸쓸한 표정으로 백결이 말했다.

"제가 도울 수 있는 것은 이 정도입니다. 그동안 나리의 피리 소리를 듣는 것이 낙이었습니다. 나리 곁에서 북을 치면서 잠시나마 연못 위에 살던 시절로 돌아간 기분이 들었습니다. 자, 서두르세요. 거울과 칼을 찾으면 저한테 열쇠를 돌려주셔야 합니다. 저 여자에게 들키면 저도 나리도 죽습니다. 남은 시간이 얼마 없습니다. 저것이 언제 잠에서 깰지 모릅니다."

백결은 빠르게 말을 마치고 다시 방 안으로 사라졌다. 이선은 서둘러 열쇠를 손에 쥐고 끝 방으로 향했다. 열쇠 구멍에 열쇠를 넣고 돌리자 끼이익, 작은 소리와 함께 붉은 문이 열렸다.

끝 방은 어둡고 거대한 창고였다. 이선은 입구에 있던 초롱불을 들고 안을 살피기 시작했다. 분명 복도 끝에 있는 작은 방이었는데, 그 안에 기이할 정도로 넓고 큰 공간이 있었다. 이선은 조급한 마음으로 창고 안을 돌아다녔다. 희한한 건 산더미처럼 쌓여 있는 옛날 옷들이었다. 적어도 고려나 혹은 그 이전 시대 옷처럼 몹시 낯설고 이상한 형태였다. 그 밖에 셀 수 없는 서책, 보물, 잡동사니가 마구잡이로 흩어져 있었지만 유독 거울과 칼은 찾기 힘들었다.

'옛날 옷들이 왜 이리 많을까?'

의아한 생각이 들었다. 이선은 한참을 걸어 다니다 튀어나온 마루에 발을 헛디뎌 앞으로 고꾸라졌다. 놀랄 틈도 없이 순식간에 밑으로 굴러떨어졌다. 어두컴컴하고 거대한 구덩이었다. 어둠 속에서 빛을 발하는 뾰족한 것들이 등을 찔러, 이선은 고통에 찬 신음을 냈다. 초롱불을 들어 그것들을 살펴보니 눈앞에 새하얀 나무 막대기들이 얼기설기 쌓여 있었다. 더 자세히 들여다본 이선은 비명을 질렀다.

수많은 뼈가 겹겹이 쌓여 만들어진 무덤이었다. 빛은 암흑 속에서 뼈가 내뿜는 광채였다. 마침내 이선은 저 수많은 옷의 주인들이 어떻게 됐는지 알았다. 모두 죽었다.

이선은 오열했다.

'이것이 나를 기다리는 운명이로구나!'

깨달았다. 자신은 제물이었다.

다음 순간 이선은 구토했다. 한참이나 구역질이 나왔다.

욕지기가 멈추고 겨우 정신을 붙든 이선은 초롱불을 들고 뼈 무덤에서 벗어나 구덩이를 올라갔다. 이 집에 오자마자 옷을 갈아입혔으니 여기 어딘가 분명 자신의 옷도 있을 터였다. 이 방은 용녀가 제물들의 옷과 소유품을 모아둔 창고 같았다.

'끌려온 여인들의 짐 속에 거울이 있을지도 몰라.'

이선은 여자 옷을 찾아 두리번거렸다. 과연 구석에 여자 옷이 쌓인 곳이 있었다. 그곳에서 찾아낸 작은 봇짐 안에 조그마한 경대가 하나 있었다. 이선은 경대에서 거울만 떼어 품 안에 넣었다.

이제 남은 건 칼이었다.

'군인도 끌고 오지 않았을까? 군복을 찾으면 근처에 날붙이가 있겠지.'

이선은 군복을 찾아다녔다. 곳곳을 뒤지니 군복을 모아놓은 곳이 있었다. 다양한 색과 형태의 군복 사이에서 뾰족한 창을 하나 발견했다. 이대로는 너무 길어서 품에 숨기기 어려울 것 같았다. 이선은 문기둥에 대고 창에 여러 번 힘을 가해 세 동강을 냈다. 그러고는 뾰족한 창날이 달린 부분을 품속에 감췄다.

이제 백결에게 열쇠를 돌려줘야 할 시간이었다. 숨을 몰아쉬며 안방으로 뛰었다. 방문 앞에서 백결이 초조한 낯빛으로 이선을 기다리고 있었다. 이선이 고개를 끄덕이며 열쇠를 내밀자 백결은 옥고리에 붉은 열쇠를 채우고는 방문을 닫았다.

잠시 후 방 안에서 화난 듯한 용녀의 목소리가 들렸다.

"왜 곁을 비운 게냐."

"용서해 주세요. 잠시 목이 말랐습니다."

"잠시도 내 곁을 떠나서는 아니 된다."

이선은 조심스럽게 복도 기둥 뒤에 숨었다. 마지막으로 확인할 것이 있었다. 동이 트자 안방에서 용녀가 나왔다. 얼굴빛이며 몸짓이 요사스러운 게 평소 다소곳한 모습과는 딴판이었다.

이선은 기둥의 금 간 곳에 비스듬하게 거울을 끼우고 용녀의 모습을 비춰보았다.

거대한 청사가 복도를 기어가고 있었다. 저절로 비명이 나올 뻔했지만 손으로 입을 틀어막았다.

'저것은 용왕의 딸이 아니라 뱀이었구나!'

청사는 혀를 날름거리며 빠른 속도로 복도를 기어갔다. 이선은 발걸음 소리를 줄이고 거울을 든 채로 뱀의 뒤를 뒤쫓았다. 거울 속은 청사, 거울 밖 눈에 보이는 모습은 용녀였다. 소름이 끼쳤다.

푸른 구렁이는 집 밖으로 나와 외벽으로 향했다. 나무 기둥을 타고 옥기와 지붕으로 올라간 뱀은 지붕 아래의 돌뱀 조각 위로 흐르듯이 기어갔다. 그러고는 뱀 조각 끝에 있는 뱀의 머리 위에 자신의 머리를 올렸다. 그러자 뱀은 순식간에 조각에 녹아들듯 사라졌다.

거울을 통해 모든 것을 목도한 이선은 놀라서 까무러칠 지경이었다. 청사가 그대로 돌뱀에 스며들었을 때는 충격으로 넘어져 엉덩방아를 찧었다. 해가 높게 떠오른 후에야 이선은 겨우 정신을 추스르고 일어나 자신의 방으로 돌아와 거울과 창을 피리 장식대 구석에 숨겼다.

4

이선은 백결에게 밤사이 겪은 일을 설명했다.

"나리, 거울과 창을 무사히 찾았다니 다행입니다."

자초지종을 들은 백결은 깊게 한숨을 쉬었다. 이선은 백결에게 고개를 숙였다.

"간밤에 저를 도와주셔서 감사합니다만…… 백결 도령, 도대체 뭐가 어떻게 된 겁니까."

"저것은 이무기입니다. 아침이 되면 돌뱀 안에서 잠을 자고 늦은 오후가 되면 돌뱀에서 청사로 돌아와 수련을 한답시고 연못 밖으로 나갑니다. 저녁이 되면 다시 집으로 돌아오구요. 저것의 진짜 정체는 거울로 봐야만 드러나기에 이 집에 거울이 없는 겁니다. 뱀의 비늘이 날카로운 쇠붙이에 약해 칼이 없는 것이구요."

"요물, 아니 괴물이로군요."

"이제야 소상히 사정을 밝히게 되어 송구스럽습니다."

백결이 들려준 이야기는 믿기 어려웠다. 백결 역시 이선처럼 이 집에 끌려온 제물이었다.

"전 재상 나리의 하인이었습니다. 아내와 어린 아들이 있었지요. 주인님의 심부름 때문에 폭포를 지나다가 나리처럼 저것의 꾐에 빠져 이 집으로 끌려오게 됐습니다."

"끌려온 지 얼마나 되었습니까?"

"서너 해 정도 된 것 같습니다. 이곳에 끌려오기 직전에 몽골군이 개경까지 내려오고 있다는 전황을 들었는데, 식솔들이 걱정입니다."

이선은 입을 벌린 채 백결의 이야기를 들었다. 몽골군이라니, 백결이 뭔가 착각하는 것 같았지만 이런 곳에서 괴물과 함께 있다 보면 제정신을 유지하기 어려우리라. 이선은 백결이 딱하다는 생각이 들었다.

"그동안 이 집에 많은 제물들이 다녀갔습니다. 모두 저것에게 잡아먹혔지요. 저 괴물은 남자, 여자 가리지 않고 데려와 살을 찌워 포동포동해지면 잡아먹습니다. 나리처럼 특별한 재주를 가진 제물을 특히 선호합니다. 영력이 더 커진다고 하더군요. 본인은 용왕의 딸이라며 용녀라고 칭하는데 저는 그 말을 믿지 않습니다. 한낱 잡뱀이 어쩌다 도술을 익혀 이무기가 된 것이겠지요."

"당신은 어떻게 살아남았습니까?"

"부끄럽지만 저것이 저를 마음에 들어 하여 이 비루한 목숨을 지금까지 이어왔습니다. 다른 제물을 다 잡아먹으면서도 저는 남겨두더군요. 처음에는 괴물이 저를 좋아하는지조차 몰랐습니다. 그저 무섭기만 했지요. 그러다가 저 이무기가 제게 청혼을 했습니다. 자신의 지아비가 되면 살려주겠다고 했지요. 저는 승낙하는 수밖에 없었습니다. 그 뒤로 다른 제물들 앞에서는 의심을 피하기 위해 남매처럼 행세해 왔습니다."

"힘든 세월이었겠군요."

"나리가 처음 이 집에 왔을 때 두려웠습니다. 이제 나리를 지아비로 삼고 저를 잡아먹는 줄로 알았지요."

"이무기의 지아비라뇨. 사양합니다. 이제 저는 집으로 돌아가고 싶습니다. 어머니가 잘 계실지 걱정됩니다."

매일 푸짐하게 나오는 산해진미도 피리만 불어도 되는 편안한 생활도 용녀의 정체를 알자마자 무의미하게 느껴졌다. 어머니, 서당 아이들, 그리고 친구 귀주와 김정이 그리웠다.

"저 이무기는 밤에 주로 활동하며 낮에는 돌뱀이 되어 쉽니다. 도망가려면 오후가 되기 전에 가야 하는데……. 저도 연못 밖으로 나가는 방법을 아직 찾지 못했습니다."

"같이 나갈 방법을 찾읍시다."

"도와드리고 싶습니다만 그 오랜 시간 동안 방법을 찾지 못했는데 이제 와 가능할지……. 또 이제 나가봐야 아내와 아들을 만날 수 있을까 걱정이 됩니다."

백결은 쓸쓸한 표정으로 말을 이었다.

"그런데 저 괴물이 수련에 들어간 지 곧 천 년이 된다고 하니 방도를 찾자면 서둘러야 합니다."

"천 년?"

"어제 저한테 당신만 잡아먹으면 천 년 수련이 완성된다며 씨익 웃었습니다. 이무기가 천 년 동안 수련하면 용이 되어 승천할 수 있는데, 마지막 제물이 나리라고 합니다."

"그럼 제가 잡아먹히고 나면 당신은 어떻게 됩니까?"

"용은 승천할 때 인간에게 목격을 당하면 도로 이무기가 되어 추락합니다. 저 괴물이 후환이 될 저를 살려둘 리 없습니다. 이대로 이무기를 내버려두면 우리 둘 다 끝입니다."

"그럼 내가 어떻게든 수를 써보겠소. 저것에게."

다음 날, 이선은 용녀와 잠자리를 가진 후 넌지시 물었다.

"여보, 이곳에 오고 벌써 한 달이 지났소. 어머니가 무척 걱정되어 그러는데 집에 다녀올 수 없을까요."

"서방님……."

용녀는 난처한 표정을 지었다. 이선은 그녀를 품에 안으며 간곡하게 말했다.

"자식이라곤 나 하나뿐이니, 홀로 계실 어머님이 계속 눈에 밟히는구려."

"당연히 걱정이 되시겠지요. 제가 인편에 서찰과 함께 양식과 피륙을 넉넉히 전달하겠습니다."

"어머님을 직접 뵙고 싶소만."

용녀는 슬픈 눈빛으로 이선을 쳐다봤다.

"서방님, 왜 연못 밖으로 나가려 하십니까? 바깥세상이 이곳보다 더 행복할 거라 생각하십니까? 이곳은 한 번 나가면 절대로 돌아올 수가 없습니다. 두 번 다시 저를 볼 수 없을 텐데 그래도 괜찮겠습니까? 저는 싫습니다. 저에겐 서방님뿐입니다."

연기인 걸 알면서도 사뭇 괴로운 표정으로 안겨 오는 용녀를 보니 더는 조를 수가 없었다. 이선은 일단 눈을 감고 잠을 청했다. 옆에서 용녀도 잠이 들었다.

한참 뒤 홀로 눈을 뜬 이선은 거울로 두 사람을 비춰보았다. 예상대로 끔찍한 광경이 보였다. 거울 속에선 거대한 푸른 구렁이가 이선의 알몸을 칭칭 감고 있었다. 두 사람 옆에는 수없이 많은 작은 뱀들이 꿈틀거리고 있었다. 이선은 준비해 두었던 창을 높이 들어 구렁이의 목을 찔렀다. 기괴한 비명을 지르며 깨어난 용녀가 부르짖었다.

"서방님! 감히 절 배반하다니요?"

놀란 이선은 창을 떨어뜨렸다. 창이 쨍그랑하고 요강 안에 떨어졌다.

"닥, 닥쳐라! 너 같은 괴물이 내 아내라고?"

이선이 소리치자 용녀가 다가와 거울을 빼앗았다. 벽에 거울을 내던지자 산산조각이 났다. 목에서 피를 흘리며 용녀는 천천히 다가왔다.

"부부는 한 몸이니 저에게 나쁜 일이 생긴다면 당신도 결코 무사하지 못할 것입니다!"

용녀는 비틀린 미소를 지으며 차갑게 말했다.

이선은 두려움에 사로잡혀 도망치려고 했지만 용녀가 더 빨랐다. 순식간에 거대한 이무기로 변신한 용녀는 이선의 몸을 칭칭 감기 시작했다. 얼음같이 차가운 푸른 몸뚱이가 이선의 목을 조여왔다. 숨이 막힌 이선은 그대로 기절했다.

눈을 떴을 때 이선은 손발이 밧줄에 묶인 채 끝 방에 갇혀 있었다. 잠시 후 문이 열리는 소리가 들렸다. 백결이 안타까운 표정으로 들어와 물그릇을 입가에 대주었다. 목이 말랐던 이선은 벌컥벌컥 물을 들이켰다.

"나리, 이제 목숨을 부지하기 힘들 겁니다."

"……무슨 수가 없겠습니까."

백결이 한숨을 쉬었다.

"이무기가 제게 와 화를 내며 내일이 승천 일인데 부정을 타게 생겼다고 했습니다. 승천을 앞두고 우리를 살려둘 리가 없습니다. 당신은 잡아먹고 전 죽이겠죠."

백결은 체념한 듯했지만 이선은 생각에 잠겼다. 이무기로 변신했을 때 용녀를 이길 순 없다.

'그렇지만 돌뱀일 때라면?'

이선은 다급하게 말했다.

"내 방 요강 안에 창이 있을 거요. 혹시 그걸 동트기 전에 몰래 가져와 줄 수 있겠소?"

백결의 눈에 생기가 돌더니 천천히 고개를 끄덕였다.

"알겠습니다. 꼭 가져다드리겠습니다."


동창에 햇빛이 비치기 시작하는데 백결은 나타나지 않았다. 머지않아 이무기가 돌뱀 안에 들어가 버릴 터였다.

'그 전에 밧줄을 끊어야 하는데······.'

이선은 초조하고 불안했다. 왜 오지 않는지, 혹시 이무기에게 들킨 걸까 고민하는데 삐거덕 소리와 함께 문이 열렸다.

백결이었다.

반가움에 소리치려던 이선은 흠칫 놀랐다. 백결의 동작이 어색했다. 계속 사방을 두리번거리더니 비틀거리며 다가왔다. 이선이 소리를 냈다.

"나 여기 있소!"

백결이 천천히 이선에게 다가왔다. 가까이 오자 이선은 백결의 움직임이 엉성했던 이유를 알았다. 백결의 두 눈이 뽑혀 있었다. 눈알이 있던 검붉은 구멍에서 피가 철철 흘러나왔다. 백결은 피 묻은 손으로 품에서 뾰족한 창을 꺼내 이선의 밧줄을 끊었다. 눈이 멀었기에 시간이 걸렸다.

"나리…… 죄, 죄송합니다. 늦……었습니다."

손발이 풀려난 이선은 눈물을 흘리며 백결을 붙들었다.

"이, 이게 대체 무슨 일이오."

"용녀 짓입니다. 아까 저를 사랑한다 하더니 눈을 뽑아 버렸습니다."

백결은 힘없이 고개를 숙였다. 이선은 계속 울었다. 저 비정한 괴물도 백결을 차마 죽일 순 없었던 모양이었다.

"제가 너무 오래 자리를 비우면 의심합니다. 저는 안방으로 가보겠습니다. 어서 어디로든 도망가세요."

떠나기 전에 백결이 마지막으로 말했다.

"나리, 만약에 이무기와 대적하게 된다면 꼭 역린을 찌르십시오. 목에 있는 비늘 중 단 한 개가 거꾸로 뒤집혀 있을 것입니다. 그곳이 저 괴물의 유일한 약점입니다."

이선은 고개를 끄덕였다. 백결이 돌아가자 이선은 자신이 입고 왔던 도포를 찾아 입고 갓을 썼다. 옷은 너저분했고 갓은 구겨져 있었지만 옛 옷을 입으니 안정감이 들었다. 초라한 자신의 피리가 든 봇짐도 그대로 있었다. 피리를 꺼내 도포 안에 넣었다. 밧줄도 찾아 봇짐 안에 넣었다.

이선은 창을 챙겨 들고 안방 근처 기둥 뒤에 숨었다. 백결은 도망가라고 했지만 그가 걱정되어 그럴 수 없었다.

얼마 지나지 않아 안방에서 큰 소리가 났다. 창호지문으로 용녀와 백결의 그림자가 비쳤다. 용녀의 그림자가 삿대질하며 백결에게 역정을 내고 있었다.

"네 이놈, 선비 놈을 어디로 빼돌렸느냐!"

"저는 전혀 모릅니다."

백결의 떨리는 목소리가 들렸다.

"거짓말이구나. 고얀 것, 목숨만은 살려줬더니 은혜를 모르고!"

"은혜라니, 이 연못 속으로 끌고 들어와 네 몸종으로 살게 하고 이제는 두 눈까지 앗아간 게 은혜라고?"

"아니 이것이! 그동안 총애하며 오냐오냐 해줬더니 머리 끝까지 기어오르는구나."

"아내와 아들을 몇 년이나 만나지도 못하게 한 게 총애란 말이냐?"

백결이 대들자 용녀가 싸늘하게 말했다.

"내가 괜한 온정을 베풀었구나. 어차피 용이 되면 너와의 인연은 끝인 것을. 딱 한 놈만 잡아먹으면 승천이었으니, 네가 대신해라."

잠시 후 용녀의 그림자가 문창을 전부 덮으며 거대해지더니 이무기로 변했다. 이무기의 그림자가 단번에 백결의 그림자를 덮쳤다. 새된 비명이 들리고 곧 뭔가를 꿀꺽 삼키는 소리가 났다. 이선은 입을 두 손으로 틀어막고 눈을 질끈 감았다.

꿀렁꿀렁.

문창호지 너머로 이무기가 먹이를 소화시키는 소리가 한참이나 이어졌다. 이선은 기둥 뒤에 숨은 채 눈물을 흘렸다. 백결을 구하지 못한 자신이 싫었다.

이무기는 오랜 시간 먹이를 소화하고 평소와 달리 해 질 무렵에야 방을 나갔다. 이선은 안방으로 향했다. 그곳에는 이무기가 뱉어낸 백결의 뼈만 남아 있었다. 처참한 모습에 질겁하며 이선은 이불을 들어 백결의 뼈를 덮었다.

'고맙소. 내 당신을 영원히 잊지 않겠소.'

이선은 잠시 묵념했다. 마당에 나가니 이무기가 스멀스멀 지붕을 향해 올라가는 모습이 보였다. 이무기는 돌뱀 조각에 녹아들었다. 이선은 이를 악물었다.

창을 입에 물고 기둥을 타고 올라갔다. 중간에 몇 번 떨어질 뻔했지만 포기하지 않고 계속 기어올랐다. 겨우 지붕에 도착해 천천히 돌뱀 조각을 향해 발을 디뎠다. 조각 위에 올라가 돌뱀의 목을 양손으로 더듬기 시작했다.

'승천하기 전에 역린을 찾아야 한다.'

많고 많은 비늘 중에서 거꾸로 뒤집힌 비늘이 틀림없이 단 한 개 있으리라. 이선의 손이 필사적으로 돌뱀의 비늘을 매만지는 사이에 해가 저물기 시작했다. 사그라드는 햇빛이 돌뱀의 윤곽을 타고 흐르기 시작했다. 그 햇살의 끝에 이선의 시선을 사로잡는 것이 있었다. 돌비늘 하나가 뒤집힌 채 반대 방향으로 일어서 있었다. 이선이 창을 들어 바로 찌르려 했지만 갑자기 이상하리만치 빠르게 빛이 사라지기 시작했다. 이선은 황급히 역린 위에서 왼손 엄지를 힘껏 깨물었다. 물어뜯은 살점을 뱉어내자 밑으로 붉은 피가 뚝뚝 떨어져 역린을 타고 아래로 흘렀다.

완전한 어둠이 드리워지자 돌뱀에서 돌 부스러기가 떨어지기 시작했다. 이무기가 승천을 준비하고 있었다. 이선은 자신의 몸을 밧줄로 이무기의 목에 단단히 묶었다. 이윽고 이무기는 연못 속 기와집에서 벗어나 물보라와 함께 박연 폭포 위로 치솟았다. 높이 높이 끝을 모르고 솟아올랐다. 이무기의 몸이 점점 커지더니 몸통 껍질이 떨어져 나갔다. 이선은 뱀 허물에 이마를 맞았지만 밧줄 덕분에 떨어지지 않았다.

어두운 밤하늘에 위풍당당한 푸른 용이 출현했다. 온몸을 뒤덮은 비늘, 강철처럼 단단한 수염, 수사슴처럼 화려한 뿔, 칼처럼 날카롭게 벼려진 발톱, 바람에 휘날리는 갈기……. 마침내 이무기가 청룡이 되었다. 갓 탄생한 푸른 용은 천공을 찢으며 천둥처럼 포효하고 번개처럼 불꽃을 내뿜었다.

곧 이선은 뺨에 물기를 느꼈다. 비가 내리고 있었다. 청룡이 비를 불러왔다. 날씨를 관장하는 힘을 가진 용은 승천하자마자 온 세상에 기쁨의 비를 뿌리고 있었다. 빗줄기는 점점 거세어졌다. 젖은 몸으로 이선은 안간힘을 다해 용의 목에 매달렸다.

무지갯빛 푸른 비늘에 싸인 몸뚱이가 구름을 뚫고 하늘을 가르며 천 년을 준비한 춤을 추었다. 파지직, 차가운 불꽃이 타오르는 여의주를 붉디붉은 혓바닥 위에서 희롱했다. 용은 황홀한 춤을 추며 승천을 자축했다.

비가 잦아들고 구름 사이로 거대한 무지개가 떴다. 마치 청룡의 앞날을 축복하는 선물 같았다. 청룡은 우아하게 춤을 추며 무지개를 관통했다. 행복에 겨운 듯 하늘에서 한 바퀴 공중제비를 돌았다.

그때였다.

"백결 도령을 기억해라!"

용케 몸통에 붙어 있던 이선이 소리쳤다. 용의 황금빛 두 눈이 커졌다.

"너는 한낱 추한 이무기에 불과하다!"

인간에게 승천을 목격당한 용은 충격으로 몸을 뒤틀었다. 이선은 창을 들어 자신의 피로 표시해 둔 용의 역린을 찔렀다. 마치 두부를 찌르듯 쉽게 칼이 들어갔다. 붉은 핏줄기가 공중으로 치솟았고 청룡은 고통으로 울부짖으며 용트림을 했다. 온몸을 비틀며 여러 구름을 통과하고 천공을 헤맸다. 청룡은 몸을 좌우로 흔들어 이선을 떨어뜨리려 했다. 매달려 있던 이선도 마구 흔들렸지만 굴하지 않고 창으로 역린을 계속 찔렀다. 용의 피가 뚝뚝 흘러내렸다.

"어디 용을 써보거라. 내가 떨어져 나가나!"

아픔으로 푸른 용의 움직임이 둔해졌다. 이때다 싶어 이선은 높이 창을 들었다. 일격을 가하려는 순간 용이 거꾸로 돌았다. 그만 창이 떨어져 버렸다. 이선은 이를 악물고 도포 자락에서 피리를 꺼내 들었다.

"받아라!"

분노로 희번덕거리는 황금빛 눈에 피리를 꽂았다. 샛노란

홍채에 피가 번지고, 용이 고통으로 입을 크게 벌리자 불꽃을 사방으로 튀기며 혀 위에 놓여 있던 여의주가 미끄러져 떨어졌다. 그러자 청룡이 순식간에 쪼그라들기 시작하더니 조그마한 푸른 뱀이 되었다. 용이 되지 못한 뱀은 그대로 낙하하기 시작했다.

뱀과 선비는 박연 폭포 밑 연못으로 추락했다. 두 개의 검은 형체가 차례로 옥빛 물속에 떨어지자 높은 물기둥이 연달아 두 번 솟았다.

얼마나 시간이 흘렀을까. 기절했던 이선이 눈을 떠보니 그곳은 연못가였다. 청사는 보이지 않았다. 곁에는 붉은 피가 묻은 피리가 뒹굴었다. 이선은 고개를 들었다. 동이 트고 있었다.

5

박연 폭포 밖으로 나오니 해가 높이 떴다. 이게 얼마만의 바깥인지, 이선은 근심이 들었다.

'한 달 가까이 집에 가지 못했으니 어머니가 혹시 내가 죽었다고 생각하신 건 아닐까.'

홀어머니가 상심 끝에 절벽에서 투신했다는 박연 폭포 설화를 떠올린 이선은 초조해졌다. 어서 집에 가서 어머니를 뵙고 싶었다. 폭포 아래서 용녀와 보냈던 시간이 무색하게 여전히 폭포수는 굉음을 울리며 연못으로 떨어지고 있었다. 연못 위에 낮게 깔린 물안개도, 앉아 놀던 정자 역시 기억하던 모습 그대로였다.

'조금도 변한 것이 없구나.'

물끄러미 박연 폭포를 바라보다 이선은 정신을 차렸다.

'이러고 있을 때가 아니다.'

발걸음을 서둘러 바삐 대흥산성 북문으로 향했다. 이선이 한참 만에 도착한 북문은 예전 모습과 달랐다. 문루만 남아 있었고, 성벽이 통째로 사라지고 없었다.

'한 달 만에 성벽을 헐다니? 나라에 무슨 난리라도 난 것일까? 오랑캐가 쳐들어왔나.'

불안한 마음이 든 이선은 더 서둘러 하산했다. 산길이 평평하게 닦여 있어 낯설었다. 식은땀이 흘렀다. 한 달 전에 올라올 때는 북쇠가 낫으로 풀을 베며 오른 험한 길이었는데.

산 아래에 거의 도달했을 때 이선의 눈에 들어온 건 거대한 빨간 천에 흰 글씨로 쓰인 언문이었다. 아녀자나 쓰는 언문을 저렇게 크게 휘갈겨 걸어 놓다니, 천박하단 생각이 들었다. 배워먹지 못한 자의 짓거리임이 분명했다. 이선은 혀를 차며 글을 읽어보았다.

**경애하는 수령 동지 만세!**

'수령이라니. 이 고을의 사또를 말하는 건가.'

국법이 지엄하거늘 한낱 수령을 찬양하며 만세를 외치는 걸개를 걸다니, 이선은 알 수 없는 두려운 마음이 들었다. 사라진 대흥산성 성벽, 한 달 전에 올라올 때와 달라진 풍경, 낯선 언문 걸개…….

이선은 초조한 마음에 굴러떨어질 기세로 빠르게 걸었다. 드디어 천마산에서 벗어나 평지에 닿자 눈이 휘둥그레졌다. 하늘을 찌를 듯이 높은 건물들이 늘어서 있는데 과연 자신이 살던 개성이 맞나 싶었다. 더 놀라운 건 따로 있었다. 넓은 길 한복판을 기괴하게 생긴 괴물들이 빠른 속도로 오가고 있었다. 길이 두 개로 나뉘어 있고, 바퀴가 달린 괴물이 서로 반대편에서 달렸다. 이선은 길을 언제 건너가야 하나 고민하며 서 있었다.

"뭘 하는 겁네까? 건너지 않고 서서는?"

이선을 이상하게 생각한 듯 지나가는 사람이 말을 걸었다.

그가 입은 황토색 옷이나 말투가 낯설었다. 젊은 남자는 이선의 옷차림을 보며 묘한 표정을 지었다.

"저는 개성에 사는 박이선입니다만, 이곳은 도대체 어디입니까?"

"여기요? 개성이지요. 아, 이제 알았다. 혹시 근처에서 찍는다던 영화에 출연하는 배우입네까. 시대극이라던데."

"네?"

"거참, 혼자 떨어져서 어떻게 하겠수? 동무가 참 난처하겠구만. 잠간 기다려보라우."

남자는 품에서 작고 까만 벼루처럼 생긴 네모난 물건을 꺼내더니 대뜸 그것에 대고 말을 걸었다. 마치 사람 대하듯이 물건에게 말을 거니 이선은 놀랄 뿐이었다. 그 물건에서도 사람의 목소리가 흘러나왔다. 남자는 말을 마치고 물건을 주머니에 넣더니 미소를 지었다.

"아, 연기자 맞구만. 내래 직접 동무를 인민영화 찍는 데로 데려다주갔소."

'날 언제 봤다고 동무라고 하지?'

남자는 어리둥절한 이선을 잡아 이끌었다. 따라간 곳은 이선이 지금까지 본 중에 가장 거대한 집이었는데 문을 열고 들어서자마자 이선과 비슷한 옷차림을 한 사람들이 많이 보였다. 즐비한 초가집, 커다란 기와집, 소나무, 그리고 정자가 있었다. 그제서야 이선은 안심이 되었다. 집 안에 집이 또 있다는 게 좀 이상하긴 했지만.

자신의 집과 서당도 이 마을 안 어딘가에 있을까 싶어 두리번거렸다.

"곧 촬영할 예정이니 늦지 말고 오시라요."

누군가가 이선에게 지시를 내렸다.

이선은 어안이 벙벙한 채로 고개를 끄덕였다. 사람들이 분주하게 움직였고 이선은 홀로 남겨졌다. 서둘러 마을 안을 둘러봤지만 자신의 집은 보이지 않았다. 그러다가 바닥에 떨어진 종이를 주웠다. 깨알같이 작은 글씨로 적힌 문서였는데 맨 위에 써진 날짜가 눈길을 끌었다.

檀紀四千三百五十八年

'단기 4358년?'•

이선은 자신의 눈을 믿을 수 없었다. 종이가 손에서 떨어

---

• 단군기원(檀君紀元)의 약칭. 단군이 고조선을 건국한 해인 기원전 2333년을 원년으로 삼는 우리나라 고유의 기년법으로 단기 4358년은 서기 2025년이다.

졌다. 털썩 무릎을 꿇었다. 봇짐이 어깨에서 떨어지고 피리가 바닥에 굴렀다.

그 순간 용녀, 그 괴물의 말이 떠올랐다.

'부부는 한 몸이니 저에게 나쁜 일이 생긴다면 당신도 결코 무사하지 못할 것입니다.'

이해할 수 없던 백결의 말도 떠올랐다.

'몽골군이 개경으로 밀고 내려올 때였습니다.'

백결이 정말로 고려 시대 사람이었다면······.

'그렇다면 여긴······ 수백 년이 지난 개성이구나.'

이선은 주저앉아 끝이 없는 비명을 질렀다. 갓을 바닥에 팽개치고 상투를 튼 머리를 손가락으로 쥐어뜯으며 통곡했다. 나의 세상은 이제 없다. 폭포 아래서 이선은 생을 잃었다. 모든 것이 사라졌다. 무릎을 꿇고 이선은 봉두난발이 된 머리를 앞뒤로 흔들며 한탄하고 흐느꼈다. 갑자기 숨이 가빠왔다. 두 손으로 목을 부여잡았다. 물을 벗어난 물고기처럼 숨을 쉴 수 없었다. 뻐끔뻐끔 입을 벌렸다가 오므렸지만 아무 소리가 나오지 않았다. 바닥에 쓰러졌다. 즐겨 불던 피리 소리가 희미하게 들리는 듯했다. 둥둥. 백결의 북소리도. 이어서 뱀이 스멀스멀 땅을 기어가는 소리도 바로 옆에서 들리는 것 같았다. 곁눈질하니 푸른 비늘로 둘러싸인 뱀의 몸이 꿈틀거리는 모습이 보이는 듯도 했다. 정신이 혼미해진 이선은 눈을 감았다. 열기가 몰려왔다. 피부가 불이 난 것처럼 뜨겁고 뜨거웠다. 온몸이 재가 되어 타들어 가는 듯했다. 그대로 그는 숨을 멈췄다. 이윽고 암흑이었다.

# 웃는 머리

무정

고려대학교 국어교육과를 졸업했다. 부산에서 태어나 부산에서 살고 있다. 〈치지미포, 꿩을 잡지 못하고〉로 2023년 계간 미스터리 신인상, 〈낭패불감, 이러지도 저러지도 못하고〉로 제18회 한국추리문학상 황금펜상을 수상했다. '1929년 은일당 사건 기록' 시리즈와 장편소설 《마담 흑조는 곤란한 이야기를 청한다》, 《부디 당신이 무사히 타락하기를》을 썼다.

| 전설 | 창귀 |

창귀는 호랑이에게 잡아먹힌 사람의 영혼으로, 감히 다른 곳으로 가지 못하고 오로지 호랑이의 노예가 된다. _《청우기담聽雨紀談》

1

 어사가 눈을 떴을 때 처음 본 건 시퍼런 불꽃이었다. 하지만 흐릿한 눈을 다시 뜨자 불꽃이 아니라는 걸 알아차렸다. 불꽃은 가둬지지 않고 마구 사방으로 번져가지만 저 이글거리는 기운은 원 안에서만 꿈틀거릴 뿐이었다.
 세상 모든 게 어둠에 잡아먹힌 것만 같은, 까막까치 소리도 들리지 않는 깊고 깊은 밤이었다. 차가운 칠흑 안에서 푸른 불꽃만 또렷이 빛날 뿐 다른 건 아무것도 보이지 않았다. 형상 대신 어둠 속을 뒤덮은 건 냄새였다. 텁텁한 흙냄새, 바위 냄새, 짙은 나무 냄새. 자연이 풍기는 그 냄새들에 뒤섞여 녹슨 쇠 냄새 섞인 비린내와 털가죽 누린내가 난폭하게 코를 찔렀다.

분명했다. 어둠에 숨은 흉포한 무언가가 어사를 노리고 있었다.

그르릉, 낮게 울리는 소리가 들렸다.

순간 어사는 어지러움을 느꼈다. 시퍼런 둥근 불꽃이 무엇인지 그때야 알아차렸다. 맹수의 눈이었다. 이글거리는 커다란 눈으로 호랑이가 어사를 노려보고 있었다. 뒤늦게 옷에서 나던 비릿한 냄새의 정체를 알았다. 호랑이가 어사를 물고 제 거처로 옮겼을 때 묻은 침 냄새일 것이다.

어사는 지금 호랑이 앞에 홀로 내던져진 채였다.

눈을 질끈 감고 싶었지만 그럴 수 없었다. 낮고 거친 소리는 계속 어사를 노리고 있었다. 호랑이는 어사가 눈을 감는 순간 곧바로 덤벼들 것이다. 그러면…….

"이봐, 이봐."

그때 누군가 말을 걸었다.

"감히 산군님 다니는 길에 홀로 쓰러져 있다니, 대체 왜 야심한 밤에 산길에 버려진 것이냐?"

시퍼렇고 둥근 불꽃 위에서, 차갑고 가느다랗고 어둡고 날선, 사악함이 소리로 태어난 것만 같은 목소리가 울렸다. 아찔한 정신을 겨우 가다듬고 어사가 외쳤다.

"네, 네놈은 무엇이냐? 호랑이냐, 아니면 호랑이 모습을 빌린 요, 요물이냐?"

목소리가 덜덜 떨리는 건 어찌할 수 없었다. 어사는 담대했지만, 아직 갓 수염이 난 청년에 불과했다. 다시 깔깔거리는 소리가 났다. 사람의 웃음 같기도 했지만 어딘지 달랐다.

갑자기 시퍼런 게 어사 앞에 불쑥 나타났다. 머리에서 피를 철철 흘리며 입이 찢어질 듯 웃는 남자의 얼굴이었다. 어사는 저도 모르게 뒤로 물러났다. 흙먼지가 풀썩 피어올랐다. 대가리만 보이는 시퍼런 것이 어사를 향해 말했다.

"나는 산군님을 모시는 신하이니라."

그르릉. 다시 낮고 섬뜩한, 목을 긁는 짐승의 울음소리가 들렸다.

호랑이는 어사를 노려보고 있었다. 사냥감을 노리는 부릅뜬 두 눈. 아무것도 자기를 막을 수 없다는 당당한 흉포함이 어린 눈이었다.

어둠이 눈에 익자 어사는 마침내 주변을 명확히 볼 수 있었다. 호랑이 옆에는 흐트러진 뼈들이 쌓여 있었다. 피에 젖어 불그죽죽한 남자 머리에서 나오는 요사스러운 빛을 받아 그 뼈들이 파르스름하게 번득였다. 아직 시커먼 살점이 덕지덕지 붙은 것도 있었다. 썩어가는 짐승의 넓적다리뼈에 파리가 한가득 꼬여 있었다. 그 옆에 아무렇게나 팽개쳐진 두개골의 텅 빈 눈구멍이 어사를 향했다. 호랑이에게 먹힌 것들의 처참한 잔해였다.

핏빛 머리가 웃음을 멈추고 호랑이에게 나긋하고 음산한 목소리로 속삭였다. 무슨 말을 하는지 전혀 들리지 않았지만, 그 낮은 속삭임의 파동이 어둠을 흔드는 것만 같았다.

그르릉, 호랑이가 다시 목을 울렸다. 마치 핏빛 머리가 한 말에 대답하는 것처럼. 그 소리와 함께 호랑이의 눈길이 누그러진 것처럼 보이는 건 기분 탓이었을까. 핏빛 머리가 다시 경박하게 웃었다. 날카롭고 얇은 칼날로 귓불을 저미는 것 같은 웃음소리였다.

웃음 끝에 핏빛 머리가 어사와 눈을 마주쳤다.

"너, 나라에서 보낸 어사지?"

"네놈, 어째서 나더러 어사라고 하는 것이냐?"

어사는 흠칫 놀랐지만, 목숨이 경각에 처한 상황이라도 확인해야 했다. 미복 차림이었기에 다른 이들의 눈에는 그저 어린 선비로만 보일 터였다.

"왜 그걸 알고 있을까? 키히히히히히, 내가 왜 그걸 알고 있을까?"

핏빛 머리가 어사 주위를 빙글빙글 돌았다. 어지러운 푸른 불빛에 휩싸여 요사스러운 비웃음이 흘렀다. 그렇지만 귓것은 어사에게 들러붙지 않았다. 그때야 어사는 허리춤에 숨긴 마패를 떠올렸다. 핏빛 머리는 마패의 기운을, 그리고 그 기운의 정체를 알아차린 듯했다.

나라에서 준 신령스럽고 영험한 마패는 삿되고 부정한 기운으로부터 몸 하나 너끈히 보호할 힘을 담고 있었다. 하지만 마패로 호랑이를 막을 수는 없었다. 압도적인 힘 앞에는 사람도 요물도 무력해진다.

호랑이는 그새 어사에게 흥미를 잃은 듯, 몸을 웅크린 채 앞발을 핥았다. 누렇고 긴 날카로운 송곳니 너머에서 커다랗고 까끌한 붉은색 혓바닥이 바쁘게 날름거렸다. 혀가 움직일 때마다 호랑이 몸에 있던 새카만 얼룩이 사라져 갔다. 저 얼룩은 아마도 피일 것이다.

"네 이놈. 어서 자초지종을 고하지 못하겠느냐?"

핏빛 머리가 갑작스레 명령조로 고함쳤다.

"네놈은 지금 산군님의 거처에 더러운 몸뚱이를 들여놓은 미물이다. 산군님께서 당장 널 찢어 죽여도 변명조차 할 수 없느니라! 살고 싶다면 숨기는 것 없이 모두 말하거라. 너는 어찌하여 이 고을에 찾아와, 야심한 밤에 홀로 산에 버려졌느냐?"

"나는 몸종과 수행원 둘을 붙인 채 어제 아침 이 고을에 왔다……. 아니, 왔소."

두려움과 굴욕감이 뒤섞인 채 말했다. 어사는 나라의 관리이니 사람도 아닌 것에게 굴복해서는 안 되었다. 하지만 어쩔 수 없이 말을 높였다. 호환을 면하고 돌아가려면 요사스러운 것의 비위를 맞춰야 했다.

"몰래 오려다 보니 평소보다 적은 수만 왔는데도 내가 온다는 소식이 이미 어디선가 새어 나간 뒤였다오. 그것만이라면 아주 놀랄 일은 아니었소. 어사 일을 하면서 몇 번은 겪은 일이었으니 말이오. 그런데……."

그르릉.

호랑이가 울어 어사는 말을 멈췄다. 털고르기에 골몰하는 호랑이의 모습은 고양이와 다를 바 없게 보였다. 보통 호랑이보다도 몇 곱은 큰, 말 그대로 집채만큼 커다란 덩치로 주위를 짓이기는 위압감을 풍기는 것만 제외한다면.

그 옆을 떠다니는 핏빛 머리는 이마 한가운데 날카롭게 파인 이빨 자국이 선명했다. 지저분한 수염 아래로 삐뚤게 벌어진 입이 커다랬다. 그 입이 거만하게 움직였다.

"계속해 보거라."

차가운 산의 어둠에 몸을 떨며 어사는 말을 이었다.

"고을에는 괴이한 소문 또한 퍼져 있었소. 호환을 당해 찢겨 죽은 자가 웃고 있었다고."


2

"이방이 호랑이에게 물려갔다?"
"그러합니다. 이방의 집은 고을의 변두리, 산길 바로 앞에 있는데, 그렇게 외진 곳에 혼자 살았기 때문에 변을 당한 거라고 사람들이 수군거렸습니다."
어사의 물음에 몸종 형이가 또박또박 대답했다. 아직 어린 나이인데도 흐트러짐 없이 행동하려 애쓰는 게 퍽 귀여워 보였다. 어사는 내색하지 않고 점잖게 말했다.
"그건 이상하구나. 이방이라면 고을에서 지체 있는 자이다. 그자는 어찌하여 고을 중심에 살지 않았던 것이냐? 이렇게나 쇠락한 고을인데."
산에 난 좁은 외길을 넘자마자 본 고을의 첫 인상은 황폐함이었다. 먼발치에서도 낡은 것이 한눈에 보이는 집들이 옹기종기 모여 있었다. 가까이 다가가 자세히 보니 무너지지 않고 버티는 모습이 용하기까지 했다. 관아조차 기왓장이 낡고 깨져 이 빠진 게 흰했다. 높고 험준한 산에 둘러싸여, 바깥과 통하는 길이 산에 난 것 하나가 전부인 이 고을은 이미 오래전 폐촌의 기로에 선 것으로 보였다. 하지만 고을 주민들에게는 가난으로 인한 쇠락을 막을 수 없다는 무력감 이상의 감정이 서려 있었다. 무언가 뚜렷한 실체를 가진 것을 두려워하는 공포와 절망의 감정이었다.

형이가 말했다.

"가족을 잃은 후 원래 집을 팔고 떠나 홀로 살았다고 합니다. 고을 사람들에게 들으니, 이방은 혼자가 된 뒤로 더더욱 이런저런 일을 꾀하며 고을을 어떻게든 살려보려고 노력했다고 합니다. 하지만 이곳에 오는 사또들은 자기 한 몸 무사히 있다 가려고만 할 뿐인지라, 이방으로서는 관아에서 불합리한 세금을 걷지 않도록 하는 게 고작이라고 했습니다. 그런 사람이 갑자기 죽었으니, '이제 누가 자기들을 지켜주겠냐'며 고을 사람들이 한탄하는 것도 이해가 가는걸요."

"이곳 사또는 호환이 난 뒤로 뭘 하고 있느냐?"

"아무것도 하지 않는다고 합니다. 괜한 소문이 나는 걸 경계해 고을 사람들 입단속을 시킬 뿐이랍니다."

얼굴 찌푸린 어사를 보며 형이가 말을 이었다.

"호랑이를 보았다는 소문이 났을 때도 사또는 헛소문을

퍼뜨려 사람들을 불안하게 한다며 목격한 자의 곤장을 쳤고, 호환이 벌어진 뒤에도 그걸 감추고 없었던 일인 양 군다고 합니다. 그러니 사또에 대한 평판이 좋지 않을 수밖에요. 소문을 모으면서 '이방 어른이 계셨더라면'이라는 말을 몇 번이나 들었는지 모릅니다."

형이가 흉내 낸 어른 목소리는 어사에게는 그저 그 또래 아이의 재롱으로만 보였다. 형이가 씩씩하게 말을 이었다.

"사또는 이방을 눈엣가시로 여긴 게 분명합니다. 이방이 일을 아는 게 많고 고을 사람의 인심도 산지라 차마 내치지는 못하고, 권위를 내세워 억지로 짓누르는 게 고작이었다고 합니다. 기회만 된다면 당장에라도 이방을 쫓아냈을 거라는 말이…… 아이쿠."

앉은 자리 옆에 세워둔 커다란 봇짐이 제 쪽으로 기울자 형이가 얼른 반대로 밀었다. 형이가 제 몸만큼이나 큰 봇짐과 아웅다웅하는 모습을 못 본 척하며 어사가 중얼거렸다.

"이방이 사또에게 미움받는 걸 더는 견디지 못하고 도망쳤을 뿐인지도 모르지. 모습을 감춘 걸 사람들이 지레 호환이라고 말 만들었을 수도 있다."

"아닐 겁니다. 산길에서 발견된 머리는 이방이 분명했다고 하니까요."

형이의 말은 이러했다.

새벽에 옆 동네 오일장에서 장을 보고 날 밝자마자 고을로 넘어오던 장꾼들이 이 고을로 들어오는 첩첩산중에 난 외길 한가운데에서 뭔가를 발로 걷어차고 말았다. 굴러떨어진 돌멩이라도 재수 없게 걷어챘는가를 보다가, 난폭하게 뜯어먹힌 자국 역력한 머리와 눈이 마주치고 그들은 기겁했다. 피를 끼얹기라도 한 듯 온통 피 칠갑이 되어 있어서, 장꾼들은 처음엔 그게 누구인지 알아보지 못했다. 하지만 간신히 남은 코와 입의 형태가 자릿세를 거두려는 나졸들 앞에서 장꾼들을 두둔해 주던 이방의 것과 같다는 걸 뒤늦게 알아차렸다.

"이방 어른이 호환을 입었다!"

장꾼들은 비명을 지르며 마을로 달려갔다.

"그런데 장꾼들이 말하길, 이방의 남겨진 머리가 이상했다고 합니다. 웃는 얼굴이었다고요."

"웃는 얼굴이라고?"

"장꾼이며 그 소문을 들은 사람들이며 모두 두려워하며, 호랑이에게 붙은 창귀가 이방을 꾀어서 홀린 게 틀림없다고 소곤거립니다. 창귀가 사람을 꾀어내 호랑이에게 바칠 때, 그 사람이 보고 싶은 것을 보여주고 듣고 싶은 것을 들려준다고 하잖습니까?"

"그렇다고들 하지."

형이의 이야기를 곱씹으면서 어사는 중얼거렸다.

"머리만 남겨졌다면 이방은 죽은 게 틀림없겠구나. 머리 잘리고도 살아남을 자는 형천(刑天) 말고는 없을 터이니."

"형천이요?"

"모르느냐? 제 목이 잘리고도 살아서 마구 날뛰었다는 옛사람인데."

형이의 얼굴이 하얗게 질린 게 잔뜩 겁먹은 게 분명했다. 어사는 얼른 형이를 달랬다.

"수고했다, 형아. 여기 온 지 얼마 안 되었는데도 용케 잘 알아 왔구나."

"늘 해오던 대로 사람들 앞에서 아무것도 모르는 척 눈 깜박거리며 물어보고 돌아오는 대답을 들은…… 아이쿠."

봇짐이 다시 자기 쪽으로 기울어지는 걸 형이가 두 손으로 겨우 받쳤다. 어사는 얼른 짐을 정리하라고 이르고 싶었다. 하지만 그랬다가는 가뜩이나 좁은 방이 더 어지럽혀질 게 분명했다. 형이는 제가 맡은 일은 야무지게 잘하는 아이였지만 정리정돈에는 소질이 없었다. 봇짐과 씨름하며 끙끙대는 형이를 보며 어사가 중얼거렸다.

"여기 오는 길에서도 듣지 않았더냐. 인근 고을에도 호랑이를 보았다는 소문이 퍼져 홀로 산을 넘길 두려워한다고. 그런 와중에 이 고을 이방이 습격당하기까지 하였다. 어쩌면 호환이 커지기 직전에 우리가 온 것인지 모르니 차라리 잘 되었구나. 더 큰 재앙이 되기 전에 어떻게든 수습할 수 있겠지."

"어사님이 그걸 하신다고요?"

겨우 봇짐을 바로 세운 형이가 눈이 동그래져서 물었다. 어사가 너털웃음을 터뜨렸다.

"그러려고 우리가 여기 온 게 아니더냐."

어사가 몸을 일으켰다. 부랴부랴 형이도 따라 일어서자 세운 보람도 없이 봇짐이 털썩 쓰러져 버렸다. 형이가 황급히 물었다.

"어딜 가시려는 겁니까?"

"여기저기 가봐야지. 따라오너라."

어사가 방을 얻은 주막에는 묵는 외지인이 없었다. 원래도 길이 나빠 왕래가 드물었을 고을은 이제 호랑이에게 잡아먹히기라도 한 것처럼 활기가 완전히 죽어 있었다. 주모도 어디 갔는지 보이지 않았다. 어사와 형이가 주섬주섬 신을 신자 다른 방에 묵고 있던 수행원들이 뒤늦게 급히 나오려 했다. 그들에게 따라오지 말고 각자 할 일을 하라고 지시한 뒤, 어사는 형이만 데리고 주막을 나섰다.

어사는 고을 여기저기를 탐문했다. 형이가 모아온 소문에 틀림은 없었지만 그 뒤의 감정까지는 온전히 전달하지 못했다. 그새 고을 사람들은 이방의 죽음을 슬퍼하길 그만두었다. 이제 그들은 자신들의 안위를 근심하고 있었다.

다음으로 어사는 이방의 집으로 갔다. 고을에서도 산길과 가장 가까운, 가장 어둡고 외진 곳이 이방의 집이었다. 집 맞은편으로 비석이 빽빽이 서 있었다. 이전 사또들이 남긴 송덕비였다. 시커멓거나 잿빛인 돌들은 이방의 집을 향해 선 채 긴 그림자를 드리웠다. 가뜩이나 산그림자로 어두운 곳에 비석 그림자가 겹쳐 더 음침해 보였다.

이방의 집은 난장판 그 자체였다. 얄팍한 나무판으로 세운 대문은 한가운데가 쪼개져 문돌쩌귀에 겨우 대롱대롱 매달려 있었다. 무언가 커다란 것이 들이받은 게 분명한 처참한 꼴이었다. 형이가 얼굴 찌푸린 채 말했다.

"엉망진창이네요."

"그러게, 지독하구나."

어사도 코를 감싸 쥐고 주위를 살폈다.

대문 안으로 들어서자 더더욱 어지러웠다. 온갖 기물이 부서지고 흐트러진 채였다. 크고 흉흉한 발톱 자국이 벽에 몇 개인가 남아, 이 난장판이 무엇의 소행인지 가리키고 있었다. 박살 난 문창호에 덕지덕지 붙은 부적 위로 핏자국이 시커멓게 튀어 글자를 읽기 어려웠다. 보는 것만으로도 피비린내가 훅 끼쳐오는 것만 같았다. 다른 고약한 냄새도 마구 풍겼다. 마당 구석에 파리가 잔뜩 꼬여 있었다. 파리는 목이 잘려 죽은 닭을 둘러싼 채 날고 있었다.

형이가 얼굴 찌푸린 채 말했다.

"이방이 죽기 전날, 쓸 일이 있다며 닭 한 마리를 꾸었다고 합니다. 저게 그 닭이겠지요."

닭 썩는 냄새만 나는 건 아니었다. 집의 다른 기물에 오래전부터 밴 냄새가 섞여 지독했다. 청소를 하지 않아 나는 퀴퀴한 썩은 내와 여기저기 어지러이 널린 말린 약초 따위의 묵은 향내였다. 음울하고 침침한 기운이 집을 지배하고 있었다. 제 살림조차 제대로 돌보지 못하고 살았을 사람의 모습을 닮은 냄새였다.

이방의 방에 붙은 창호 또한 처참히 박살 난 채였다. 틀이 비틀어진 채 바깥사람의 침입을 막는 시늉만 하고 있었다. 부서진 문 너머 좁은 방은 시뻘겋게 물들어 있었다. 거의 모든 곳에 피가 튀어 있었다. 피가 흩뿌려진 바닥에는 책들이 어지러이 흩어져 있었고, 탕약을 달이려고 놓아둔 화로나 그릇 따위도 넘어져서 발 디딜 틈 없어 보였다. 방 안에서도 피

냄새에 뒤섞인 다른 기이한 냄새가 풍겼다. 평범한 탕약과는 달리 진득하고 달콤하면서도 무거운 냄새였다. 방 안 벽 여기저기 날카로운 짐승 발톱 자국이 남아 있었다.

문 너머에 어정쩡하게 선 채 어사는 방 여기저기를 살폈다. 코를 감싸 쥐며 같이 안을 기웃거리던 형이가 코맹맹이 소리로 말했다.

"요……. 저기 떨어진 책 제목에 진서로 '요' 자가 쓰여 있습니다."

"《요재지이》다. 《산해경》이나 《청우기담》 같은 책도 있구나. 이방이라는 자는 요괴에 흥미가 많았던 모양이다. 그리고 도가의 사술에도."

《옥추보경》이나 《포박자》 같은 책 제목을 보며 어사는 중얼거렸다. 고을 사람들에게 존경받는 이방이 유학의 가르침과 어긋나는, 도가의 사술이나 요괴에 대한 걸 기록한 책을 본다는 게 이상했다.

뒤섞인 책들 가장 위에 숫자가 어지러이 적힌, 장부로 보이는 책이 떨어져 있었다. 어사는 무릎을 굽히고 조심스레 손을 뻗어 책장을 뒤적여 보았다. 어사가 예상한 대로 고을의 공급 출납 기록이 적혀 있었다.

"너는 이 일을 어찌 보느냐?"

어사의 물음을 듣고 형이가 대답했다.

"여러모로 이상한 게 많습니다. 호랑이가 집 여기저기를 험하게 들쑤시고 다녔잖습니까. 방문까지 부수고 들어올 정도로요. 사람 하나 낚아가는 것은 일도 아닐 텐데, 어째서 이토록 크게 날뛴 걸까요?"

"글쎄다."

어사는 문간 옆에 남은 발톱 자국을 손가락으로 훑어보았다. 세 개의 곧은 홈은 가지런하고 깊었다. 깊이도 길이도 동일한 곧은 선은 어지러운 혼돈 속에서 이질적으로 보였다. 깊고 흉흉한 발톱 자국들이 집의 안팎 여기저기 새겨진 걸 되새기며 어사가 다시 물었다.

"바깥에는 핏자국이 남은 게 있더냐?"

"들어올 때 보니 딱히 없는 것 같았습니다. 대문 앞에 핏방울 하나가 떨어져 있었지만 그게 다른 곳으로 이어진 것 같지 않았습니다."

"핏자국으로 누가 어디로 갔는지 추적할 도리는 없다는 말이렷다."

그때 갑자기 커다란 목소리가 들렸다.

"뭐 하는 놈들이냐!"

대문 앞에 흑립을 쓰고 도포를 입은 얼굴빛 나쁜 사내가

서 있었다. 어사와 형이를 노려보는 눈 주변으로 시커먼 기미가 짙었다. 잠을 제대로 이루지 못한 몰골이었다. 그 뒤에 선 나졸들 역시 피로와 불안이 얼굴에 서려 있었다.

사내가 다시 호통쳤다.

"네놈들, 이 고을 사람이 아니로구나! 뭐 하는 놈들이기에 여길 기웃거리고 있느냐! 오호라, 필시 도적인 게로구나!"

"그것이 아니오라, 저희는……."

형이가 무언가 말하려 했지만, 사내의 호통이 먼저였다.

"여봐라, 저자들을 당장 관아로 끌고 가라!"

◈

"우리는 아무런 저항도 하지 못하고 속절없이 끌려갔소."

어사가 그렇게 말한 순간이었다.

"이놈!"

핏빛 머리가 크게 호통쳤다. 온몸을 핥던 호랑이가 우뚝, 동작을 멈췄다.

"너와 함께 있던 아이가 그자들에게 덤벼들려고 하지 않았더냐! 그걸 네가 급히 말렸고. 그런데 아무런 저항도 하지 못했다고? 산군님 앞에서 당당하게 거짓말하다니!"

'이것들은 산의 어둠에 숨어 내 행동을 지켜보았던 건가?'

함부로 부정할 수도, 억지로 말을 지어낼 수도 없는 분위기에서 어사가 겨우 대꾸했다.

"그 말이 맞소. 하지만 그때는 그렇게 할 수밖에 없었음을 알아주시오. 괜히 저항하려 들었다가 일이 커질까 두려웠단 말이오."

뒤늦은 변명에도 시퍼런 빛에 감싸인 핏빛 머리와 호랑이가 노려보는 시선은 고와지지 않았다. 움츠러들지 않으려 애쓰며 어사는 말을 이었다.

"나를 붙잡은 자는 짐작했던 대로 사또였소. 나는 관아에 끌려간 뒤 거기서 내 정체를 밝혔다오. 나라에서 보낸 어사가 근처를 돌아다닌다는 소문은 그자 또한 들었기에, 마패를 확인한 뒤 마지못해 나를 풀어주었소. 동헌에서 그자에게 자초지종을 들었지요."

호랑이가 낮은 울음 소리를 내었다.

"사또는 내가 고을에 왜 왔는지, 얼마나 더 머물다 갈지를 캐물었소. 나를 추포한 것은 이방의 집을 기웃거리는 낯선 사람이 괜한 말을 퍼뜨릴 게 걱정되어서라고 말했다오."

핏빛 머리가 차갑게 비웃었다.

"고작 그뿐이겠느냐? 사또 놈은 권세를 휘두르면서 구린 일을 했겠지. 어사가 소문을 듣고 그걸 파헤칠 게 두려웠을 거다. 그래서 수상한 자를 미리 잡아 빌미를 만들지 않으려 한 것일 터. 네가 어사인 줄 모르고 한 짓이 오히려 긁어 부스럼 만들었던 게지."

"그래도 고을 사정은 사또가 잘 알 게 아니오? 나는 이방의 죽음을 어찌 조사했는지를 물었소. 사또는 이방은 산짐승에게 해를 입은 것뿐, 호환인지는 알 수 없다고 딱 잘라 말하더구려. 화를 당한 것은 모두 이방이 홀로 지낸 탓이며, 고을 일은 소홀히 하고 삿된 일에만 골몰하는 자였기에 조만간 쫓아낼 생각이었는데 그 전에 우연히 괴상한 일이 닥친 것일 뿐, 사또와 관아 사람들은 사건과 무관하다고 말했소."

"그자의 말이 사악하구나. 제 잘못은 죄다 부정하고 미심쩍은 걸 죄다 망자 탓만 하다니."

핏빛 머리의 얼굴에 야릇한 미소가 떠올랐다. 불쾌하게 구부러진 입꼬리가 자연스러웠다. 온전히 사람 몸뚱이를 다 갖추었을 때도 늘 저런 표정을 지었을까?

"이방을 두고 저마다 말이 다르니, 어느 쪽이 진실일지 조사해야 할 것 같았소. 나는 관아에서 나온 뒤 형이를 먼저 돌려보냈다오. 이방의 진실을 알려면 그의 집을 다시 보아야 할 것 같았는데, 혼자 가는 편이 더 집중할 수 있을 것 같았소. 집에 도착해 방 안을 살피는데, 갑자기 머리가 아찔해지더니 정신을 잃었지 뭐요. 눈을 뜨니 이곳에 나 혼자 남겨진 거였소."

"하!"

핏빛 머리가 웃음을 터뜨렸다. 비웃음이 산자락을 날카롭게 훑었다. 겨울의 눈바람보다도 더욱 차갑게 뼛속에 스며드는 조롱에 어사는 몸을 움츠리고 말았다. 귓것의 키득거리는 웃음과 호랑이의 나직한 울음이 귓가를 긁어댔다.

어사는 숨을 가다듬으려 애썼다. 호랑이와 귓것이 순식간에 자신을 죽일지도 모른다. 저항할 틈도 없이, 목숨이 사라질지도 모른다. 아니, 죽는 것보다 못한 꼴이 될 수도 있다. 호랑이에게 죽은 자는 호랑이에 붙은 귀신이 되지 않던가.

그때야 어사는 시퍼런 남자 머리가 무엇인지 명확히 깨달았다.

'저것은 창귀다.'

호랑이에게 잡아먹힌 뒤 호랑이에게 지배당하는 사람의 혼령. 목소리를 꾸며 다른 이들을 홀려 호랑이에게 바치는 사악한 귀신.

돌연 창귀가 속삭였다.

"이 일을 산군님께 아뢰보겠다."

차갑게 들리는 중얼거림이었다. 일그러진 흉한 얼굴에서 눈동자만이 표독스레 빛났다.

◈

"……그리하여 이자가 여기 으슥한 산골짝에 버려진 겁니다, 전하."

호랑이의 귓가에 달라붙어 말을 전하던 창귀의 이야기가 끝났다. 어사는 겨우 숨을 길게 내뱉었다.

창귀는 요사스러운 퍼런빛을 내며 호랑이에게 어사가 겪은 자초지종을 전했다. 호랑이는 길고양이처럼 등을 흙바닥에 비비고 몸을 뒤척대다가도 간혹 귀를 쫑긋 세우고 움직임을 멈췄다.

창귀의 말이 끝난 뒤로 산에는 적막이 깔렸다.

침묵을 깨고, 호랑이가 가르랑거리는 소리를 냈다. 호랑이가 등과 앞다리를 쭉 뻗어 기지개를 켜는가 싶더니, 어사 쪽으로 다가왔다. 어사의 키보다 곱절은 큰 호랑이의 몸뚱이가 성큼 가까워졌다.

어사는 저도 모르게 숨을 들이쉬었다. 식은땀이 멈추지 않았다.

어사 바로 앞에 우뚝 선 호랑이의 검고 누런 무늬가 그르렁거리는 소리를 따라 꿈틀거렸다. 숨이 막히는 건 두려움 때문만이 아니라, 눈앞을 가득 채운 털가죽에서 풍기는 자욱한 짐승 냄새 때문이기도 했다.

호랑이가 앞발을 쳐들었다. 어사는 저도 모르게 몸을 움츠렸다.

퍽! 퍽!

어사의 몸에 소나무 껍질이 마구 튀었다. 호랑이가 어사 뒤에 선 소나무에 앞발을 마구 긁었다. 순식간에 깊고 날카로운 발톱 자국이 파였다. 어사는 얼어붙고 말았다. 오금이 저려 힘 빠진 다리가 마구 떨렸다.

소나무 둥치에 발톱을 갈아대던 호랑이는 몸 돌려 다시 누워 있던 곳으로 돌아갔다. 하품하는 호랑이를 보며 창귀가 감탄하는 소리를 냈다.

"전하의 혜안에 감복할 따름입니다. 이리도 지혜로우실 줄이야!"

얼어붙어 꼼짝도 하지 못하는 와중에도 어사는 의아했다. 호랑이는 몸 뒤척이고 나무에 가서 발톱을 긁어댄 것뿐인데, 창귀는 왜 저렇게 말하는 것인지.

창귀가 흐느적거리며 어사에게 성큼 다가와 낄낄거렸다.

"우매한 너도 이제는 어떻게 된 일인지 알았을 터. 산군님의 말씀을 잘 들었겠지?"

대답하지 못하는 어사의 굳은 얼굴을 보며 창귀가 칫, 소리를 냈다. 불쾌하게 일그러진 입가에 실망이 어렸다.

"뭐냐? 네놈은 눈뜬장님이냐? 이렇게나 명확하게 알려주셨거늘! 이걸 보고도 사또 놈이 수상하다는 걸 알아채지 못하다니!"


3


"어사님!"

어두운 길을 더듬어 겨우 마을로 터덜터덜 내려온 어사를 가장 먼저 반긴 건 형이였다. 형이의 하얀 옷이 마치 음침한 어둠을 밝히는 등불처럼 보였다. 형이가 한달음에 달려와 어사에게 달라붙었다. 작은 키 때문에 도포 허리춤에 얼굴이 푹 파묻혔다.

"밤늦은 거로도 모자라 인시가 되어서야 돌아오시다니요! 어사님이 정말로 호랑이에게 당하였나 싶어서, 저는……."

"그럴 리가 있겠느냐? 걱정도 지나치다."

"하지만 어사님은 늘 그러시잖습니까! 언제나 목숨 위험한 곳에 몸을 함부로 던지시고……."

형이가 울먹이며 더는 말을 잇지 못했다. 어사는 형이의 등을 토닥여 주며 달랬다.

도포 자락이 눈물에 젖어가는 느낌에 어사는 다시금 등을 의식하고 말았다. 호랑이와 창귀 앞에서 흘렸던 식은땀이 아직도 온몸에 축축하게 배어 있었다. 창귀의 스산한 목소리가 여전히 귓가를 맴도는 것 같았다.

형이의 울음이 잦아들고 나서야 어사는 말을 꺼냈다.

"호위들은 어디 있느냐?"

"다들 주막에서 대기하고 있습니다. 날이 밝으면 곧바로 어사님을 찾으려던 참이었어요."

"얼른 나오라고 일러라. 서둘러 해야 할 게 여럿 있으니까. 너와 나는 곧바로 관아로 갈 것이다. 당장 호환에 얽힌 모든 일을 밝혀야 한다."

"이건 어찌할까요?"

형이가 등에 멘 봇짐을 보이며 물었다. 새카만 총구가 꾸러미에서 튀어나와 있었다.

"그것도 들고 가자. 나라의 지엄함을 보여야 할 때다."

어사가 말했다. 귓속말로 몇 마디 지시를 덧붙이자 형이가 힘차게 고개 끄덕였다.

어둠이 깔린 한가운데 어사의 일이 시작되었다. 하지만 '암행어사 출두야!'라는 외침으로 시작되지는 않았다. 어사 일행이 관아의 대문 앞으로 당당히 걸어가자 문을 지키는 나졸이 당황했고, 어사가 마패를 보이자 깜짝 놀라서 문을 활짝 열어젖혔다. 일은 그렇게, 고을 사람들이 전혀 모르게 조용히 진행되었다.

관아의 마당 한가운데 우뚝 선 채 어사는 주위를 보았다. 높은 담 너머로 고을을 삼엄하게 둘러싼 산자락이 보였다. 산은 아직 어둠에 잡아먹혀 있었고, 먼동은 어슴푸레했다. 산으로 둘러싸인 고을에 빛이 드러나려면 멀었다. 고을 백성들은 집 안에 몸 숨긴 채 두려워 떨고, 바깥에서는 삿된 것들이 마구 날뛸 시간이었다.

사또가 도포도 두르지 못한 채 적삼 차림으로 허우적거리며 마당에 나왔다. 어둠에 가려져 얼굴빛이 더욱 칙칙해 보였다. 어사와 형이를 보며 사또가 황망하게 중얼거렸다.

"아니, 어사님. 이런 이른 시각에 왜 여길 오신 겁니까?"

"당장 무릎 꿇어라! 네놈의 죄를 네가 알렷다!"

어사가 소리치며 손짓하자 따라온 나졸들이 머뭇거리면

서도 사또를 붙들고 억지로 무릎 꿇렸다. 어사가 말했다.

"네가 어떤 짓을 했는지 똑똑히 알고 있느니라."

사또가 떨리는 목소리로 물었다.

"그게…… 그게 무슨 말씀이십니까?"

어사의 머릿속에 창귀가 말한 사건의 진상이 스쳤다. 어사는 더욱 크게 외쳤다.

"닥쳐라! 네가 이방의 집에 수작을 부려 호환을 당한 척 꾸몄다는 걸 내가 모를 줄 알았더냐?"

나졸들이 동요했다. 저 중에는 이방의 죽음에 사또가 개입되어 있다는 걸 믿지 못해 당혹해하는 자, 사또의 지시를 따랐다는 게 들통나 어쩔 줄 모르는 자가 섞여 있을 터였다.

'과연 이 안에 사또의 편과 이방의 편은 얼마나 될까? 호환에 얽힌 진실을 무사히 풀어내고, 이 일을 순리대로 해결할 수 있을까?'

여러 생각을 하며 어사는 담벼락 너머 산을 보았다. 여전히 컴컴한 어둠이 뒤덮은 그곳 어딘가에서 호랑이와 창귀가 관아에서 벌어지는 일들을 지켜보고 있을 터였다. 그들은 자신이 사또에게 잡혀가는 모습도 똑똑히 지켜보지 않았던가. 어둠 속에서 시퍼런 불길이 일렁이는 것만 같았다.

"산군님이 말씀하셨다. 자신은 이방의 집에 간 적이 없다고."

"그걸 어찌 믿는단 말이오?"

떨리는 목소리로 어사가 반박했다. 자신을 물끄러미 보는 호랑이의 눈길을 외면하고 싶었다. 하지만 자칫 잘못 움직이면 호랑이가 자기를 해칠지도 몰랐다. 조금 전 굵직한 소나무에 순식간에 깊은 생채기를 낸 발톱을 떠올릴 수밖에 없었다.

음흉한 웃음을 지은 채 창귀가 말했다.

"이방의 집이 흐트러진 꼴을 네 입으로 말해놓고도 그게 전혀 수상하지 않았더냐? 어디 대답해 보아라. 산군님이 친히 그곳에 내려갔다면, 과연 어디에서 이방을 해쳤겠느냐?"

"그건……."

"마당에서? 하지만 산군님이 마당에서 이방을 해쳤다면 흔적은 거기서 끝나야 하지 않느냐? 왜 이방의 방 또한 엉망이 되어 있었을까? 아니, 오히려 방에 산군님의 흔적이 더 많이 남아 있지 않더냐?"

어사는 대답하지 못했다. 창귀가 비웃음을 흘렸다.

"산군님이 이방의 방에 들어가신 걸까? 하지만 그 방에는 산군님이 가길 꺼리실 것이다. 고약한 냄새가 가득하여 사람도 들어가길 주저하는 곳이라고 말했었지? 게다가 창호가 방을 가로막고 있더라고 했겠다? 산군님이 방에 들어가셨다면 문짝이 왜 거기를 가로막고 있었겠느냐? 방 안이건 바깥이건, 문짝이 박살난 채 쓰러져 있어야 할 게 아니냐? 산군님이 문짝을 굳이 다시 세워 붙이셨을 리도 없지."

"하지만 그건 그대의 짐작일 뿐이오."

어사가 겨우 말을 이었다. 창귀가 키득거렸다.

"어리석은 어사야, 집에 남겨진 발톱 자국을 떠올려 봐라. 그러고 나서 여길 봐라!"

창귀가 소나무에 남은 호랑이 발톱 자국 앞을 맴돌았다.

"발톱 자국이 가지런하지 않고, 발 모양에 맞춰서 가운데가 더 길게 나 있지? 파인 홈도 일정하지 않고 산군님 마음대로 나 있다. 벽에 남은 건 이것과 형태가 다를 것이다. 아니냐?"

어사는 침묵했다. 낄낄거리는 웃음이 이어졌다.

"산군님이 이방을 해친 것처럼 꾸미려는 자가 있어, 이방의 집을 어지럽혀 부순 뒤 일부러 발톱 자국을 만들었을 것이다. 날카로운 못 따위를 나무판에 고른 간격으로 박아 힘주어 벽에 긁으면 산군님의 발톱 자국처럼 보일 것이고, 어리석은 자는 깜박 속아 넘어갈 것이다. 마치 너처럼!"

"그렇다면 이방은 대체 어떻게 된 거요? 이방이 죽은 건 호환 때문이 아니라는 말이오?"

"너는 이방의 머리만 남아 있는 게 이상하지 않더냐? 몸뚱이가 온전히 남아 있었다면, 자칫 이방이 산군님에게 잡아먹힌 게 아니라 다른 까닭으로 죽은 게 들통났을 것이다."

창귀가 이제는 웃음조차 거둔 채 어사를 쳐다보았다.

"그러니 이방의 몸을 어디에 숨겼는지 사또를 추궁하여라. 이런 일은 사람 하나둘만으로 행하기 어려우니 일을 꾸밀 수 있는 자는 이 고을에서 사또 말고 달리 없다."

어사는 힘을 주어 창귀의 눈을 마주 보았다. 창귀가 말했다.

"이게 산군님이 내게 친히 알려주신 진상이다."

조금 전까지 혼자 장난치던 호랑이는 나무 아래 기대어 눈을 꼭 감고 엎드려 있었다. 등이 오르락내리락하는 것이 잠든 게 분명했다. 갑자기 창귀가 버럭 소리쳤다.

"이 미련한 놈아, 얼른 고을로 내려가 사또를 포박하여라! 사또가 이방을 해친 증거를 숨길 틈도 주지 말아야 할 것이다! 어서 가거라! 산군님께서 다시 깨어나시기 전에!"

어사는 떨리는 다리에 힘을 주었다. 산길을 달려 내려가는 내내, 등 뒤 멀리서 창귀의 웃음이 산허리를 타고 따라붙었다. 마치 어사의 무능함을 조롱하는 것처럼 끝없이 쫓아왔다.

◈

 햇불 두어 개만이 아직 어둠이 깔린 관아 마당을 희미하게 밝히고 있었다. 마당 한가운데 사또를 무릎 꿇린 채 어사가 외쳤다.
 "네가 이방의 집에 호환이 든 것처럼 꾸민 이유는 대체 무엇이냐? 이방을 해친 죄를 숨기려 호랑이 탓을 하려던 것이냐?"
 어사를 올려다보는 사또의 낯빛이 더욱 새카매졌다.
 "그렇지 않습니다! 이방을 해치다니요? 행방이 묘연해진 이방을 찾았을 때는 이미 호랑이에게 잡아먹히고 머리만 남은 뒤였습니다!"
 "이방을 찾았다니? 네가 죽인 게 아니라고?"
 "그렇습니다. 저는 이방이 고을 사람이 키우던 닭을 빼앗아 갔다는 말을 듣고 왜 그런 짓을 한 건지 추궁하려고 그자를 찾아간 겁니다!"
 "거짓말을 하는구나. 형이 이미 사람들의 말을 듣고 왔다. 사람들은 이방이 닭을 꾸어간 거라고 했다."
 "아닙니다! 그자가 교묘한 말로 속인 겁니다! 백성들을 홀려 그들이 꾸어준 것처럼 믿게 하고 실제로는 영영 빼앗아가는 짓을 종종 벌였단 말입니다. 닭도 그렇게 빼앗아 간 것입니다! 그자의 맹랑한 짓을 더는 참지 못하고 만행을 추궁하려 했는데, 그때 장돌뱅이들이 관아로 와서는 산길에서 이방의 머리를 발견했다고 말을 전한 겁니다!"

"그렇다면 왜 이방의 집을 망가뜨린 것이냐? 호랑이가 든 것처럼 꾸민 건 네놈의 소행 아니더냐!"

"그게, 실은…… 며칠 전에 어사님께서 이 고을로 행차하신다는 소문이 돌며, 그와 함께 호랑이를 보았다는 소문도 났습니다. 그런데 그때부터 이방이 이상한 기색을 보였습니다. 드디어 기회가 왔다는 둥, 이 고을을 벗어나 더 큰 힘을 손에 넣을 때가 왔다는 둥 헛소리를 중얼거렸던 겁니다. 마치 뭔가에 홀린 양……. 그러다 이방이 호환을 당했지요!"

사또가 눈을 데굴데굴 굴리며 말했다.

"하필 이방의 머리가 발견된 곳이 고을 바깥의 길이었습니다. 어사님이 거기서 이방이 죽은 걸 아시면 호랑이 사냥에만 골몰할 뿐 쇠락한 고을의 꼴은 소홀히 보실 것 같아서, 일부러 이방의 집을 부숴 그곳에서 변을 당한 것으로 위장한 겁니다! 그러면 어사님이 호랑이를 사냥하면서 고을의 문제 또한 함께 해결하실 것 같아……."

"고약한 짓이로구나. 아무리 고을을 위해서라지만 무고한 이방의 죽음을 이용하려 들다니!"

어사가 호통쳤다. 사또의 얼굴에 진 주름에 두려움과 근심이 더욱 깊어졌다.

"그자는 무고하지 않습니다! 시, 실은 이방이 관아의 돈에까지 손을 댄 정황이 있었습니다. 그자를 추궁하려던 차에 갑자기 변고가 발생하였던 겁니다! 억울합니다! 저는 이방을 해치지 않았습니다!"

그때였다. 갑자기 관아의 하늘이 어두워졌다. 잠깐 사이 서린 어둠이 온 관아를 뒤덮었다. 마당에 무언가 큰 소리를 내며 떨어졌다. 어둠의 정체는 순식간에 밝혀졌다.

집채만 한 호랑이였다.

그르릉. 살아 있는 것들을 위협하는 낮고 날카로운 울음이 관아 마당에 퍼졌다. 어사는 저도 모르게 주춤 물러섰다. 형이가 급히 움직이는 소리가 났다.

"호, 호랑이다!"

누가 외친 것인지 모를 소리와 함께, 삽시간에 나졸들이 뿔뿔이 흩어졌다. 혼비백산하는 비명조차 호랑이의 포효에 삼켜졌다. 호랑이가 몸을 움직이는가 싶더니, 사또가 비명을 질렀다. 호랑이의 앞발에 깔리며 낸 소리였다.

어느새 마당에는 어사와 형이, 호랑이의 왼쪽 앞발에 짓눌린 사또만 남았다.

푸르게 일렁이는 호랑이의 눈이 사또를 노려보고 있었다. 사또의 얼굴에 호랑이의 침이 뚝뚝 떨어졌다. 침 범벅이 된 채 사또가 비명을 질렀다. 호랑이가 오른쪽 앞발을 쳐들었다.

그때였다.

탕! 굉음이 울림과 동시에 호랑이의 미간에 새빨간 점이 움푹 파였다.

어사 뒤에 서 몸을 가리고 있던 형이의 총에서 연기가 피어올랐다. 호랑이를 향해 총구를 겨눈 채 형이는 꼼짝도 하지 않았다. 제 몸만큼 큰 총을 들었지만 자세와 눈빛은 온전한 사냥꾼이었다.

호랑이가 풀썩 쓰러졌다. 사또가 마구 버둥거렸지만 앞발에 깔린 채 막연한 비명만 지를 뿐이었다.

"이히히히히히힛!"

요사스러운 웃음소리가 퍼졌다.

"이거다! 바로 이거야!"

호랑이의 앞발에서 시퍼런 형체가 스르르 새어 나왔다. 피칠갑이 된 채 크게 웃는 남자의 시퍼런 머리. 창귀였다. 허우적거리는 사또를 내려다보며 창귀가 낄낄거렸다.

"꼴 좋구나! 고을의 수령이라는 자가 내 아래 깔려 있으니!"

사또가 숨이 넘어가는 목소리로 외쳤다.

"너, 너는 이방이 아니냐? 넌 죽은 게 아니었더냐!"

'이방'이라는 단어에 형이가 놀라 숨을 삼켰다.

창귀가 이죽거렸다.

"사또 놈아, 이제 나는 네놈의 아랫것이 아니다. 나는 산군님을 모시는 충직한 신하가 되었다. 산군님께서 내 몸뚱이를 맛나게 잡수셨기에 그분의 신하로 거듭난 게다!"

생전에 이방이었단 자의 웃음소리는 멈추지 않았다. 창귀를 노려보며 어사가 외쳤다.

"썩 물러나라! 네 주인은 이미 쓰러졌다! 네놈도 사인총으로 퇴치당하고 싶으냐?"

사인총(四寅銃).

형이의 손에 들린 총은 보통 총이 아니라, 어사가 임금님께 마패와 함께 하사받은 무기였다. 호랑이의 해인 인(寅)년 인월 인일 인시에 만들어져 호랑이의 기운을 가득 머금은, 요괴와 귀신과 온갖 삿된 것들을 없애는 총.

사인총의 총구가 창귀와 호랑이를 번갈아 향했다. 하지만 창귀는 총을 보며 입술을 뒤틀며 웃었다.

"이 또한 나의 신통한 계책이니라. 어리석은 너희들은 모르겠지. 사인총을 든 어사가 이 고을에 온다는 소문을 듣고, 나는 마을 놈의 닭을 가져와 그 피로 주술의 비방을 썼다. 호랑이가 먹지 않고는 못 배긴다는 향을 만들어낸 뒤, 그걸 내 몸에 끼얹어 바쳤다. 덕분에 산군님께서 나를 기꺼이 잡아먹으셨지!"

사또가 놀라서 무언가 외쳤다. 하지만 가슴팍이 짓눌려 있어 온전한 말소리로 나오지 않았다. 창귀가 키득거렸다.

"그뿐인 줄 아느냐? 관아에 들어와 사또 놈을 겁박하라고 산군님께 간언한 것도 나다! 그러면 네놈들이 사인총을 꺼낼 테니까!"

창귀가 형이에게 손가락질했다.

"저 어린것이 산군님께 사인총을 쏜 덕에 산군님은 총에 깃든 커다란 호랑이 기운을 몸에 받아들이셨다! 더욱 강하고 위대한 존재로 거듭나시는 거다!"

"그런……."

꿈틀거리는 호랑이를 보며 형이가 중얼거렸다. 창귀가 외쳤다.

"산군님은 이제 호랑이 중의 호랑이, 왕 중의 왕이 되실 거다! 산군님의 첫 신하이자 가장 높은 신하인 내가 너희들을 친히 지배하겠다! 어사야, 네 어리석음이 기특하니 산군님께 청해주마. 너부터 먼저 잡아먹어서, 내가 부리는 귀신으로 삼으시라고!"

창귀의 웃음소리가 관아를 가득 채웠다. 관아를 메운 어둠에 섞여 고조된 웃음이 사방을 할퀴었다.

웃음이 잦아들 때 어사가 말했다.

"네놈은 내가 아무것도 모르는 줄 아느냐?"


4

추포되었다 풀려난 어사는 동헌 깊숙한 방에서 사또와 마주 앉았다. 마패를 본 뒤부터 사또는 계속 어사의 눈치만 살폈다. 그가 손을 가만두지 못하고 여기저기 황망히 움직이는 걸 지켜보며 어사가 말했다.

"네가 이 고을에서 고생한 건 잘 알고 있다. 고을 사람들이 이방의 편을 들며 너와 척지려 들어서 아주 곤란했을 터다. 물론 그 와중에 네가 몰래 주머니 챙기려 한 것도 이미 알고 있느니라."

사또의 얼굴이 새파래졌다. 사또가 변명하려 했지만, 어사가 손을 들어 제지했다.

"네 잘못을 추궁하려는 게 아니다. 나는 고을에서 벌어진 흉흉한 사건을 해결하고자 온 거니까. 어제 새벽, 산길 한가운데에서 호랑이에게 물어뜯긴 이방의 머리가 발견되었다지? 너는 곧바로 이방의 집에 손을 대었다. 이방이 집에서 호환을 입은 것처럼 꾸미려고."

"아니, 그걸 어, 어떻게……."

"내가 모를 줄 알았느냐? 곳곳에 이상하고 부자연스러운 점이 많았다. 발톱 자국은 네가 거짓으로 만든 것이 분명하다. 쇠못과 판자로 거짓 발톱 자국을 낼 물건을 만드는 것 정도는 어렵지 않았을 터. 내 말이 틀렸느냐?"

"죽을죄를 지었습니다!"

"네 잘못을 추궁하려는 게 아니라니까."

어사는 부드럽게 말했다. 젊은 어사가 나이 지긋한 사또에게 하대하는 말투도, 사또가 굽신거리는 모습도 자연스럽기만 했다. 고개를 푹 숙인 채 안절부절못하는 사또를 보며 어사가 물었다.

"호랑이에게 죽었다는 이방은 머리가 마구 깨물렸는데도 입이 웃고 있었다지?"

"그, 그렇습니다. 죽은 자가 웃는 꼴이 심히 괴이하여 시신을 수습하던 나졸들이 놀랐습니다. 창귀가 이방에게 헛것을 보이게 하여 산길로 이끈 거라는 말도 돌았습니다."

"하지만 그것도 이상하다. 창귀가 깃들려면 호랑이가 사람을 해쳐 잡아먹었어야 한다. 하지만 호랑이는 갓 목격되었을 뿐, 주변 다른 고을에 호환을 입은 자는 여태 없었다. 돌아가는 일들이 못내 수상하여 이방의 집 앞에서는 일부러 네게 추포되는 척한 것이다. 혹시 아느냐, 호랑이가 산그늘에 숨어 우리를 보고 있었을지도 모르는 일."

사또는 감탄한 눈으로 어사를 보았다. 어사는 어렸지만 행동으로 보이는 위엄은 원숙한 판관으로 부족함이 없었다. 하지만 사또는 어사 뒤에 앉아 있는 형이를 보면서는 고개를 갸우뚱했다.

"그런데 몸종 아이가 등에 진 것 말입니다. 저건 혹시……."
"용케도 알아보았구나. 그렇다. 사인총이다."
"아니, 그런 귀물을 이런 아이가 지녀도 되는 겁니까?"
"형이는 명포수의 재능을 물려받은 아이다. 이미 사인총으로 수많은 요괴를 잡았느니라."
"저리도 작은 아이가……."

사또의 감탄한 눈을 받고 형이가 민망하다는 듯 고개를 돌렸다.

"그렇다면 걱정 없겠군요! 삿된 것을 없애는 사인총으로 호랑이를 쏘면 분명……."

말하다 말고 사또의 얼굴이 어두워졌다.

"그런데 사인총은 인년 인월 인일 인시에 만들어 호랑이 기운이 가득하다고 들었습니다. 그렇다면 사인총에 맞은 호랑이는 대체 어떻게 되는 겁니까? 탄환에 죽기는커녕, 오히려 호랑이 기운을 받아 더 큰 요물이 될 수도 있지 않습니까?"

"그대도 제법 많은 걸 아는구나. 하지만 걱정 말게. 사인총은 알려진 것보다 더 영험하고 비밀 많은 물건이니까."

◈

이방의 머리가 마구 깨물려 피 칠갑이 되어 있었고, 입은 웃고 있었다는 걸 듣고, 어사는 이상하다고 여겼다. 사람의 머리는 무척 딱딱하여 호랑이가 사람을 잡아먹어도 머리는 먹으려 들지 않기 때문이었다. 하지만 호랑이는 애써 머리를 깨물었다. 대체 무엇을 위함일까.

이방의 집에 갔을 때 집 마당에 죽은 닭이 버려진 걸 보고, 방에서 난 달콤하고 야릇한 냄새를 맡고, 방에 널린 요괴와 창귀를 다룬 서책들을 본 어사는 곧바로 진상을 짐작할 수 있었다. 닭 피로 호랑이를 홀리는 약을 만들어서 이방이 제 몸에 끼얹었었다는 것을. 약이 묻어 있었기 때문에 호랑이가 이방의 딱딱한 머리 또한 마구 깨물었다는 것을. 이방의 남겨진 머리가 피 칠갑이었던 것은 사실 이방 스스로 만든 모습이었다는 것을.

이방이 죽은 밤의 풍경이 선하게 떠올랐다.

온몸에 약 섞은 닭 피를 잔뜩 뿌려 피 칠갑이 된 채 홀로 어두운 산길을 걷는 이방.

돌연 눈앞에 나타난 커다란 호랑이. 향기에 홀려 맹렬한 눈빛으로 덤벼드는 호랑이.

머리에 박히는 날카로운 송곳니. 사방으로 튀는 피와 살점.

그르릉거리는 울음소리와 제 몸과 머리가 박살 나는 소리.

그걸 들으며 웃음을 멈추지 못하는 이방.

*그래, 이거다.*

*나는 이렇게 죽고 싶었다.*

*나는 드디어 천하에서 제일가는 권세를 얻는다!*

고통보다 더한 환희를 느끼며 호랑이의 앞발로 서서히 빨려드는 혼령.

그렇게 이방은 창귀가 되었으리라.

호랑이에게 붙은 귀신이자 군왕을 제멋대로 조종하는 간

신에 비유되는 존재, 창귀. 이방은 호랑이에 깃들어, 부림당하는 척 오히려 호랑이를 조종할 수 있게 되었다.

창귀가 된 이방을 노려보며 어사가 말했다.

"나는 사또에게 부탁했다. 나를 습격해 이방의 시체가 발견된 곳 근처로 옮겨달라고."

"산길에 네놈이 버려진 게 네놈의 지시라고?"

창귀가 물었다. 어사가 대답했다.

"그렇다. 너는 마패의 기운을 느끼고 내가 누구인지를 알아차릴 테고, 나를 호랑이 밥으로 먹이는 대신 네 뜻대로 교묘히 조종하려 드리라 생각했지. 너는 사또가 네 집을 훼손한 자라는 진상을 밝힌 뒤, 이방이 사또의 손에 죽었다고 거짓을 교묘히 섞어 말하더구나. 그 말을 들으면 내가 사또에게 찾아가 이방의 죽음을 따져 물을 거라고 여긴 거겠지. 나는 네 말을 죄다 믿는 척하면서 너와 호랑이를 여기로 끌어들일 수 있었다."

"하! 터무니없는 자로다!"

창귀가 웃음을 터뜨렸다. 구겨진 얼굴에는 오만함이 가시지 않았다.

"그래서? 네놈이 대체 뭘 할 수 있느냐? 나졸 놈들의 힘으로 산군님을 퇴치해 볼 생각이더냐? 하지만 이미 늦었다! 산군님께 저 커다란 호랑이 기운이 들어왔으니까! 산군님은 곧 호랑이 중의 호랑이가 되신다! 나는 그분의 으뜸가는 신하가 되어 산군님이 천하를 지배하도록 이끌 것이다! 온 세상이 내 발아래 조아리게 된다!"

어사가 동요하는 기색은 없었다.

"모르느냐? 죽은 호랑이가 남길 건 가죽뿐이라는 걸."

"그게 무슨……."

창귀가 말을 멈췄다.

"산군……님?"

호랑이 머리에 난 붉은 점, 사인총의 총알이 박힌 곳에서 끈적한 붉은 피가 느리게 흘러내렸다. 호랑이의 꿈틀거림이 서서히 멎어갔다. 일그러진 얼굴로 창귀가 소리쳤다.

"이럴 리 없다, 이럴 리 없어! 분명 사인총의 기운으로 더욱 강대해지셔야 마땅한데. 저 꼬맹이가 든 총이 무서운 기운을 내뿜고 있으니, 진짜 사인총일 텐데…… 어째서!"

하나만 알고 둘은 모르는 창귀에게 사인총의 비밀을 말할 필요는 없었다. 인년 인월 인일 인시에 사인총과 함께 총알도 만드는데, 그걸 넣어 쏴야 비로소 요괴를 찢어발길 수 있다는 것을. 보통 총알을 넣어 쏘면 사인총도 일반 총과 다를 바 없다는 것을.

황망해하는 창귀를 보며 어사는 비로소 웃을 수 있었다.

"네놈이 무슨 짓을 한 건지 알겠느냐? 넌 주군을 죽을 자리로 몬 무능하고 멍청한 신하다."

숨이 끊어진 호랑이와 어사를 번갈아 보며 창귀가 몸을 부들부들 떨었다. 어사를 이용하려다 오히려 조종당하고 만 걸 알게 된 분노가 얼굴을 덮었다.

갑자기 시퍼런 머리 아래로 몸뚱이가 튀어나왔다. 찢기고 물어뜯긴 너덜너덜한 몸뚱이가 흐느적거리며 마구 부풀어 올랐다. 얼굴을 흉하게 일그러뜨린 창귀가 소리쳤다.

"날 농락하다니! 죽여버린다! 죽여버릴 테다! 이 요괴 같은 놈! 네놈도 나랑 같다! 네놈도 사람을 홀리고 속이는 놈이란 말이다!"

창귀가 어사에게 쏜살같이 덤벼들었다. 마패의 영험함조차 억지로 뚫고, 어사의 몸과 혼에 치명적인 상처를 입히려는 악의 가득한 몸놀림이었다. 어사는 꼼짝도 하지 않았다.

탕!

총소리와 함께 창귀가 우뚝 멈췄다. 추한 얼굴로 뭐라고 외치려 했지만, 입 한가운데 난 총알 자국 때문에 소리가 새어 나오지 못했다. 몸뚱이가 순식간에 갈기갈기 찢어져 어둠에 흩어졌다. 머리가 마지막까지 남아 허공에서 꿈틀거렸지만 그마저도 결국 산산이 찢겨 나갔다. 원한에 찬 창귀의 눈길조차 흩어져 모조리 사라졌다.

총을 내려놓으며 형이가 나직이 한숨을 쉬었다. 어사는 형이의 머리를 쓰다듬었다.

"처음은 보통 총알, 그다음은 요괴를 물리치는 총알로 장전했구나. 지시대로 잘해주었다."

"헤헤."

형이가 웃었다.

관아에 밝은 빛이 들었다. 드디어 산 너머에서 해가 모습을 보였다. 햇빛은 어사와 형이와 사또, 호랑이의 사체를 내리비추었다. 빛 아래 산 자와 죽은 것 외에는 아무것도 없었다.


5


호랑이 일을 수습하느라 어사는 온종일 관아에 있어야 했다. 자초지종을 표문으로 써서 발 빠른 부하에게 들려 보내고, 호랑이의 고기와 가죽을 처리하는 방법을 지시하고, 이방의 무고함을 믿는 고을 백성들에게 호랑이와 이방의 일을 그럴듯하게 꾸며 설명하는 동시에 호랑이를 잡는데 사또가 힘써 노력한 공이 참으로 크다는 거짓말까지 집어넣느라 무척 바빴다. 형이가 옆에서 거들었지만 바쁠 때 고양이가 끼어드는 것처럼 오히려 산만해질 뿐이었다.

어사 일행이 떠날 채비를 마친 건 해가 넘어가려는 때였다. 이방의 집 옆, 고을을 바깥과 잇는 외길 앞으로 사또가 부하들을 이끌고 마중 나왔다. 잔뜩 늘어선 공덕비 앞에 선 사또의 모습은 초조해 보였다. 어사는 사또에게 다가가 그에게만 들리도록 나직이 말했다.

"자네가 빼돌린 돈은 고을과 바깥을 잇는 새 길을 닦는 데 쓰도록 하게. 그러면 그대의 죄는 불문에 부칠 것이야."

"죄, 죄라니요? 대체 그게 무슨 말씀이신지……."

"자네가 얼마나 돈을 빼다 썼는지 이미 다 아네. 호랑이 소동을 틈타 부하들이 관아의 비밀 장부를 모조리 조사하였거든. 티끌만큼의 수상한 점도 다 찾아냈지."

사또가 힉, 새된 소리를 냈다.

어사는 사또 뒤의 송덕비들을 보았다. 고을 수령으로 온 자들의 공덕을 칭송하는 글이 가득했지만, 실상은 길조차 제대로 내지 않고 떠난 이들이니 공허한 빈말이었다. 비석에 새긴 아름다운 글자야말로 무능하고 혹독한 다스림의 증거일 터였다.

사또도 제 송덕비를 세우고 싶었기에 고을 사람들의 돈을 탐했고, 이방은 고을 사람들의 편을 들어주는 척하며 제 몫을 단단히 챙겼을 것이다. 쇠락해가는 고을의 모습에는 눈 돌린 채.

호랑이를 눈앞에 둔 것처럼 덜덜 떠는 사또를 보며, 당장 이자를 벌하고 싶다는 마음속 외침을 꾹 억누르고 어사가 말했다.

"이제라도 똑똑히 잘하게. 나중에 한 푼이라도 모자람이 있다면 이번 호환까지 덧붙여 죄를 물을 것이야. 알겠는가?"

사또는 얼굴이 파랗게 질려 고개만 조아릴 뿐이었다.

어사 일행은 고을을 벗어나 어두워진 산길을 한참 걸었다. 수행원들이 든 횃불이 위태롭게 일렁였다.

"어사님은 왜 사또의 죄를 묻지 않았습니까?"

뒤를 종종걸음으로 따라오던 형이가 문득 물었다. 어사는 고개 돌려 형이를 보았다.

"제게 귀띔하셨잖습니까. 사또가 이방이 집에서 호환을 입은 척 꾸밀 때 장부도 눈에 잘 띄는 곳에 남겨놓아, 관아의 돈을 빼돌린 죄를 그자에게 뒤집어씌우려 했다고 말입니다. 그런데 어사님은 왜 사또의 죄를 가벼이 넘기신 겁니까?"

"이 고을에 사또가 없어진다면 어떻게 되겠느냐?"

사또를 떠올리며 어사는 긴 숨을 내쉬었다.

"새로이 나라를 다스릴 이가 오기까지는 긴 시간이 걸릴 것이고, 내가 그때까지 고을에 머물 수도 없다. 아직 우리가 가야 할 곳이 많지 않으냐? 변변치 못해 보이는 이지만, 그런 자라도 지금은 자리를 지켜야 한다. 대신 다스릴 수 있는 자도 마땅히 없으니."

"저는 어사님이 이곳에 며칠이라도 더 머물렀으면 했습니다. 어사님처럼 지혜롭고 배운 것 많은 분이 이 고을을 돌보면 여기도 빠르게 평화로워지고 다시 예전처럼 번영을 되찾을 테니까요."

"사인총에 깃든 이치를 곧잘 아는 걸 보면, 사또도 학식을 쌓으며 바르게 백성을 다스리는 목민관이 되리라 다짐한 이였겠지. 하지만 그는 그러지 못했다. 너는 길 입구에 있던 송덕비들을 보았느냐?"

형이가 고개를 끄덕였다. 어사가 말을 이었다.

"사또는 이곳에 온 뒤, 쇠락한 고을의 현실에 지레 포기하고 제 욕망에 굴복하고 만 것이다. 선정을 베푸는 어려운 길보다 쉬이 송덕비 남기는 길을 택했고, 이방 같은 타락한 자를 못 본 척하고 그자가 더한 괴물로 변모하는 걸 방기했다.

어쩌면 이방 또한 마찬가지였겠지. 마을을 지키려 노력하다가 절망하고 큰 힘을 취하려 들었던 것인지도 모른다. 그런 일이 내 경우가 되지 말라는 법은 없다."

형이는 이해할 수 없다는 듯 고개를 갸웃거렸다. 어사가 말했다.

"가정맹어호(苛政猛於虎)라고 했느니라. '가혹한 정치는 호랑이보다 무섭다'는 말이다. 호랑이보다 더 무서운 건 사람이 제 욕심에만 이끌려 다른 이를 지배하며 괴롭히는 짓이지. 나도 언제 어떻게 내 시커먼 욕망을 드러낼지 모른다. 나라에서 어사 일을 하라며 준 힘으로, 너와 네가 짊어진 사인총으로, 다른 이를 해치려 들 수도 있지."

"어사님은 그러지 않으실 겁니다. 제가 지켜볼 테니까요."

형이가 또박또박 말했다. 어사는 웃었다.

*"네놈도 나랑 같다! 네놈도 사람을 홀리고 속이는 놈이란 말이다!"*

순간 창귀의 목소리가 들렸다. 어사는 그만 발을 멈출 뻔했다. 환청이 분명한 목소리가, 너무나도 또렷하게 귓가를 울렸다.

'이건 환청일까? 아니면 내 마음속 소리일까?'

"어사님?"

형이가 물었다. 어사는 애써 침착하게 대답했다.

"아니다, 그만 발을 헛디딜 뻔했다."

"조심하십시오. 어두운 길을 걸을 때는 반 발짝만 엇디뎌도 어떻게 될지 모른답니다."

"조심하마."

어사는 나직이 말했다. 형이와 창귀, 양쪽 모두에게 하는 대답이었다.

# 반쪽이가 온다

## 위래

2010년 네이버 오늘의 문학에 〈미궁에는 괴물이〉를 게재하며 첫 고료를 받았다. 이후 여러 지면에서 꾸준히 장르소설을 썼다. 브릿G 제2회 종말문학 상공모전에서 〈죽이는 것이 더 낫다〉로 당선, 제11회 SF어워드 중단편 부문에서 〈두 발로 걷는 남자 괴담〉으로 우수상을 수상했다. 소설집 《백관의 왕이 이르니》, 장편소설 《허깨비 신이 돌아오도다》를 출간했다. 웹소설 《마왕이 너무 많다》, 《슬기로운 문명생활》을 썼고, 《무능한 마법사의 무한회귀》를 연재하고 있다.

### 전설 | 반쪽이

경기도 양주시에서 전승되는 설화로, 신체의 절반만 가지고 태어난 반쪽이가 힘과 지혜를 가지고 위기를 극복하는 이야기다.

꽃님이는 대감 집에서 잘 살았다. 대감의 명으로 규방에서 나가지는 못 했지만 그래도 먹고 싶은 것도 입고 싶은 것도 달리 원할 것도 없이 모두 가졌으니 모두가 부러워할 만한 삶이었다. 다만 모두가 그렇게 생각하지는 않는 듯, 툇마루에 걸터앉아 접문을 열어놓고 책을 읽고 있는 꽃님이에게 달래가 말을 걸었다.

"아가씨는 답답하지 않으세요?"

꽃님이는 새삼스러운 질문이라는 듯 답했다.

"답답해? 왜?"

"여간해선 규방에서 나오시질 못하잖아요."

"괜찮아. 더우면 덧문 열고 부채질하고, 추우면 네가 나무 넣고 바닥을 데워주잖니. 이처럼 안락한데, 무엇을 더 바라겠어."

"세상이 궁금하진 않으세요?"

"글쎄, 규방 네 짝 접문 열면 툇마루가 있지."

"툇마루는 그냥 툇마루죠."

"네 눈엔 그래 보이니? 하지만 툇마루는 봄이면 개나리며 벚꽃이며 산당화며 바람에 날려 떨어진 꽃잎이 떨어져 있고, 여름이면 처마 너머로 들이닥친 빗줄기에 흠뻑 젖었다가, 가을이면 울긋불긋한 낙엽들이 날려 와 쌓이고, 겨울이면 눈이 소복히 쌓이지."

"그게 전분가요?"

"툇마루 위로는 안마당도 보이지. 뭐, 안채로는 사람이 잘 들지 않지만 가끔은 말벌집 떼어내고 새집 쳐내는 하인이나, 마님이 무슨 일인지 큰 항아리 옮기라 명하면 이고 안고 중문 담을 지나가는 사람들을 줄줄이 보기도 하고, 대감님이 마님 찾아왔다가 담배 뻐끔뻐끔 피우는 걸 보기도 하지."

"또 있나요?"

"안채에서 바깥채로 이어지는 중문이 있고, 중문 너머는 이런저런 일을 하는 하인 말고도 손님들이 사랑채 오가는 것이 힐끗힐끗 보이지. 갓에 도포를 두른 양반이 대부분이지만 가끔은 가면을 머리에 차고 있는 놀이패며 얼굴에 하얀 분을 칠한 박수 무당이며 양손에 흙을 시커멓게 묻히고 다니는 약초꾼이며 봇짐을 잔뜩 메고 온 장사꾼 같은 사람들도 있어."

"그 다음은요?"

"다음? 그 위를 보면 하늘이 보이지."

꽃님이와 달래는 둘 다 고개를 들어 하늘을 보았다. 그러다 꽃님이가 먼저 달래를 바라보았다.

"이게 전부냐 싶겠지만 그렇지 않아. 눈에 보이는 게 전부는 아니거든. 귀를 기울이면 마을 우물 앞집 사는 박씨네가 낳은 아이가 사내애라는 것도 알 수 있고, 코를 킁킁대면 오늘 저녁 일꾼들이 야참으로 먹을 음식이 구운 고구마라는 것도 알 수 있지. 규방의 네 짝 접문을 열면 나는 툇마루에 앉기도 전에 이 마을에서 무슨 일이 일어나는지 대강은 알지."

"나머지는요?"

"나머지? 나머지는 달래에게 들으면 돼."

그 말에 달래가 웃었다.

사실 다른 사람이 보기로는 꽃님이의 삶에 걱정할 것은 없었다. 대감 집은 몇백 년 동안 내려오는 큰 양반 가문이다. 집안에서 높은 자리를 한 사람도 여럿 나왔다. 대감은 나이가 많을 텐데 젊은이만큼이나 정정해서 건강도 타고났다는 소리를 들었다. 사실 대감의 나이를 정확히 아는 사람이 없긴 했다. 대감은 아주 오래전부터 대감이었다.

　달래가 꽃님이에게 말했다.

"그나저나 아가씨 요즘 밤중에 좀 뒤척이시던데 괜찮으신가요?"

"그랬니? 몰랐어."

　사실 꽃님이는 최근에 꿈을 좀 꿨다. 첫 번째 꿈에서 꽃님이는 무언가를 잃어버렸고 그것을 찾으려고 하고 있다. 그런데 그것을 찾아 규방을 나서게 되면 만나게 되는 사람들이 모두 꽃님이를 보고선 주저앉아 엉엉 울거나, 뒤도 돌아보지 않고 비명을 지르며 부리나케 도망가 버리는 것이다. 제일 가관인 것은 대감이라, 꽃님이가 어찌할 줄 모르고 사랑채로 찾아가니 대감은 마당에 무릎을 꿇고 머리를 조아리고 손을 박박 빌면서 죄송하다 연발했다. 그럼 꽃님이는 "아버지 그만하셔요" 말해보지만 대감은 꽃님이 말을 전혀 듣지 못하는 듯 그대로 머리를 바닥에 쿵쿵 찧으니, 꽃님이는 화가 나는 것도 아니요 슬픈 것도 아닌 채 단지 찾으려고 하는 것이 그곳에 없는지라 사랑채를 나가고 만다. 그러다 문밖에 어떤 반가운 얼굴이 있어 집 밖으로 달려 나간다.

　두 번째 꿈에선 저승차사가 나온다. 저승차사는 초록 띠를 두른 검은 관모에 붉은 갑주를 입고 백마를 끌고 왔다. 대장부와 같은 용용이 있어야 할 저승차사이건만, 이 저승차사는 어딘가 어리숙하고 맹해 보인다. 저승차사는 꽃님이를 보더니 허리춤에 차고 있던 붉은 명부를 뽑아서 더듬더듬 읽기 시작한다. 꽃님이는 잘 들리지 않아 좀 더 귀를 기울인다. 처음에는 다른 사람 이름을 외우나 싶지만 그렇지 않다.

"……없구만, 없어. 어디에 있지. 아무리 찾아봐도 없어. 이럴 리가 없는데, 왜 없지. 없으면 안 되는데도, 참. 정말로 없는가……."

세 번째 꿈에선 좁다란 통로를 지나간다. 통로의 끝에는 으스스하게도 두 개의 빈 관이 놓여 있다. 관 뒤에는 상이 차려져 있고 백반 한 그릇 옆에는 쇠고기국이 한 대접, 그 앞으로 육전에 숭어구이, 전복찜에 문어숙회, 더덕구이, 고사리와 박, 시금치 나물무침, 절편에 송편, 수수팥떡과 같이 꽃님이가 이미 알고 음식이 즐비하다. 그리고 커다란 향로에 쌓인 것이며 아홉 가지 서로 다른 재료를 가지런히 놓은 것, 고기를 절편으로 썰어둔 것 등 이름 모를 요리도 많아 허기지지 않더라도 침이 고일 만했다. 다만 신경 쓰이는 것이 있었다. 가장 뒤편에 커다란 돼지머리가 놓여 있으니 이 상은 고사상이란 뜻이다. 누가 누구를 위해 이렇게 거창한 고사를 지내는 것일까? 하지만 그런 의문도 잠시일 뿐 꽃님이는 식욕을 이기지 못하고 수저를 들고 상에다 손을 뻗는다. 밥숟갈을 크게 떠올려 입가에 가져다 대는 순간, 느닷없는 악취 때문에 잠에서 깨버리고 만다.

세 꿈 다 꿈풀이를 하지 않고 그냥 느끼기에도 여간 요사스러운 꿈이 아닌지라 달래에게도 쉽게 말할 수 없었다.

꽃님이는 하는 수 없이 꿈 이야기를 빼고 말했다.

"글쎄, 뭔가 중요한 걸 잃어버린 느낌이 들어."

달래가 주억였다.

"저도 빨래하러 가면 도착해서야 두고 온 빨랫거리 한두 개 떠올리고 말죠."

"그건 잊어버린 거고."

"둘이 다른가요?"

"잊어버린 건 떠올릴 수 있지만 잃어버린 건 그게 무엇인지 떠올리지도 못할뿐더러 되찾을 수도 없어. 무얼 잃어버렸는지는 영원히 알 수 없는 거지."

달래가 고개를 가로저었다.

"없지는 않죠."

"없지는 않다고?"

"네. 잃어버린 게 돌아오면 될 일 아닌가요?"

그 말에 이번엔 꽃님이가 웃었다.

"그나저나 또 무언가 재미난 이야기가 있어 온 것이지?"

꽃님이는 달래를 잘 알았다. 웃어른들이 일 시키면 "네네" 하며 싹싹한 데다 일은 또 얼마나 야무지게 잘하는지 한겨울엔 얼음 깨서 빨래하고 한여름엔 제 몸만 한 동이를 머리 위에 지고 다니니, 일꾼 보고 이놈 저년 소리 입에서 떠날 일 없는 마님도 달래 보고는 "달래야, 너 나이만 차면 하는 거 봐서 좋은데 시집 보내주마" 했다. 달래도 그게 빈말인 건 알았다.

남들은 달래의 천성이 일꾼이라고 생각하지만 달래의 천성은 이야기꾼이었다. 달래는 누가 타박하면 고개를 조아리며 눈을 내리깔고 묵묵하게 일을 하다가도 주변에 사람이 없는 게 확실해지면, 그러고도 몇 번인가 하늘과 땅을 보고 새도 쥐도 없다 싶으면, 꽃님이에게 쪼르르 달려와 툇마루에 앉아 쫑알대기 시작했다.

"얼마 전에 여기 칸수 세러 온다던 향리 이야긴 들으셨죠?"

"응. 이번에 증축하면 백 칸이 넘을 텐데, 여간 깐깐한 사람이 아니라 오래된 창고는 헐어야지 않겠냔 이야기도 했잖아."

"맞아요. 근데 대감님이 그 향리를 사랑방으로 불러 종일 병나발을 불게 해서 제 손발 개수도 못 헤아리게 만들어 보냈다네요."

"그래?"

"아, 또 있다. 얼마 전에 수염 멋들어지게 기르고 뻣뻣하게 풀 먹인 도포 두르고 다니는 영감님 보신 적 있으시죠?"

"응. 턱을 번쩍 들고 뒤로 넘어갈 듯이 가슴 내밀고 다니는 그 할아버지? 대감님을 자주 뵌다고 들었어."

"순덕이가 그분 심부름을 몇 번 했거든요. 그러다 보니 그 손님이 순덕이를 좋게 봐서 이런저런 잡담을 할 수 있었는데 알고 보니 모악산이라고 큰 산에서 공부하고 내려온 도사님이라네요."

"도사님이 대감님을 왜 그렇게 자주 만나지?"

"막역한 사이라고도 하던데요."

"그래? 난 도사님 처음 보는데. 이상하지 않아?"

"옛날 친구일지도요. 뭐 그래도 대감님은 큰일을 하시니 길흉화복을 아는 게 중요하지 않겠어요?"

꽃님이가 '그런가?' 하고 있으니 달래가 또 뭔가 생각난 듯 말했다.

"대감님 말씀하시니 생각났는데, 대감님이 애지중지하던 금두꺼비 말이에요."

"매일 밤마다 꺼내서 붉은 비단으로 쓰다듬던 그거?"

"네. 막철이가 대감님이 귀한 물건 싸 주시면서 '현감 나리께 가져다드려라' 했대요. 받아보니 그리 크지도 않은 함이 묵직하더래요. 혹시나 하고 가는 길에 슬쩍 열어봤더니 그 금두꺼비였다네요."

"그래서? 막철이가 두꺼비 발가락이라도 떼었대?"

"설마요. 선물로 보내는 물건에 흠집이 있으면 아쉬운 소리 없지 않을 텐데. 들통나면 경을 치겠죠."

"선물 받으면서 그런 소리 할까?"

"그냥 선물이겠어요? 대감님이 무슨 꿍수가 있으니 현감 나리에게 잘 봐주십시오, 하고 주는 거겠죠. 사례라는 건 상인 간의 거래처럼 항상 정해진 값이 있으니 그에 맞는 값을 치러야만 하는 거고요. 막철이도 그걸 모를 정도로 바보는 아니죠."

"그 길로 금두꺼비 안고 멀리 가서 살 정도로 똑똑하진 않지만서도."

"아가씨도 참."

꽃님이는 접문 밖으로 고개를 살짝 빼서 주변을 바라보았다. 눈에는 보이지 않지만 중문 담 너머로 사람들이 분주하게 오가는 발소리며 정확히 뭐라는 지는 알 수 없지만 떠드는 목소리가 들려왔다.

"그나저나 오늘은 다들 바빠 보이네. 일꾼들은 그렇다 치고 마님도 여기저기 오가고, 대감님도 사랑방 밖으로 나와서 큰 목소리 내고 계시니."

"큰 소동이 일어날지도 몰라서요."

"큰 소동?"

"사실 그 이야기 하려고 온 거거든요."

"무슨 이야기?"

달래가 꽃님이의 귀에다가 소곤거렸다.

"반쪽이가 온대요."

◈

약초꾼 덕봉은 평소 가지 않는 길로 들어섰다가 그만 발을 헛디뎌 굴러떨어지고 말았다. 하필 해가 저물 무렵이었다. 발목이 부러져서 산길을 내려갈 수도 없고 약초밭에서 당귀나 좀 캐올 생각으로 몸을 가볍게 왔기에 밤이슬을 맞으면 꼼짝없이 얼어 죽을 판이었다. 깊은 산중에 누가 들을 리도 없다는 걸 알아서 사람 죽는다고 끙끙 앓다가 "아이고 도깨비라도 좋으니 사람 좀 살려주오" 하니 커다란 그림자가 덕봉의 앞에 나타났다. 덕봉은 도깨비인가 보다 하고 깜짝 놀랐으나, 나무 그늘에서 나온 것은 사람이었다. 키가 칠 척이 넘는 장정은 이름을 산돌이라고 밝혔다. 산돌은 덕봉을 등에 업고는 밤중에도 산길을 터벅터벅 걸어 마을 어귀에 덕봉을 놓고 갔다. 이후로 깊은 산속에 혼자 사는 산돌이란 이름이 마을에 알려졌다.

처음에는 워낙에 키도 크고 인상도 무서운 데다 마을 밖에 혼자 살고 있는 사람이니 다들 가까이하지 않았다. 하지만 덕봉을 비롯해 약초꾼이며 사냥꾼들이 산돌에게 이런저런 도움을 받고는 정이 많고 선한 성격이라는 것을 사람들이 알아보았다. 그 소문이 퍼져 마을 사람들도 산돌이 나무를 하거나 약초를 내다 팔면 사주었고, 산돌도 마을로 내려오는 일이 잦아졌다. 마을 사람들은 산돌에게 마을에 내려와 살지 그러느냐 권유도 하곤 했는데, 그럴 때마다 산돌은 산속이 마음이 편하고 좋다고 하곤 산속으로 터벅터벅 들어가 버렸다. 산중에 사는 사람치고 예의도 알고 태도도 정중했다. 사람들이 사이에 도는 말에 따르면 산돌은 어디 고관대작의 숨겨둔 자식인데 집안에 변이 있었던 것을 어찌 혼자 화를 피했다가 정체를 숨기고서 산속에 사는 것 아니냐 했다. 그게 사실인지 아닌지는 몰라도 다들 그 이야기에 괜히 파고들었다 화를 입을까 봐 더 깊게 알 생각은 하지 않았다.

마을 사람들에게 산돌이 당연해질 무렵 한 가지 사건이 생겼다. 총각이라고 알려진 산돌이 꽃분이라는 이름의 여자와 함께 살게 된 것이다. 듣기로 여자는 들어본 적도 없는 먼 마을 출신으로, 혼자 죽으려고 산속에 들어왔다가 억울한 마음이 들어 산중을 며칠이나 헤매다 의식을 잃고 쓰러진 것을 산돌이 구했고 그것이 연이 되어 함께 살기로 한 듯했다. 여인이 무슨 일이 있어 태어난 마을을 버리고 죽겠다고 산속에 들어온 것인지는 모르나 서로 짝을 지어 잘 살게 되었으니 마을 사람들도 기쁘게 알고 떡을 선물로 쪄 보냈고, 산돌과 꽃분이 함께 마을로 와서 어른들에게 큰절하며 혼례식을 대신했다. 그렇게 산돌과 꽃분이 행복하게 살았다면 좋았을 것이다. 그렇게 끝나는 이야기도 있으니까. 하지만 이야기는 끝나도 삶은 계속된다.

　둘까지는 괜찮았다. 그런데 셋째를 놓으려니 꽃분이 크게 아팠다. 입에 풀칠만 하는 형편에도 겨우 의원을 불렀지만 의원도 달리 방도가 없다고 했다. 그때부터 산돌은 잠도 자지 않고 꽃분을 보살피면서 시간이 날 때마다 대접에 물 떠 놓고 꽃분이 좀 살려 달라 산신령에게 빌었다. 그러자 산돌의 꿈속에 수염을 바닥에 닿도록 길게 늘어뜨린 노인네가 나와서는 자신이 가르쳐주는 길로 가서 땅을 파헤쳐 나오는 뿌리를 푹 삶아 아내에게 먹이라고 했다. 산돌은 잠에서 깨자마자 홀린 사람처럼 나무 호미 집어 들고 노인이 말한 그 자리로 달려갔다. 주변에 안개가 자욱하니 꿈에서 본 그대로였다. 산돌이 땅을 파헤치니 그 자리에선 아직 썩지도 않은 사람 다리가 튀어나왔다. 산돌이 놀라서 주저앉자 주변 안개가 걷히며 무덤이 모습을 드러냈다. 산돌은 다리를 집어 들고 오래 고민했다. 하지만 노인이 말한 자리는 모두 꿈속에서 본 대로였고, 그 뜻을 다 따르면 꽃분을 살릴 수 있을 거라 믿었다. 산돌은 큰 죄를 저지른다는 걸 알면서도 꽃분이 몰래 그 다리를 푹 고아서는 꽃분에게 먹였다. 노인의 말대로 꽃분은 건강해지고, 아이를 낳을 수 있었다. 그리고 이야기 속 죄지은 사람은 꼭 벌을 받는 것처럼, 산돌도 벌을 받았다. 잠만 자면 다리 하나 없는 산송장이 "내 다리 내놔" 외치며 기어오는 것이다. 다만 벌은 산돌만 받은 것이 아니었다. 꽃분도 벌을 받았다. 반쪽이를 낳은 것이다.

반쪽이는 왼쪽만 있고, 오른쪽은 없다. 눈도 왼쪽, 귀도 왼쪽, 콧구멍도 왼쪽만 온전하고, 입술도 왼쪽만 제대로 벌려진다. 팔도 왼팔, 다리도 왼다리만 있다. 얼굴과 몸통의 오른쪽은 누가 꾹 눌러 문댄 것처럼 형태를 찾아보기 어렵고, 왼쪽과 비교하면 반의 반절도 남지 않은 정도로 야위었다.

  꽃님이도 반쪽이를 본 적이 있었다. 어렸을 적 대감 허락을 받아 단 한 번 직접 노리개를 사러 밖에 나갔을 때였다. 무언가 시선이 느껴져 마을의 북쪽 산을 바라보니 높은 바위 절벽 위에 가느다란 작대기와 같은 몸 하나가 나뭇가지에 기대어 있는 것이 보였다. 반쪽이였다. 해가 지고 있었고 반쪽이의 오른편은 그림자가 파먹은 듯 보이지 않아 정말로 반만 남은 사람처럼 보였다. 다른 사람들이라면 그 모습에 놀라 비명을 지르거나 급하게 눈을 돌리겠지만 꽃님이는 어딘가 반가운 마음이 들어 가만 바라보았다. 먼저 움직인 것은 반쪽이였다. 반쪽이는 꽃님이를 흘겨보다 부목을 짚은 그대로 절뚝절뚝 뒤로 물러나 사라졌다. 신기한 외견을 두고 달래에게 말하니 달래가 깜짝 놀라 그 이름이 반쪽이며 무서운 소문을 몰고 다니는 아이라는 것을 알려주었다.

  이야기에 따르면 산돌은 결국 산신령에게 용서받지 못했다. 산돌과 꽃분 사이에 있던 세 형제 중 반쪽이를 제외한 첫째와 둘째가 그만 호랑이에게 물려 죽은 것이다. 옛날에 사냥꾼이 쏜 화살에 맞아 오른쪽 눈이 없는 호랑이는 오랜 시간 마을 북쪽 산에 살면서 산군 노릇을 하였고, 마을 사람들은 산군님이 마을을 지켜준다고 믿었다. 그런 신령한 애꾸눈 호랑이에게 물려 죽었으니 벌이 아니고서는 설명할 수 없는 것이다. 산돌과 꽃분은 무척 슬퍼하면서 산군님에게 치성을 드려 제를 올리고 죄를 반성하였다. 하지만 그렇게 생각하지 않는 한 사람이 있었다. 반쪽이였다. 반쪽이는 그날로 도끼를 들고 산속으로 달려갔다. 그러고는 이레가 지난 뒤 입가에 피 칠을 하고 애꾸눈 호랑이의 가죽을 들고 돌아왔다. 산돌이 묻기를 "입에 묻은 그 피는 무어냐?" 하니, 반쪽이는 "사냥꾼들이 복수를 하면 그 생간을 씹어 먹는다 하여 그리 했습니다" 했다. 사람들은 부목을 짚고 다니는 반쪽이가 무슨 수로 애꾸눈 호랑이를 잡아 죽일 수 있었는지 의아할 따름이었고, 덕분에 반쪽이에 대한 소문은 걷잡을 수 없이 불어난 것이었다.

그중에서도 반쪽이가 도깨비라는 것은 가장 잘 받아들여지는 이야기다. 산돌의 꿈에 나타난 흰 수염의 노인은 사실 도깨비였다. 뿌리를 캐내라 했더니 사람 다리가 나온 것도 어딜 봐도 도깨비장난인지라, 그걸 고아 먹였으니 꽃분의 배에 도깨비 씨가 들어섰다고 해도 이상할 것이 없다. 그리고 도깨비는 다리 하나가 없다고들 하니 반쪽이가 도깨비인 것도 이상할 것이 없다. 그런 이야기가 돌자 반쪽이가 보기와 다르게 도깨비와 같이 힘이 세다는 소문도 함께 돌았다. 마을에서 가장 힘이 세다는 바우가 언덕에서 반쪽이를 만나 호기심이 동해 씨름 한판 붙자 해보니 반쪽이가 단박에 바우를 거꾸러뜨렸다는 이야기도 있고, 반쪽이가 사람 보는 데서는 부목을 짚고 다니지만 아무도 없는 산중에서는 앙감질로 풀쩍풀쩍 계곡을 뛰어 올라가더라는 이야기도 있었다.

다만 꽃님이 생각엔 반쪽이에게 애꾸눈 호랑이가 죽었다면 그 호랑이는 산군이 아니다. 그렇다면 반쪽이의 두 형제도 벌을 받아 죽은 게 아니니 달리 벌을 준 사람도 없는 것이고, 따라서 반쪽이가 도깨비 씨로 태어난 자식도 아니지 않은가 싶었다. 애꾸눈 호랑이가 물어 죽인 것은 그 두 사람 외에도 많았다. 계수나무 아래 살던 노파도, 이제 막 걷기 시작한 마을 어귀 대장장이네 막내도 벌 받을 만한 이유는 없었다. 또 산돌이 정말로 사람 다리를 끊어다 꽃분에게 주었는지도 의문이었다.

죽은 사람 몸은 금방 썩기 마련이니 묻힌 지 얼마 되지 않은 묘에서 나온 다리라면 그 가족이 산돌을 가만두지 않았을 테고, 반대로 주인도 모를 오래된 묘의 다리라면 뼈다귀도 삭아서 흙이 되었을 것이다. 깊은 산속에 사는 산돌이 그런 소문이 돈다는 것을 알고나 있을까? 알고 있더라도 진실을 이야기할 기회가 있을까? 사실을 말한 적이 있다 한들 꽃님이 그 설명을 듣기 전에 다른 이야기가 끼어들었던 것 아닐까? 이쯤 되니 자연스럽게 반쪽이가 애꾸눈 호랑이를 잡아 죽였다는 것도 사실이 아닐 거라는 생각이 든다. 애꾸눈 호랑이는 산군 소리 들을 정도로 오래 살았으니 이제는 언제 늙어 죽더라도 이상하지 않다. 반쪽이가 애꾸눈 호랑이를 찾아다니다 우연히 사체를 발견해 가죽을 벗겼다는 게 더 그럴듯하다. 꽃님이는 여러 의문을 놔두고서 달래가 듣고 싶어 할 질문을 했다.

"그래서 반쪽이가 왜 오는데?"

그 말에 달래는 아무도 없는 안마당을 두리번대며 말했다.

"이것 참, 말조심을 해야 하는데."

"무슨 일이길래?"

"다른 사람한테는 다 해도 아가씨한테만은 이야기하면 안 된다고 했거든요."

그 말에 꽃님이가 웃었다.

"그런 게 어디 있니? 나에게만은 해서 안 될 이야기라면 도리어 내가 꼭 알아야할 이야기 아닐까? 그 이야기가 내게 해서는 안 될 것인지 해도 될 것인지를 내가 알아야 하잖니?"

"세상엔 몰라도 좋을 이야기가 있지 않겠어요?"

"그럼 이야기를 시작도 하지 말아야지."

"것도 맞는 말이네요."

달래가 꽃님이에게 손짓하자 꽃님이가 달래의 입에다 귀를 가져다 댔다.

달래가 소곤거렸다.

"반쪽이가 꽃님 아가씨를 만나러 온데요."

꽃님이는 잠깐 놀랐다가 소리 죽여 말했다.

"나를? 왜?"

"몰라요. 반쪽이가 장가들 나이가 됐다네요. 그래서 꽃님이 아가씨를 데려갈 거래요."

"형편 좋은 아가씨들이 많은데, 규방에서 나오지 않아 미인인지 박색인지도 모를 나를 왜 찾아온다니?"

"그야 모르죠. 마을에서 가장 큰 대감댁 아가씨라서? 규방에서 나오지 않는 신비로운 여인이라?"

꽃님이가 듣고서 가만있으니 과연 평소보다 훨씬 집 안이 소란스러웠다. 고함과 발소리, 악쓰는 소리, 잡담하며 떠드는 소리, 가기 싫다고 버티는 소 울음소리, 이런저런 소동과 무관하게 마당에서 달음박질하는 아이들 웃음소리, 아이들

따라다니며 개 짖는 소리, 닭장에서 암탉한테 소박맞아 쪼이며 도망 다니는 수탉 날갯짓 소리가 들려왔다.

꽃님이가 말했다.

"그건 차치하고. 찾아오면 오는 거지 이렇게 소란을 피울 일이야?"

"데려간다잖아요. 누구도 아니고 반쪽이가. 정말로 반쪽이가 꽃님이 아가씨를 업고 가버리면 대감님 체면이 어떻게 되겠어요?"

"반쪽이가 날 업으면 부목은 어찌 짚고?"

"반쪽이는 도깨비와 같은 힘을 가졌으니 알아서 하겠죠. 펄쩍펄쩍 뛰어다닐지도."

"그건 웃기다."

"아가씨 이야기인데요. 웃을 일이 아니죠."

꽃님이가 물었다.

"그래서 난 뭘 하면 되는데?"

"가만있으시면 되겠죠. 대감님이 알아서 하실 테니."

"정말? 반쪽이가 정말로 도깨비와 같은 힘을 가지고 있으면 대감님이 얼마나 사람을 많이 부려도 못 막지 않을까?"

"그 말도 맞네요."

달래는 궁리하는 듯 망설이다 말했다.

"하지만 그게 사실이면 아가씨도 달리 방도가 없겠죠."

◈

꽃님이가 보기에 마을 사람들도 반쪽이에 대한 소문에 대해 그리 믿지 않는 듯했다. 그도 그럴 것이 반쪽이에 대한 소문을 만들어낸 것이 마을 사람들이었다. 스스로가 만들어낸 이야기에 속는 일은 흔하지 않은 것이다. 그래서 다음 날 반쪽이가 다리 건너편에서 나타났다는 이야기가 들려와도 대감 명령으로 대감 집에 버티고 선 사람들은 태연자약했다. 대감 집에서 먹고 힘을 좀 쓰라고 고깃국에 술상을 차려다 주니, 대감님이 반쪽이를 핑계 삼아 논농사 끝낸 마을 사람들에게 잔치 벌여주는 거 아니겠느냐는 사람도 있었다. 마을 사람들은 교대로 마을로 들어오는 다리를 막아서고 반쪽이가 다리를 건너는지 건너지 않는지 감시했다. 반쪽이는 강 건너 마을을 들여다봤다가 돌아갔다가, 다시 와서 또 들여다보며 얼쩡거렸다. 하루가 지나고 또 이틀이 지나자 마을 사람들은 그동안 술에 거나하게 취하는 바람에 반쪽이가 있고 없고만 대감한테 일러주게 되었다. 그래서 다리 아래에서 무슨 일이 일어나고 있는지 몰랐다.

다리 아래에서 무슨 일이 일어나는지 알아차린 것은 강가에 살고 있는 옥섬이었다. 옥섬은 빨래를 하러 갔다가 강물이 마르는 것을 보고 보통 일이 아니라고 생각했다. 비가 온 지 오래되긴 했지만 하루 만에 강물이 마르기 시작하는 것은 요사스러운 일이다. 그것을 이르려고 대감 집에 갔지만 반쪽이 일이 아니고서는 다음에 듣겠다 하니 옥섬네처럼 강가 근처에 사는 집 말고는 강물이 마르는 것을 몰랐다. 강물이 마르는 이유는 간단했다. 누군가 강 상류에 둑을 세웠기 때문이었다.

모두가 방심한 그 순간에 물이 쏟아져 내려왔다. 평소 넓은 강폭 때문에 허술해도 괜찮았던 나무다리는 삽시간에 끊어졌고, 다리를 지키던 마을 사람들은 전에 본 적 없던 물줄기와 떠내려가는 다리에 놀라 도망쳐 버렸다. 대감은 왜 반쪽이를 살피지 않고 왔냐고 마을 사람들을 혼냈으나 마을 사람들은 그런 강줄기에 어떻게 반쪽이가 넘어오겠느냐고 말했다. 하지만 반쪽이는 어떻게 강을 훌쩍 넘었는지, 마을로 들어서는 고갯길에서 목격되었다.

옥섬의 이야기 덕분에 무슨 요술을 부리지 않고도 강 상류에 둑을 세우면 강물을 넘치게 할 수 있다는 것 정도는 다들 이해했다. 하지만 어떻게 반쪽이 혼자 그런 일을 벌일 수 있는가는 알 수 없었다. 게다가 반쪽이가 다리 너머에서 모습을 숨긴 시간은 모두 합해도 그리 길지 않아서, 아무리 발이 날랜 사람이래도 그 사이사이에 강 상류까지 다녀오긴 힘들었다. 반쪽이가 둑을 세우고 때에 맞춰 무너뜨릴 수 있었는지도 의문이었다. 그럴 수 있다면 그 자체로 요술이었다.

반쪽이가 도깨비 요술을 부려 대감 집에 들어올 거란 이야기에 대감이 나서 사람들을 다독였다. 용감하게 저 고갯길에서 더는 반쪽이가 들어오지 못하게 막는 사람에게 자기가 가진 금두꺼비를 주겠다고 한 것이다. 꽃님이는 달래에게 들어 대감의 금두꺼비가 이미 현감에게 넘어갔다는 걸 알고 있었지만, 사람들은 대감이 거짓말을 할 리 없다고 생각하는 듯했다. 바우를 비롯하여 마을에 힘 좀 쓴다는 장정들이 몽둥이와 봉을 들고 고갯길을 지키고 반쪽이가 오지 못하도록 막아섰다. 반쪽이에게 씨름을 졌다는 소문이 사실인 바우는 이번 기회에 설욕을 해보겠다는 다짐도 했다.

반쪽이는 또 고개 위에서 고갯길을 지키는 마을 사람들과 대치했는데, 이번에는 대치가 그리 길지 않았다. 반쪽이가 무릿매를 들고 무언가를 휘둘러 마을 사람들에게 던졌다. 마을 사람들은 돌을 던지나 싶어 돌팔매를 시작했다. 하지만 무릿매를 써도 고개 위에 있는 반쪽이에게 닿지는 않았다. 마을 사람들이 안 되겠다 싶어 달려가려니 반쪽이가 돌아가기 시작했고, 반쪽이가 던진 것이 단순한 돌멩이가 아니라는 걸 알게 되었다. 반쪽이가 던진 것은 곱게 싼 복주머니였는데, 복주머니 안에 작은 돌멩이가 있긴 하지만 날카롭지도 않고 맞아도 크게 다치지 않도록 솜도 껴 있었다. 다들 이게 뭔가 하며 복주머니를 뒤집어 까고 있는데 누군가 비명을 지르며 목덜미를 벅벅 긁어댔다. 누가 무슨 일이냐 묻기도 전에 다들 제 몸에다 손톱을 세워가며 긁으며 가렵다고 몸을 굴렸다. 복주머니 안에 빈대와 이와 벼룩이 가득했던 것이다. 대감은 고갯길이 비었다며 호통을 쳤고, 남은 사람들이 주저하면서 대감 집을 나섰다. 하지만 멀리 가기도 전에 대감 집에서 일이 벌어졌다. 대감 집 창고에서 쥐가 쏟아진 것이다.

창고 문을 열고 쏟아져 나온 쥐들은 딱히 사람들을 공격하지도 않았건만, 모두가 쥐 떼를 피하느라 제 발에 넘어지고, 넘어진 사람에 걸려 넘어지고, 두 눈 질끈 감고 달려가다 넘어지느라 혼비백산하였다. 쥐가 몸을 타고 넘어가자 사방에서 비명 소리가 들리고 또 비명 소리 듣고 무슨 일인가 싶어 고개 내밀고 봤던 사람들이 쥐 떼를 보고 놀라서 또 도망가느라 비명을 질렀다. 천지에서 사람 살리란 소리가 들리니 마을 곳곳 다른 골목에서 대감 집 가는 길 지키고 있던 장정들도 도망치기 바빴다.

그래도 대감은 정신을 바짝 차리고 있었고, 대감이 부리는 종들은 쥐 떼보다야 대감이 더 무서우니 비질로 쥐 떼를 물리치면서 자리를 지키고 섰다. 대감은 반쪽이만 오지 못하게 막으면 종들에게 땅도 한 마지기씩 준다고 일러뒀으니 금두꺼비처럼 본 적도 없는 물건보다야 믿을 만했다. 하지만 종들도 깜짝 놀랄 일이 일어났다. 마을 어귀에서부터 불그스름한 기운이 올라온 것이다. 불이었다.

매캐한 연기가 코를 찌르고 공기가 후끈해지니 종들이 수군거렸다. 검은 연기를 보아하니 불길은 대감 집으로 향하는 듯했다. 불길이 두려운 것도 두려운 것이지만 서둘러 불길을 잡지 않으면, 하다못해 대감 집 담벼락에 물이라도 끼얹어 두지 않으면 지켜야 할 대감 집도 모두 타버릴 터였다. 대감은 전전긍긍하다가 겨우 종들에게 우물과 강에 가서 물을 퍼 날라 오라고 일렀다.

꽃님이 옆에 붙어 있던 달래까지 불려 나가자 꽃님이는 혼란한 통에 자기 주변에 아무도 없다는 걸 깨달았다. 꽃님이는 덧문을 열고 툇마루로 나섰다가, 좀 더 용기를 내서 안마당을 거닐었고, 중문 담을 끼고 걷다가 중문 앞에 섰다. 그리고 중문을 나섰다.

쥐 몇 마리가 꽃님이의 다리 사이로 지나갔지만 꽃님이는 무섭지도 징그럽지도 않았다. 발에 채일 듯 가까이 붙어 코를 킁킁대는 쥐를 잡아다가 냄새를 맡아보니 쥐 오줌 냄새가 지독했다. 쥐는 여간하면 제 몸을 단정하게 하려는 동물이니 좁은 곳에 오래 갇혀 있었던 듯싶었다. 대감 집은 신경 써서 쥐를 잡으니 대감 집에서 불어난 쥐는 아니다. 꽃님이가 상상하기로서니, 대감 집 창고에는 선물이 쉬는 날 없이 들어오니 제대로 확인도 해보지 못한 함 안에 쥐가 가득 들어 있었던 듯싶었다. 빈대와 이와 벼룩도 신경 써서 잡아다가 복주머니에 가두지 못할 것 없으니, 무기로 쓴다고 해도 기묘한 힘까진 아니다. 강에 쌓은 둑도 쉽게 이해할 수 있었다. 반쪽이는 몸이 불편하고 혼자 살지 않는다. 당연히 다른 사람의 도움을 받으며 살지 않을까? 남은 수수께끼는 불길이었다.

꽃님이는 담장에 기어올라 마을 외곽을 바라보았다. 멀리서 사람들이 "불이야, 불이야!" 하고 외치는 소리에 불그스름한 하늘은 분명 보이지만, 어디에도 분명하게 불타고 있는 집은 없었다. 잘 구분을 하면 마을이 아니라 마을 밖의 수풀이 불타는 것 같았다. 반쪽이는 추수 끝난 시기 맞춰서 온다고 일러뒀으니, 논에는 말리기 위해 둔 지푸라기들이 가득했다. 덕분에 불이 활활 타오르는 것이다.

하지만 여전히 의문이 남았다. 반쪽이는 어떻게 다리가 무너진 사이에 강을 건넜을까? 한쪽 다리 밖에 못 쓰는 반쪽이는 어떻게 바우와의 씨름을 이긴 것일까? 반쪽이가 부목을 짚고 다닌다는 사실을 깨달으니 더 이상한 부분이 있었다. 다 늙은 호랑이라 하여도 절뚝절뚝 부목 짚는 소리를 내며 쫓아오는 반쪽이를 몰랐을 리는 없다. 반쪽이는 어떻게 애꾸눈 호랑이를 죽인 걸까?

혼자 의문에 골똘한 꽃님의 앞에 대감이 도사와 종을 이끌고 나타났다.

대감이 얼굴이 벌게져서 꽃님이에게 말했다.

"너 이 녀석! 여기서 뭐 하는 게야? 한참 찾았지 않느냐?"

꽃님이는 담에서 내려와 고개를 꾸벅 숙였다.

"죄송합니다, 아버지."

"됐다. 따라오거라. 안전한 곳에 가야겠다."

"안전한 곳이요?"

꽃님이는 대감의 손에 이끌리면서도 의아했다. 사랑채나 안채라면 집에서 가장 안전한 곳이라 할 만한데, 대감이 향하는 곳은 창고였다.

"이쪽으로 가면 뭐가 나오나요, 아버지?"

"어허! 잠자코 따라오면 될 것을."

꽃님이가 한마디를 더 해야 할까 생각하는데 대감 집 대문이 찌억, 하고 열리더니 누군가 들어왔다.

낯선 사람이었다. 하지만 꽃님이는 꿈속에서 자주 봐서 그 용모가 익숙했다.

저승차사였다.

저승차사는 초록 띠를 두른 검은 관모에 붉은 갑주를 입고 백마를 끌고 왔다. 그야말로 대장부와 같은 위용이어야겠으나, 산자의 눈으로 보니 생기가 전혀 없고 송장과 같이 눈이 움푹 패고 코는 베어 나간 듯 뭉툭했으며 입술은 메말라 벌어져 괴기스러운 신음이 흘러나오고 삐걱대듯 움직였다. 보는 것만으로도 심장이 얼어붙는 형상이었다.

저승차사가 한 발 걸으면 안개가 딸려와 주변을 자욱하게 덮으니, 물난리며 쥐 떼며 불난리며 그런 소란일랑 그저 이승의 일에 불과한 것이라는 걸 인간으로 하여금 깨닫게 했다. 또 한 발 걸으면 반월도에 달린 방울이 쩔렁거리니 혼백을 찾아 울리는 소리에 숨이 멎을 수밖에 없었다.

헉, 하고 소리라도 냈다면 간이 큰 사람이었다. 생시의 구분이 없어지니 제 목을 더듬는 이, 오줌을 지리는 이, 그저 눈을 질끈 감고 제 차례가 아니기만 비는 이만 있었다. 대부분은 숨소리도 내지 못하고 저승차사를 바라보았다. 세 사람만이 달랐다.

꽃님이는 저승차사가 끌고 오는 백마 위에 올라탄 이를 알아보았다.

"반쪽이니?"

반쪽이는 백마 위에서 사람들을 지긋이 내려다보다가 꽃님이와 눈을 마주하고 무언가 말을 하려는 듯 입을 열었다. 하지만 두 사람 사이를 흰 수염 성성한 도사가 막아서며 소리쳤다.

"네 이놈! 네놈 옆에 둘러붙은 것은 저승차사렷다! 수명을 태워 부리는 재주구나. 생과 사의 법도가 두렵지 않으냐?"

반쪽이가 중얼거리듯 말했다.

"네가 할 말은 아니지."

"목숨을 바쳐 대단한 힘과 지혜를 얻은 모양이군. 하지만 태상노군의 법기를 얻은 내게 미치진 못할 터."

"허풍하고는."

반쪽이는 피곤한 듯 말했다.

"온쪽이를 데려가야겠다."

"그럴 순 없을 것이다, 대감!"

도사의 외침에 대감은 뒤늦게 정신이 든 듯 두려워하며 말했다.

"하, 하지만 저기 저승차사가……."

"당신을 데리러 온 게 아니니 두려워 마시오!"

꽃님이는 잠깐이지만 반쪽이가 비죽 웃는 것을 보았다.

대감이 안도했다.

"정말인가?"

"그렇소. 저건 배운 것 없는 무지렁이의 잔재주일 뿐. 내가 저치를 막는 동안 서둘러 그 아이를 데려가시오!"

도사가 도포 자락을 휘날리며 품에서 부적을 꺼내 들었다. 꽃님이는 두 사람이 싸우는 모습을 보고 싶었지만 대감의 손에 끌려갔다.

대감이 꽃님이를 끌고 간 곳은 대감 집 창고였다. 꽃님이는 직접 와본 적은 없지만 어디 있는지도 알고 안에 무엇이 있는지도 대충 알고 있었다. 창고 구석에서 터져 나온 듯한 함을 보고서는 자신의 상상이 맞았단 사실에 잠깐 기쁘기도 했지만, 대감이 창고 구석에 있는 커다란 함 뚜껑을 열자 기분이 이상했다.

"이쪽으로 들어오거라."

다행이라면 대감과 함께 함 안에 들어가는 것이 아니라는 것이고, 여전히 불편한 점은 함 안쪽으로 토굴이 이어져 있다는 것이었다. 비스듬하게 아래로 이어지는 토굴은 곧 걸어갈 수 있을 만큼 높아졌다. 그리고 이 토굴은 꽃님이가 꿈에서 본 그대로였다.

토굴 끝에 도달하니 역시나 사람이 몸을 뉘일 두 개의 관이 놓여 있다. 다리 뒤에는 고사상이 차려져 있는데, 꿈보다 좀 더 끔찍한 경우였다. 맛있게 차려져 있어야 할 고사상의 음식에 희고 시퍼런 곰팡이가 피었다. 날벌레들이 앵앵대며 돌고, 구더기들이 꼬여 있었다. 토굴에 들어설 때부터 나기 시작했던 악취는 이 안쪽에 가득 고여 있어, 토하지 않으려면 숨을 참고, 숨을 쉴 때도 소매로 코를 가려야 했다.

대감이 말했다.

"자, 자리에 눕거라."

"네?"

"여기 자리가 있지 않느냐. 어서 자리에 누우래도."

자리라고 해도 그건 관 속이니 꺼림칙한 것은 말할 것도 없고, 이런 상황에 관에다 몸을 숨기는 게 무슨 의미가 있을지 의심이 되었다. 꽃님이는 그저 떠밀리는 일이 지쳐서 그러한 생각을 아주 사실대로 말했다. 또박또박 말대꾸를 끝내자 대감도 황당한 것인지 더듬거렸다.

"아니, 그러니까, 이건……."

대감은 무슨 이야기를 생각해 낸 것 같았다.

"이건 전부터 준비해 온 은신처다. 전부터 반쪽이 놈이 올 것을 알고 있었어. 여기 누우면 놈은 귀가 하나뿐이니 무슨 소리를 내도 놈이 듣지 못할 거다. 그리고 설사 놈이 알아차린다 하더라도 반쪽이 놈은 콧구멍이 하나뿐이니 이 썩은 냄새에 금방 숨이 차서 이곳에 들어오지 못할 거야."

창고로 오는 길은 막다른 길이니 창고 안으로 도망쳤다는 걸 알아차릴 수밖에 없고, 콧구멍 하나 막는다고 냄새가 사라지지 않으니 들어오지 못할 리도 없다. 대감의 이야기는 사리도 맞지 않고 재미도 없었다.

"잠자코 들어가지 못할까!"

이윽고 대감이 꽃님이의 어깨를 쥐고 억지로 관 속으로 밀어 넣으려는 때, 반쪽이가 나타났다. 대감이 놀라서 반쪽이의 멱살을 쥐려는데 반쪽이가 부목으로 대감의 정강이를 때리고, 대감이 주저앉으니 목을 치고, 대감이 목을 부여잡고 쓰러지니 뒤통수를 후려쳐 혼절시켰다.

반쪽이가 말했다.

"어서 나와."

"너랑 같이 가는 거야?"

"아니."

"그럼?"

"이런 더러운 곳에서 이야기하고 싶지는 않으니까."

반쪽이가 토굴을 앞서 나가며 말했다.

"대감이 하려던 건 대수대명(代壽代命)의 술법이야."

"대수대명?"

"도사들이 배우는 금지된 주술이지."

"어떤 주술인데?"

반쪽이는 꽃님이를 잠깐 돌아봤다가, 다시 걸어갔다.

"적패지(赤牌旨), 저승의 명부에는 사람의 이름과 그 사람의 수명이 있어. 저승의 계약을 잘 속이면 두 사람의 수명을 서로 바꿀 수 있지."

"그럼 한 사람은 수명이 줄고, 한 사람은 수명이 늘겠네?"

"맞아. 명부에 적힌 수명의 합은 줄지 않으니 그걸 이용하는 거야."

"그래?"

"대감은 수명이 얼마 남지 않았으니, 대수대명을 했다면 넌 얼마 가지 않아 죽었을 거야."

꽃님이는 대감이 자신의 수명을 빼앗으려고 했다는 사실에 놀라지 않았다. 꽃님이 전부터 봐왔던 대감은 그럴 수 있는 사람이었다.

"대감은 아주 오래전부터 대수대명의 술로 살아왔어. 하지만 너무 오래 써왔기 때문에 저승에서도 골칫거리로 낙인찍혔지. 대수대명의 술을 앞으로 한 번 정도밖에 쓸 수 없었어. 그래서 너였지."

"내가 어리기 때문에? 하지만 남은 수명을 얻는 거라면 내가 더 어렸을 때 하는 게 낫지 않았을까?"

"그런 이유 때문이 아니야. 그럴 수도 없었고."

"그럼 왜 나였어? 그리고 이제 온 마을 사람들이 이제 너만 보면 욕하게 될 텐데, 너는 왜 그걸 감수하면서까지 나를 도와준 거야?"

두 사람은 토굴을 지나 함 밖으로 나왔다.

잠깐 입을 다물고 있던 반쪽이가 돌아서며 말했다.

"우리 둘은 한 몸이었어."

반쪽이가 계속 말했다.

"우리는 세 개의 눈, 세 개의 귀, 세 개의 콧구멍, 세 개의 팔, 세 개의 다리를 가지고 태어났어. 그때는 반쪽이 더 많아서 반쪽이였지. 제대로 누울 수도 없고 제대로 앉을 수도 없으니 불편하고 아파서 늘 울었고, 늘 울었으니 기운이 빠져 몸이 약해졌지. 의원이 찾아와 말하길 오래 살기 힘들 거라고 했어. 하지만 어머니와 아버지의 기도가 워낙에 간절했던 건지, 산신령님이 우리 몸 두 쪽을 갈라주었지. 하지만 셋은 나누어도 둘과 하나 밖에 되지 않으니, 하나는 온전하게, 다른 하나는 반이 되었어. 그래서 한 명은 온쪽이라 불리고 다른 한 명은 반쪽이라 불렸지. 그렇게 잘 살았으면 좋았을 텐데, 산골짝에서 기이한 일이 일어났다는 의원 말을 듣고 누가 찾아왔어. 대감이었지.

대감은 큰돈을 주면서 아직 젖도 떼지 않은 온쪽이를 양녀로 삼고 싶다고 했어. 선업을 쌓고 싶다는 핑계였지. 어머니와 아버지는 몇 날 며칠을 고심하다가 그러겠노라 했지. 그때 어머니와 아버지와 형님들은 풀죽만 먹고 살았어. 대감에게 보내면 온쪽이를 따뜻하게 재우고 배부르게 먹일 수도 있는데다, 나와 형님들의 주린 배도 채울 수 있으니까. 하지만 대감의 속셈은 단순히 온쪽이를 기르는 게 아니었지. 온쪽이와 반쪽이는 본디 한 사람으로 태어났으니, 두 사람으로 갈라지고 나서 다른 한 사람은 수명이 기록되어 있지 않았어. 원래 이름이 반쪽이였으니, 수명이 없는 쪽은 온쪽이였지. 수명이 기록되어 있지 않으면, 저승차사들이 혼을 거둬 가지 않아. 그러니 그 사람과 대수대명을 하면 영원히 사는 거야."

"그럼 내 원래 이름이 온쪽이야?"

"맞아. 혹시나 대수대명 전에 저승차사들에게 들통나는 일이 없도록, 그리고 너 스스로가 누구인지 모르게 하려고 대감이 네 이름을 바꿔 키웠지."

반쪽이가 창고 밖으로 걸어가며 말했다.

"계속 가자."

온쪽이는 장난스럽게 반쪽이의 오른편에 섰다.

반쪽이가 말했다.

"소문을 시험하는 거야? 내 오른편에 서면 안 된다는?"

"안 되는 거야?"

"아니. 넌 원래 거기에 있었어."

창고 주변에는 반쪽이가 쓰러뜨린 종들이 널브러져 있었다. 화마는 이미 약해진 것인지 어둑어둑했던 하늘이 맑아지기 시작했다.

온쪽이가 질문했다.

"그런 이야기는 누구한테 들은 거야?"

"저승차사에게."

"저승차사의 말을 타고 온 것과 관계있어?"

반쪽이가 고개를 끄덕였다.

"형님들이 애꾸눈 호랑이에게 죽고, 나는 애꾸눈 호랑이를 잡으러 갔지. 사투를 벌였어. 죽을 뻔했고, 결국 죽었지."

"죽은 거야?"

"응. 그래서 저승차사와 만났는데, 저승차사가 명부를 보고 뭔가 이상하다고 말을 했지. 나는 어머니와 아버지, 형님들에게 들어 온쪽이에 대해 알고 있었으니 그 이야기를 했어. 저승차사는 그러면 조금 더 살게 해줄 테니, 귀졸 노릇 해보겠냐고 물어보더라고. 알겠다고 했더니 애꾸눈 호랑이와 수명을 바꿔서 살아난 거야."

"귀졸 노릇이라면?"

"대감의 대수대명을 막아서 대감을 데려가는 거지. 대수대명의 술은 아주 어려운 술법이라 수명이 다하는 날에 거행해야 해. 하루가 남았는데, 내가 대감의 머리통을 때려뒀으니 하루는 꼬박 잠들겠지. 대감은 저대로 저승차사가 데려갈 거야. 아, 저승차사님 말씀으론 염라대왕님이 부른 대로 네 수명을 정해줄 거래."

"……그럼 너는?"

"애꾸눈 호랑이는 남은 수명이 그리 길지 않아 곧 늙어 죽을 터였어. 그러니 그 수명을 받아 살고 있는 나도 수명이 다한 셈이지."

대감 집 대문 앞에는 저승차사가 백마에 올라 있었다. 반쪽이를 데려가기 위해 기다린 것이다.

반쪽이가 온쪽이에게 말했다.

"좀 더 이야기를 하고 싶지만 때가 되었어. 귀졸 노릇이었지만, 잠깐이라도 한 몸이었던 너와 이렇게 이야기할 수 있어서 좋았네."

"날 원망하진 않았어?"

"어렸을 때는 그랬지. 몸도 온전한데 부잣집에서 귀하게 자라다니. 넌 모르겠지만 가난은 정말 고통스럽거든. 하지만 머리가 굵어지곤 허락 없이는 집 밖은커녕 규방을 나오지 못하는 너를 안타깝게 여겼지."

"저승차사에게 우리 이야기를 들은 뒤엔?"

"난 이미 죽은 뒤였으니 이미 내 생은 다한 것이지. 너는 남은 생을 모두 온전하게 살아야 해."

그렇게 말한 뒤 반쪽이가 대감 집 대문 문턱을 넘으려 했다. 그보다 먼저 온쪽이가 저승차사에게 절을 올렸다.

"안녕하십니까, 저승차사님. 드릴 말씀이 있어 이렇게 인사합니다."

"……."

"억지 부린다 생각하실지도 모르지만, 한 몸 두 혼이 있고,

한 혼의 부탁을 들어줬다면 또 다른 혼의 부탁도 들어주는 것이 섭리 아닌지요."

반쪽이가 끼어들었다.

"너 무슨 말을 하는 거야?"

저승차사가 말했다.

"말해보거라."

"저는 온전한 몸으로 따뜻한 집에서 깨끗한 옷을 입고 좋은 음식을 먹으며 지냈습니다. 하지만 여기 반쪽이는 온전하지 않은 몸으로 가난하게 자랐으니 한 몸으로 겪기엔 너무 그 고통의 차이가 큽니다. 이건 공평치 않은 일입니다."

"그래서?"

온쪽이는 이것이 자신이 오랜 시간 기다려온 일이라는 걸 알았다. 반쪽이가 바로 온쪽이가 기다려온 그 사람이었다. 반쪽이는 언제나 이야기 속에 있었고, 그 온전한 모습을 볼 수 없었다. 하지만 이제 반쪽이의 모든 이야기를 들었으니 이제 온쪽이는 반쪽이를 안다. 반쪽이가 바로, 온쪽이였다. 자신이 바로 그 이야기 속의 존재였다. 따라서 반쪽이가 겪은 모든 고통이 곧 온쪽이의 것이기도 했다. 온쪽이는 그 고통을 반쪽이와 나눌 생각이었다.

"저 온쪽이의 영혼이 반쪽이의 몸에 들어가겠으니, 반쪽이의 영혼을 이 온쪽이의 몸에 넣어주십시오. 애초에 한 몸으로 태어났으니 저승차사님에겐 그리 어렵지 않은 일이겠지요."

"말도 안 되는 소립니다, 차사님. 관두고 가시지요."

"귀졸은 조용하라."

"……하지만."

"조용."

멀리 산등성이에 빛줄기가 구름 사이로 내리쬐었다.

저승차사가 말했다.

"그 말이 옳다. 반쪽이는 저 몸으로 가고, 온쪽이, 온쪽이, 온쪽이는 이리로 오라."

"네."

대답을 마치고 온쪽이가 눈을 뜨니 반쪽이의 몸이었다. 고개를 들어 다시 저승차사를 바라보니, 어느새 인자한 얼굴에 푸근한 인상이 된 저승차사가 미소를 지으며 온쪽이를 바라보고 있었다.

"이리 손을 주거라. 갈 길이 멀었으니."

온쪽이는 반쪽이의 몸으로 대감 집 대문을 넘고는 저승차사의 손을 잡고 말 위에 올라탔다.

저승차사가 온쪽이에게 말했다.

"너 이 녀석, 말재주가 좋은데 어디 귀졸 노릇 해볼 생각 있느냐?"

"글쎄요, 월직차사부터는 생각해 보겠는데요. 귀졸은 좀."

반쪽이는 온쪽이의 눈을 깜빡였다. 이미 저승차사도 온쪽이도 떠나 보이지 않았다. 반쪽이는 온쪽이의 선택이 도저히 이해가 되지 않았다. 한참을 생각해도 온쪽이가 선택한 답을 받아들일 수 있을지 의문이 들었다. 반쪽이에게 있어 온쪽이는 영원한 이야기로 남았다.

달래가 반쪽이 뒤로 다가왔다.

"아가씨, 괜찮으세요?"

"괜찮아."

"다치신 곳은 없고요?"

"멀쩡해."

"슬퍼 보이시는데요."

"대감님이 돌아가셨어."

"……네?"

"그런데 대감님 나 말고 다른 자식이 있던가?"

"……아뇨. 없죠?"

그럼에도 불구하고 이제 반쪽이는 대감 집에서 잘 살 것이다.

"그런데, 네 이름은 뭐야?"

"아니, 아가씨. 아무리 경황이 없으셔도 그렇지, 어떻게 제 이름을 잊으세요?"

배울 것은 많지만.

## 귀신새 우는 소리

**초판 1쇄 발행** 2025년 8월 26일

**지은이** 류재이 이지유 유상 박소해 무경 위래

**펴낸이** 허정도
**편집장** 박윤희
**책임편집** 김보성　**디자인** 서윤하
**마케팅** 신대섭 김수연 배태욱 김하은 이영조　**제작** 조화연
**2차저작권 관리** 안희주 문주영

**펴낸곳** 주식회사 교보문고
**등록** 제406-2008-000090호(2008년 12월 5일)
**주소** 경기도 파주시 문발로 249 (10881)
**전화** 대표전화 1544-1900 ｜ 주문 02)3156-3665 ｜ 팩스 0502)987-5725

ISBN 979-11-7061-300-8 (03810)
책값은 표지에 있습니다.

- 이 책의 내용에 대한 재사용은 저작권자와 교보문고의 서면 동의를 받아야 가능합니다.
- 잘못된 책은 구입하신 곳에서 바꾸어 드립니다.
- '북다'는 문학을 기반으로 다양하게 변주된 책들을 선보이는 종합 출판 브랜드입니다.